Hertha Kratzer

Die unschicklichen Töchter

Frauenporträts der Wiener Moderne

UEBERREUTER

ISBN 3-8000-3872-2

Umschlaggestaltung: Martin Gubo unter Verwendung folgenden Bildes: Ea von Allesch; Literaturhaus, Wien

Druck: Ueberreuter Print
1 3 5 7 6 4 2

Ueberreuter im Internet: www.ueberreuter.at

Inhalt

Musen oder »Damen im Pelz«?

Vorwort

»Man wird erst wissen, was die Frauen sind,
wenn man aufhört ihnen vorzuschreiben,
was sie sein sollen.« (Rosa Mayreder)

»Eine Frau muss sein für uns wie ein Bergwald, etwas, was uns direkt erhöht und frei macht von unseren inneren Sklavereien, etwas Exzeptionelles, das uns unwirklich zu unseren eigenen Höhen milde geleitet wie die Fee den armen verirrten Wanderburschen im Märchen«, schrieb Peter Altenberg an seine »silberne Dame«, die von ihm vergötterte Lina Loos. Viel brutaler als der poetische Schwärmer Altenberg drückte es der in dieselbe Lina Loos verliebte Kulturphilosoph Egon Friedell aus: »Für den Denker und Künstler sind die Frauen nichts anderes als zufällige Anregungsmittel, die er benützt, um seinen geistigen Stoffwechsel zu steigern ... Sie sind für ihn dasselbe wie Alkohol, Nikotin, schwarzer Kaffee. Er braucht sie für den Moment ... und wenn sie ihm die notwendigen Kräfteauslöser verschafft haben, so existieren sie für ihn nicht mehr. Sie sind nur dazu da, um ihn reicher und stärker zu machen. Er schöpft aus ihnen nichts als sich selbst, seine eigene Kraft zu lieben und zu hassen, zu denken und zu gestalten.« Ähnlich befand auch der scharfzüngige Karl Kraus: »Des Weibes Sinnlichkeit ist der Urquell, an dem sich des Mannes Geistigkeit Erneuerung holt.«

Das Schatzkästlein selbstherrlicher Vorschriften, was Frauen sein sollen, oder lapidarer Feststellungen, was sie sind, quillt über bis hin zu dem lakonischen Satz des Wiener Philosophen Otto Weininger: »Die Frauen haben keine Existenz und keine Essenz, sie sind nicht, sie sind nichts.« Als Gegenpol zu diesen Aussagen könnte ein nicht minder großer Zitatenschatz angeführt werden, in dem die Frau zur Göttin idealisiert wird, zu einer mit religiöser Inbrunst angehimmelten Madonna. »... ich bete zu dir, Madonna Gesichterl mit dem blonden Locken-Heilgenschein! Ave, Emma!«, schrieb Alfred Polgar an die umschwärmte Schönheit Ea von Allesch. Und Oskar Kokoschka verstieg sich zu der Formulierung: »Heilige Gretl Wiesenthal, der du bist im Himmel geheiligt und auf Erden sei nicht bös und nimm uns mit in den Himmel.«

Beiden Haltungen ist eines gemeinsam: Sie verkennen und verleugnen die reale Frau. Die als wissenschaftliche Erkenntnis getarnte Frauenfeindlichkeit, wie sie etwa im Elaborat des Dr. Paul Möbius »Über den Physiologischen Schwachsinn des Weibes« und im Kultbuch des Männlichkeitswahns »Geschlecht und Charakter« Otto Weinigers nachzulesen ist, hat mit der Realität ebenso wenig zu tun wie das von Männern fantasierte Weiblichkeitsideal einer Madonna. Vergötterung und Dämonisierung zwängen die Frauen in ein Korsett, das ihnen die Luft zum Atmen nimmt, wie ein zu eng geschnürtes Fischbeinmieder.

Es ist beileibe kein Zufall, dass beides, Frauenfeindlichkeit und Frauenvergötterung, gerade im Wien der Moderne Blüten treibt. Wien um 1900 ist eine Zeit des Aufbruchs und der Wende. Neben der Demokratiefrage und der sozialen Frage ist es die Frauenfrage, die das politische und das intellektuelle Klima wesentlich mitbestimmt. Das »Weib« ist zum irritierenden Faktor geworden, der die gesellschaftliche Ordnung bedroht. Denn die »höheren Töchter« haben es satt, von umfassender Bildung und Ausbildung ausgeschlossen zu sein, sich mit Klavierspiel, Gesang und Handarbeiten zur gefügigen Ehefrau dressieren zu lassen, wie es den Regeln bürgerlich-patriarchaler Konvention entspricht. Sie begehren auf. Und sie scheren sich den Teufel um Schicklichkeit. Diese unschicklichen Töchter glauben einfach nicht mehr daran, was man ihnen in »Hygienischen Schriften« eingeredet hat, nämlich dass beim Studieren ihre Hüften und ihr Busen, die Attribute ihrer Weiblichkeit, verkümmern würden und eine Glatze die Folge geistiger Anstrengung sei, wie man es ja so häufig bei gebildeten Männern beobachten könne. Aufbegehren und Aufmüpfigkeit von Frauen, von denen Sanftmut, Nachgiebigkeit und Unselbstständigkeit erwartet wird, versetzt die Männer in Schrecken, macht Angst. Und diese Angst verbirgt sich.

Lina Loos, Ea von Allesch und ganz besonders Wanda von Sacher-Masoch wurden von ihren Männern und Geliebten zu Musen stilisiert, zum inspirierenden Objekt degradiert, ganz im Sinne von Karl Kraus, damit sich des »Mannes Geistigkeit« Erneuerung holen kann. Sie haben aber – oft unter großen persönlichen Opfern – dieses Korsett gesprengt und sind als schöpferische Persönlichkeiten den eigenen Weg gegangen, wie auch Frida Strindberg und Bertha Eckstein-Diener, die das Pseudonym Sir Galahad wählte, um männlichen Vorurteilen zu entgehen. Auch Milena Jesenská, die der Nachwelt als »Kafkas Milena« zum Begriff geworden ist, war mehr als nur ein Anhang zur Biografie des Dichters. Der brillanten Journalistin, die zwischen deutscher und tschechischer Kultur vermittelte, als der Hass die beiden Völker entzweite, und die ihre Humanität mit dem Leben büßte, gebührt ein Ehrenplatz in der tschechischen Journalistik. Am meisten mit den Vorlieben und dem Werk ihres Mannes wird Wanda von Sacher-Masoch assoziiert. Sie hat sich gegen die ihr aufgezwungene Rolle zur Wehr gesetzt und in eigenen Schriften und Büchern radikal den normativen Typus des Weiblichen in Frage gestellt.

Die in diesem Buch versammelten Biografien erzählen von Frauen, die fast durchwegs über die Namen ihrer berühmten Männer und Geliebten definiert werden – als Gattinnen von Loos, von Strindberg, von Sacher-Masoch, als Geliebte Kafkas oder Brochs. Schiebt man diese verstellenden Bilder weg, so treten sie aus dem Schatten ins Licht, werden als eigenständige Persönlichkeiten wahrnehmbar. Es sind Frauen, die sich mit Mut und Kraft aus der Umklammerung männlicher Bevormundung befreit und selbstständig und selbstbewusst zu eigenem künstlerischen Schaffen, zu einer eigenen Sprache ihrer Kreativität gefunden haben. In der Dramatik ihrer Schicksale spiegelt sich der Anbruch einer neuen Zeit, des neuen Jahrhunderts mit seinen Chancen und Verwerfungen. Ihre Lebensgeschichten der Vergessenheit zu entreißen und ihr künstlerisches Schaffen zu würdigen ist die Absicht dieses Buches.

Hertha Kratzer

Die silberne Dame

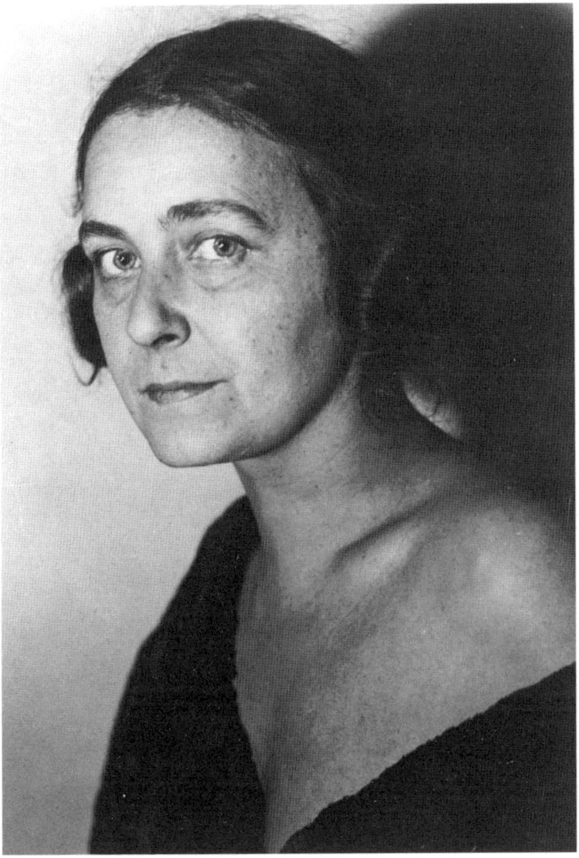

Lina Loos

Wien um 1900. Die Stadt ist im Aufbruch, an der Wende einer neuen Zeit. Man ahnt das Ende der jahrhundertealten Donaumonarchie, übt sich in Weltuntergängen und ist vielleicht gerade deshalb zu radikalen Neuerungen bereit. Sigmund Freud formuliert seine Thesen, mit denen er ein in Prüderie und Doppelmoral befangenes Bürgertum schockiert. Hermann Bahr als Bahnbrecher der Moderne schart die Autoren von Jung-Wien um sich, Arthur Schnitzler leuchtet in seinen Dichtungen in die Abgründe der Seele und Hugo von Hofmannsthal schreibt feinsinnige Gedichte. Otto Wagner, Josef Hoffmann und Adolf Loos verändern das Stadtbild und die Interieurs, die Bilder Gustav Klimts, Oskar Kokoschkas und Egon Schieles empören ein an traditionelle Kunst gewöhntes Publikum. Das tut auch die neue Musik. Gustav Mahlers und Arnold Schönbergs Kompositionen verstören und provozieren. Das Aufgebot an jungen Talenten ist enorm, die Widerstände gegen das Neue sind es auch. Doch aus dieser Spannung entsteht eine Hochblüte kulturellen Schaffens.

Der Ort, an dem Altes verworfen und Neues propagiert, an dem heftigst diskutiert, polemisiert und auch intrigiert wird, an dem Meinungen und Ideen aufeinander prallen, ist das Café – eine Wiener Institution. Das »Griensteidl«, das Café »Central«, das »Herrenhof« sind die am häufigsten frequentierten. Hier schließt man Kontakte, hier gewinnt man Mäzene und hier findet man Musen. Im »Central« »trafen sich Künstler jeder Art: Dichter, Schriftsteller, Maler, Bildhauer und zugleich auch jene kunstbegeisterten bürgerlichen Kreise, die sich für alles Neue und Außergewöhnliche interessierten. Diesen Menschen haftete ein leichter Hauch von Snobismus an. Allen gemeinsam aber war die Lebendigkeit des Geistes, das Interesse am Leben in seinen hundert verschiedenen Facetten und die Begeisterung für alles Schöne.«

So beschreibt es eine, die es wissen muss: Helga Malmberg, Autorin, Muse und Beschützerin Peter Altenbergs, dessen Postanschrift »Café Central« lautete. Alfred Polgar, eine Zentralfigur der literarischen Zirkel Wiens, schreibt über die Szenerie: »Die Gäste des Café Central kennen, lieben und gering schätzen einander ... Jeder weiß von jedem. Das Café Central ist ein Provinznest im Schoß der Großstadt, dampfend von Klatsch, Neugier und Médisance.«

Der Lebenskünstler und Bohemien Peter Altenberg – für die einen ein Weiser, der ganz neue Wege ging, für die anderen ein origineller Narr – erzählt, dass er im »Central« als Schriftsteller entdeckt worden sei: »Ich saß im 34. Jahre meines gottlosen Lebens ... im Café Central, Wien, Herrengasse, in einem Raum mit gepressten englischen Goldtapeten. Vor mir hatte ich das ›Extrablatt‹ mit der Fotografie eines auf dem Wege zur Klavierstunde für immer entschwundenen fünfzehnjährigen Mädchens. Sie hieß Johanna W. Ich schrieb auf Quartpapier infolgedessen, tief erschüttert, meine Skizze ›Lokale Chronik‹.«

Mit der Veröffentlichung dieser Skizze ist der Poet Altenberg entdeckt. Sowohl Karl Kraus als auch Arthur Schnitzler werden diese Entdeckung für sich reklamieren.

Der notorische Kaffeehaus-Geher und Kaffeehaus-Sitzer Altenberg, der jahrelang ohne festen Wohnsitz einmal hier, einmal dort logiert, unterhält einen Stammtisch im »Löwenbräu« in der Teinfaltstraße, gleich hinter dem k. k. Burgtheater. Zu seiner illustren Runde zählen der Kritiker Karl Kraus, der Literat Alfred Polgar, der Journalist Stefan Grossman und der spätere Kulturphilosoph Egon Friedell. Auch der revolutionäre Architekt Adolf Loos gehört dazu. An einem Abend im Frühjahr 1902 hat Altenberg seinen Freundeskreis um sich versammelt, als eine exzentrische junge Dame das Lokal betritt. Junge Frauen sieht man in diesem Kreis gerne, vornehmlich »Schauspielerinnen, Tänzerinnen, Künstlerinnen ... jene amphibischen Wesen, die halb außerhalb, halb innerhalb der Gesellschaft« stehen, wie Stefan Zweig sie einordnet. Die Schriftstellerin Helene Dülberg, die an diesem Abend das »Löwenbräu« besucht, bringt ihre jüngere Schwester mit, Lina Obertimpfler, eine neunzehnjährige Schauspielschülerin von auffallender Schönheit.

Der Dichter und »Frauenvergötterer« Altenberg ist hingerissen. Er schwärmt von ihren »hechtgrauen Augen«, der »ambrafarbenen Haut«, dem »aschblonden Haar«. Ihre Seele findet er »unruhvoll, melancholisch, freiheitsbedürftig, ungebunden«. Ihr nicht eben poetischer Name Obertimpfler hat zudem in Wien einen guten Klang. Die Eltern des Mädchens, Karl und Karoline Obertimpfler, führen nämlich in der Mariahilfer Straße das »Casa piccola«, ein Café, das vorwiegend von Künstlern, auch von Altenberg und seinen Freunden, gerne besucht wird. An diesem Abend im »Löwenbräu« ist die junge Schönheit angesichts der Prominenz – der Dichter Peter Altenberg, der scharfzüngige Karl Kraus, der junge Egon Friedell und auch der renommierte Architekt Adolf Loos sind da – beeindruckt und eingeschüchtert. »Ich blickte ehrfurchtsvoll von einem zum andern, wagte kaum zu atmen, viel weniger zu reden«, wird sie sich später erinnern. »Peter Altenberg sprach väterlich weise, Karl Kraus kurz und scharf. Friedell, der Jüngste, hatte noch nicht viel zu reden.«

Am meisten beeindruckt ist Lina Obertimpfler von dem zweiunddreißigjährigen Adolf Loos. Seine Artikel über moderne Architektur in der »Neuen Freien Presse« hat sie gelesen. Jetzt ist sie fasziniert von der temperamentvollen, sicheren und klaren Art, mit der er seine Ansichten vertritt. Der elegante, gut aussehende Mann erklärt am Beispiel einer russischen Zigarettendose aus Birkenholz die Zweckmäßigkeit der Form als Schönheit und lässt als naturgegebenes Ornament nur das Holz gelten. Die Kostbarkeit geht von Hand zu Hand und landet schließlich auch in den schönen Händen Lina Obertimpflers. Neugierig versucht sie die Dose zu öffnen. Loos warnt sie: »Die Dose geht sehr schwer auf, Sie werden sie nicht öffnen können.« Da packt sie der Ehrgeiz, sie setzt ihre Fingernägel ein – und zerbricht das erlesene Stück. Blutrot vor Verlegenheit stottert sie: »Bitte, Herr Architekt, sagen Sie doch, wie ich mich revanchieren kann.« Loos sieht sie ernst an. »Wollen Sie sich wirklich revanchieren? – So heiraten Sie mich!« Ohne eine Sekunde zu zögern, sagt sie ja. Die Schwester lacht, hält es für einen Scherz. Es ist kein Scherz. Im Sommer 1902 heiraten Lina Obertimpfler und Adolf Loos in Eisgrub in Mähren.

Die Frage des Bräutigams, ob ein Jude auch Trauzeuge sein kann, weil er gerne seinen Freund Peter Altenberg in dieser Funktion gesehen hätte, hatte sich als hinfällig erwiesen, denn Altenberg, nicht gewohnt, sich zu früher Stunde zu erheben, verzichtete auf die Ehre. Ersatz war rasch gefunden und ein Onkel von Adolf Loos, der auch schon dessen Eltern getraut hatte, nahm in der Schlosskapelle des Fürsten Liechtenstein die Zeremonie vor. »Ich war unbefangen fröhlich, wie eben nur ein neunzehnjähriges Mädchen sein kann, dass sich der Gefährlichkeit der bevorstehenden Begebenheit nicht bewusst ist«, wird Lina Loos nach Jahren ihren Gemütszustand als jugendliche Braut beschreiben. Die Hochzeitsreise führt nach Dalmatien, Bosnien, Herzegowina, Griechenland und in die Türkei. Nach der Rückkehr logiert das Ehepaar zunächst im Hotel, bis ein passendes Domizil gefunden ist. Mit der finanziellen Hilfe der Eltern Obertimpfler richtet der Architekt im 1. Bezirk in der Giselastraße, der heutigen Bösendorferstraße, eine Wohnung ganz nach seinem elitären Geschmack ein. Unter dem Titel »Schlafzimmer für meine Frau« veröffentlicht er in der von Peter Altenberg herausgegebenen Zeitschrift »Kunst« eine Beschreibung des mit weißem Batist dekorierten Raums, in dem das mit weißen Fellen bedeckte Bett steht. Mit einer Fotografie des Schlafgemachs präsentiert er stolz die Noblesse seiner häuslichen Atmosphäre, nicht ahnend, wie rasch seine junge Ehe in die Brüche gehen wird.

Lina Obertimpfler, am 9. Oktober 1882 als drittes Kind wohlhabender Eltern geboren, ist das jüngste von drei Geschwistern. Die Mutter Karoline hatte mit zweiundzwanzig Jahren Karl Obertimpfler geheiratet und zur Hochzeit das angeblich größte Delikatessengeschäft Wiens erhalten. Karl betreibt mit seinem Schwager eine Handelsagentur, die der Familie zunächst einmal ein ansehnliches Vermögen einbringt. Ein Jahr nach der Hochzeit wird der Sohn Karl geboren, im Jahr darauf die Tochter Helene und nach sieben Jahren als Nachzüglerin Karoline, genannt Lina. Der anfängliche Wohlstand der Familie ist jedoch nicht von Dauer, die Geschäfte gehen zusehends schlechter und Obertimpfler sieht sich gezwungen, mit Frau und Kindern eine billige Parterrewohnung am Donaukanal zu mieten. Was die Eltern aber als sozialen Abstieg empfinden, bedeutet für die Kinder ungewohnte Freiheit und die Gelegenheit, mit Kindern aus einem anderen, bis jetzt fremden Milieu Freundschaft zu schließen. Vater Obertimpfler versucht sich in diversen Aktivitäten, bis er 1896 das Kaffeehaus »Casa piccola« erwirbt und sich als Cafetier etabliert. Das Lokal floriert, wird zum gut besuchten Künstlertreffpunkt und beschert seinem Besitzer ein gesichertes Einkommen. Die Familie ist wieder wohlhabend. »Obertimpfler war ein Wirt von wahrhaft hinreißender Liebenswürdigkeit, der für das Wohl seiner Gäste väterlich sorgte. Ganz besonders die Damen, die in seinem Lokal verkehrten, hatten es ihm angetan. Er begrüßte jede, ob Hofrätin oder kleine Verkäuferin, mit dem obligaten galanten Handkuss.« Mutter Obertimpfler sitzt an der Kassa, sieht nach dem Rechten und ist der gute Geist der Familie. Die Kinder werden sorgfältig erzogen. Ein ordentlicher Beruf soll ihre Zukunft sichern, sie vor wirtschaftlichem Absturz, wie ihn die Eltern erleben mussten, bewahren. Doch so, wie Karl und Karoline Obertimpfler es sich vorstellen, läuft es nicht.

Karl, der Älteste, soll Geistlicher werden, so wünscht es die Familie. Er besucht zwar das Gymnasium, doch hat es ihm das Theater angetan. Also zahlt er das Schulgeld lieber in einer Theaterschule ein und schwänzt das Gymnasium. Der Schwindel fliegt auf, eine Schlosserlehre soll ihm die Flausen austreiben. Aber der Beruf des Schlossers interessiert ihn ebenso wenig wie die Berufung zum Geistlichen. Als ihn sein Lehrherr ertappt, wie er mit schweren Traversen auf dem Rücken drei Viertelstunden lang eine Litfaßsäule mit Theaterprogrammen anstarrt, weiß der Meister, dass bei dem »G'studierten« Hopfen und Malz verloren ist, und Karl Obertimpfler darf Schauspieler werden. Unter dem Künstlernamen Karl Forest macht er Karriere. Auch seine Schwester Helene erfüllt die Erwartungen der Familie nicht. Mit zwanzig rebelliert sie gegen das Elternhaus und brennt mit einem Liebhaber durch. Sie heiratet zwar ihren Verführer, begnügt sich aber nicht mit der herkömmlichen Rolle einer Hausfrau und Mutter, sondern beginnt zu schreiben. Als begabte Schriftstellerin ist die aparte junge Frau bald willkommener Gast in den diversen Wiener Literatencafés. Doch die Ehe Helene Dülbergs, wie sie nach ihrer Verheiratung heißt, gestaltet sich problematisch. Immer öfter müssen die Eltern Obertimpfler dem Schwiegersohn, der sich in dubiose Verlagsgeschäfte eingelassen hat, finanziell beispringen. 1908 verschwindet die junge Frau spurlos. Man befürchtet Selbstmord, vermutet, dass Helene Dülberg den Tod in der Donau gesucht hat, forscht nach Gründen. Zwanzig Jahre später wird man sie amtlich für tot erklären. Die Hoffnungen der Eltern Obertimpfler konzentrieren sich ganz auf Lina, die hübsche und kluge jüngste Tochter. Aber auch ihr Leben wird anders verlaufen, als die Eltern es erwarten. Wie der ältere Bruder, den sie bewundert, will Lina unbedingt Schauspielerin werden und lässt sich in einer Schauspielschule einschreiben. Als sie sich jedoch spontan zur Ehe mit dem arrivierten Architekten Loos entschließt, ist der bürgerlichen Konvention – zunächst einmal – Genüge getan und die Eltern Obertimpfler sind zufrieden.

Adolf Loos, 1870 als Sohn eines Steinmetzen und Bildhauers in Brünn geboren, hatte in Dresden Architektur studiert und sich in Amerika als Hilfsarbeiter und technischer Zeichner durchs Leben geschlagen, ehe er sich 1896 in Wien als Innenarchitekt niederließ. Er arbeitet mit dem Architekten und Stadtplaner Carl Mayreder zusammen und ist oft in dessen Haus zu Gast. Mayreders Gattin Rosa ist eine ungewöhnliche Frau. Schon als junges Mädchen hat sie gegen die Zwänge einer patriarchalischen Gesellschaft revoltiert und sich geweigert ein Korsett zu tragen, was Familie und Freunde als skandalös empfanden. Sie ist als Malerin und als Schriftstellerin erfolgreich, vor allem aber engagiert sie sich für die Rechte der Frauen. Gemeinsam mit Auguste Fickert und Marie Lang gründete sie die emanzipatorische Zeitschrift »Dokumente der Frauen« und auf Otto Weiningers Manifest der Frauenfeindlichkeit »Geschlecht und Charakter« reagierte sie mit der brillant geschriebenen Essaysammlung »Kritik der Weiblichkeit«. In ihrem Salon treffen sich die Künstler, Literaten, Musiker und Intellektuellen, die in Wien Neues durchsetzen wollen, darunter auch der Komponist Hugo Wolf, für den sie das Libretto »Der Corregidor« geschrieben hat, und der Architekt Adolf Loos, der in zahlreichen Artikeln gegen traditionelle Auffassungen in Architektur und Kunstgewerbe polemisiert, aber mit dem 1899 eröffneten Café »Museum« bereits bewiesen hat, dass er seine revolutionären Theorien auch in die Praxis umsetzen kann. Rosa Mayreder hatte ihm mit dem Auftrag zur Innenausstattung des von ihr gegründeten »Wiener Frauen Clubs« im Trattnerhof im vornehmen 1. Bezirk zu einem weiteren Sprung in seiner Karriere verholfen. Die Presse hatte über »die mit gediegener Eleganz ausgestatteten, brillant beleuchteten Räume« begeistert berichtet. Auch wenn er von den Traditionalisten seiner Zunft kritisiert wird – in fortschrittlichen Kreisen erfreut sich Loos eines glänzenden Renommees.

Die junge Schauspielschülerin Lina Obertimpfler hat also einen respektablen Mann, ja fast schon eine Berühmtheit geheiratet. Aber auch Loos hat mit der Tochter aus finanziell gut situiertem Haus eine glänzende Partie gemacht. Denn lukrative Aufträge mit entsprechendem Honorar sind trotz seines guten Rufs selten und er liebt es, auf großem Fuß zu leben. Als Ästhet legt er größten Wert auf elegante Kleidung und genießt es, vornehm zu soupieren. Mit Geld kann er nicht umgehen, und seine junge Frau ist mehr als einmal gezwungen, ihre Eltern um finanzielle Hilfe zu bitten. Ihren einstigen Plan, Schauspielerin zu werden, hat Lina Loos jedoch auch nach ihrer Heirat nicht aufgegeben. Die Schauspielschule am Wiener Konservatorium besucht sie weiterhin. Ihr Gatte sieht es mit gemischten Gefühlen. Ehrgeiz bei einer Frau ist ihm suspekt: »... Mädili soll ihre Kraft kennen. Aber nicht zur Geltung bringen. Das Erste könnte dich und mich glücklich machen, das Zweite dich vielleicht glücklich, mich aber sicher unglücklich machen – denn dann würde mir Mädi sicher bald einen Tritt geben. Nein, mir wäre es schon lieber, wenn Mädi keine große Frau würde ...«, schreibt er ihr in einem Brief.

Noch lässt sich die verliebte junge Frau die Reduzierung auf das sächliche »Mädili« gefallen. Vielleicht fühlt sie sich auch geschmeichelt, wenn er ihr vor der Abschlussprüfung schreibt: »Denk nicht zu viel an die Prüfung. Fall in Gottes Namen mit Pauken und Trompeten durch, du brauchst die Bande nicht, aber ich brauche dich.« Wie sehr Loos seine Frau tatsächlich zur Stärkung seines Ichs braucht, beweist ein Brief, den er ihr noch in der Zeit der Verlobung geschrieben hat: »... Mein Selbstbewusstsein ist so krank, so klein geworden, dass ich nur gesunden könnte, wenn ich recht viele, viele Fehler an dir entdecken könnte! ...«

Adolf Loos liebt und schätzt seine junge schöne Frau, um die ihn die Freunde beneiden, wie ein Kleinod. Aber dieses Kleinod soll ganz ihm gehören, darüber will er verfügen können, wie er es braucht. Er mystifiziert sie, für ihn ist sie »die Welt, der Kosmos, das Universum, eingezwängt in einem kleinen Frauenleib«. Er glorifiziert Lina, hebt sie als eine Art höheres Wesen auf ein Podest um sie anzubeten. Das kann à la longue nicht gut gehen. Lina Loos ist eine normale junge Frau, die geliebt, aber nicht mystifiziert werden will. Zum ersten Jahrestag der Hochzeit schreibt ihr der verzückte Gatte: »Meine süße, große, herrliche Frau! Ich sprach neulich mit Altenberg über dich und sagte: Sie ist die Weisheit dieser Welt. Sie hat nichts gelernt und weiß doch alles. Sie hat nichts gelesen und fühlt alle Schmerzen, die die Dichter dieser Welt beschrieben haben ... Immer von der Lüge umgeben, hast du dich zu einer Größe von Wahrhaftigkeit durchgerungen, die mich, der ich auf der letzten Stufe zu stehen glaubte, schwindeln macht und mir neue Kraft gibt, weiterzustreben ... du bist eine Seherin. Deine visionäre Kraft durchdringt alles ... Was du tust, ist das Beste. Alle anderen können dich nur aufhalten, auch ich ...« – So viel Anbetung macht auch Lina Loos schwindeln.

Vermutlich im Salon Rosa Mayreders hat das Ehepaar Loos Marie Lang kennen gelernt, eine Freundin der Dame des Hauses und eine engagierte Mitstreiterin für die Rechte der Frauen. Auch sie ist eine ungewöhnliche Frau. In erster Ehe mit dem Hofjuwelier Köchert verheiratet und Mutter eines Sohnes, hat sie sich nach vierjähriger Ehe in den armen Studenten Edmund Lang verliebt und sich nach einem dramatischen Selbstmordversuch von ihm in eine ungewisse Zukunft entführen lassen. Der Skandal war perfekt, als noch vor der Scheidung von Köchert und vor der Heirat mit dem mittlerweile promovierten Dr. Lang der Sohn Heinz geboren wurde. Nach ihm, aber dann schon als verheiratete Frau, brachte sie noch zwei Kinder, Erwin und Lilith, zur Welt. Gemeinsam mit Rosa Mayreder und mit Auguste Fickert, später auch allein, gibt sie die Zeitschrift »Dokumente der Frauen« heraus und gründet nach dem Vorbild der englischen Settlement-Bewegung das Ottakringer Settlement, in dem Arbeiterfamilien ärztliche Hilfe erhalten und kulturelle Veranstaltungen stattfinden. Der erste Präsident ist übrigens der Parlamentssekretär Dr. Karl Renner, der spätere Bundespräsident. Marie Lang hat sich stets über einschränkende Normen hinweggesetzt. Wie ihre Freundin Rosa Mayreder hat auch sie sich vom Zwang des Korsetts befreit. »Damals trugen die Frauen eine höchst lächerliche Mode, Schinkenärmel, durch Mieder zusammengedrosselte Taillen, falsche Popos, die man cul de Paris nannte. Diese tolle Mode machte Marie Lang nicht mit. Sie trug kein Mieder und keine Schinkenärmel«, berichtet der mit der Familie eng befreundete Journalist Stefan Grossmann. »Sie war in Österreich die erste Frau, die lange ganz einfache Empirekleider zu tragen wagte, Kleider, die nur durch ihren Schnitt wirkten und vielleicht noch durch die Güte des Materials, aus dem sie gearbeitet waren.«

Frei von überkommenen und einschränkenden Normen erzieht Marie Lang auch ihre Kinder. Heinz und seine Geschwister dürfen an allen Gesprächen teilnehmen, dürfen alle Bücher lesen, Tabus gibt es im Hause Lang nicht. »Darum sollen wir unsere Kinder von klein an nicht unter den Glassturz stellen, sondern helläugig werden lassen und scharfblickend. Nicht nur das Hirn soll geübt werden, sondern das Gemüt und alle Seelenkräfte, und last but not least, unsere Körper, erst dann kann von Erziehung und Bildung die Rede sein«, schreibt sie. Wenn man den Freunden der Familie Glauben schenkt, so sind die drei Geschwister außergewöhnlich schöne und begabte Kinder. Enthusiastisch berichtet Grossmann: »Nie im Leben hatte ich so schöne, so strahlende Kinder gesehen. Der Älteste, Heinz, pagenhaft schlank, etwa zehn Jahre alt, schüttelte seine blonden Locken und zeigte ein Profil, wie man es zuweilen auf Köpfen Dürers und Holbeins sieht. Ein inniges und kühnes, ein bebendes und dabei trotziges Gesicht, ein blonder junger Ritter. Der Zweite, Erwin, sah wie ein italienischer Bub aus, rabenschwarz, lustig, ein runder Kopf, funkelnde fröhliche Augen. Und dann das schmale Madonnengesicht der kleinen Lilith ...«

Auch die Schriftstellerin Lou Andreas-Salome ist von den Lang-Kindern begeistert. »... wenn ich so herrliche Sprösslinge herausgegeben hätte, so würde niemand mich mehr dazu bringen, eine Zeitung (oder Bücher) herauszugeben. Lassen sie doch das Weibsvolk für sich selber sorgen! ... mögen alle Zeitungen zum Teufel gehen, aber mögen Heinz, Erwin und Lilith blühen und gedeihen als das stolze, liebliche Lebenswerk der Frau Marie Lang«, schreibt sie der Mutter. Der heranwachsende Heinz bezaubert mit seiner Intelligenz, mit seinem Aussehen und seiner Liebenswürdigkeit Frauen wie Männer. Peter Altenberg, der damals für eine Schauspielerin schwärmt, schreibt: »Weshalb soll ich nicht für eine Künstlerin wie H. K. erglühen ... und ihr Lied singen?!? Aber ich tue dasselbe für alle, die meine Seele, meine Sinne in Fesseln schlagen. Ich tue dasselbe für den teuren wunderbaren Heinz Lang.«

1903 dürften der junge Heinz Lang und die erst seit einem Jahr verheiratete Lina Loos näher miteinander bekannt geworden sein. Loos ist in diesem Jahr beruflich oft unterwegs. Theodor Beer, außerordentlicher Professor an der Universität Wien, Millionär, Lebemann und seit kurzem verheiratet, hat Loos mit dem Umbau und der Innenausstattung seiner »Villa Karma«, wie er sein Besitztum in Clarens am Genfer See nennt, beauftragt. Die aufwändige Arbeit erzwingt die häufige Anwesenheit des Architekten in der Schweiz und Lina Loos bleibt in Wien allein zurück. Ist Loos wieder in Wien, erholt er sich gerne mit seiner jungen Frau und gemeinsamen Freunden bei Waldspaziergängen und Ausflügen in die Umgebung. Immer öfter ist, wie Fotografien bezeugen, auch der junge Heinz Lang mit von der Partie. Natürlich bemerkt Loos das schwärmerische Interesse, das der Gymnasiast seiner schönen Frau entgegenbringt, doch er gibt sich tolerant, will schließlich »kein eifersüchtiger Trottel sein«. Dass diese Schwärmerei sehr bald in heftigste Leidenschaft umschlägt, bleibt niemandem verborgen – außer, wie so oft, dem betrogenen Ehemann.

Altenberg, der »die unglückliche Liebe als Metier betrieb, der davon lebte, dass er unaufhörlich vor Liebe starb« und sich natürlich auch in Lina Loos unsterblich verliebt hatte, war der Erste, der es bemerkte. Er fühlt sich in die Rolle eines »lästigen, unnötig bedrängenden verrückten Greises« verwiesen, »der Ansprüche stellt und nicht wie ein letzter Hund in der Ecke winselt!«, was Heinz Lang als ekelhafte Gefühlsduselei abtut. Doch Altenberg, der ewige Schwärmer und fast schon berufsmäßig »unsterblich« Verliebte, tröstet sich schnell und ist bald einer anderen Schönheit in unglücklicher Liebe ergeben. Heinz, für den der hysterische Dichter zwar nie eine wirkliche Konkurrenz bedeutet hat, ist dennoch froh, von dieser Komplikation befreit zu sein, und schreibt seinem Freund Grossmann: »Du mir gehts jetzt gut, ich fühle mich manchmal wie im Paradies, so glücklich bin ich. Ich bin so glücklich, dass ich gar nicht schlafen kann, dass ich alles langsam im Geiste noch einmal an mir vorüberziehen lassen will, um mich noch einmal zu freuen.«

An die Komplikation, dass seine Geliebte immerhin die verheiratete Frau eines Freundes ist, denkt er in seinem Überschwang nicht. Auch muss er zunächst einmal die Matura am Akademischen Gymnasium bestehen. Stolz schreibt er im Juni 1905 eine Karte an Grossmann: »Lieber Stefan! Wir feiern eben ein Siegesfest. Wirklich. Ich habe das Gymnasium überwunden. Heute Nachmittag. Guat is ganga, nichts is gschehn.«

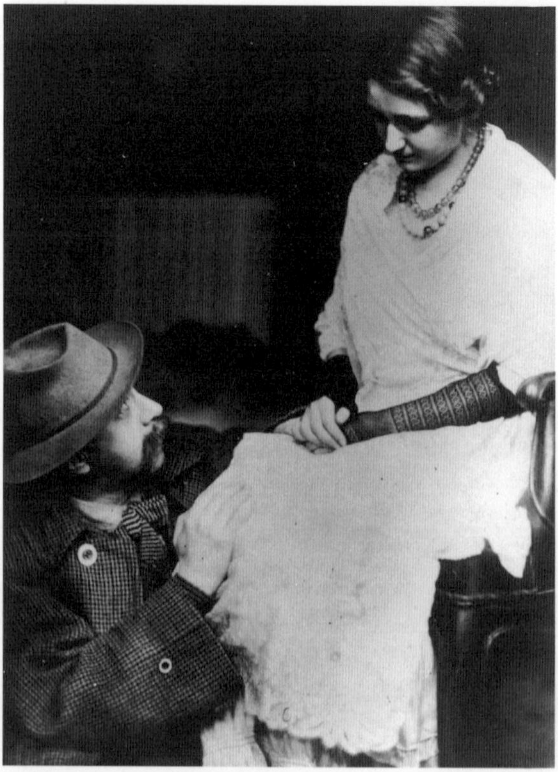

Peter Altenberg kniet vor Lina Loos

Zerbricht er sich auch den Kopf, wie es mit seiner Geliebten weitergehen soll? Lang will später Medizin studieren, aber bis er sich eine Existenz aufbauen kann, werden noch Jahre vergehen, und Lina ist immer noch die verheiratete Frau eines bis jetzt nichts ahnenden Ehemanns. Wie stellt er sich eine gemeinsame Zukunft vor?

Zunächst einmal schiebt er die Gedanken, die sein Glück stören könnten, weg und fährt nach England in die wohl verdienten Ferien. Wie seit vielen Sommern ist er Gast bei Freunden der Familie in Comberton Hall bei Kidderminster in Mittelengland. Zu Hause in Wien soll Lina inzwischen ihren Mann vor vollendete Tatsachen stellen, ihm kurzerhand die Trennung vorschlagen und dann zu ihm nach England fahren. So ist es abgesprochen. In seiner Naivität glaubt der junge Mann, alles geregelt zu haben, und genießt einmal den Sommer und die Ferien. Anfang September soll dann für ihn und Lina ein neues Leben beginnen. So hat er es geplant. So sind sie verblieben.

Während Lang in England die Geliebte erwartet, ist Lina mit ihrem Gatten auf Reisen. Aus beruflichen Gründen war das Ehepaar zuletzt häufig getrennt. Jetzt aber hofft Loos, der eine Entfremdung zwischen ihm und der geliebten Frau zu spüren vermeint, die gemeinsame Reise würde sie einander wieder näher bringen. Doch seine Gattin ist verändert. Immer öfter deutet sie an, nach England fahren zu wollen, um vielleicht nie mehr zurückzukommen. Loos versteht diese kryptischen Äußerungen nicht. Was will sie damit sagen? Auf Fragen bekommt er keine Antwort. Da findet er – ist es Zufall? – in seinem Koffer die glühenden Liebesbriefe, die sein junger Freund Heinz an Lina geschrieben hat.

Loos ist zutiefst getroffen und verletzt. Erschüttert muss er zur Kenntnis nehmen, dass seine Frau ihn schon ein ganzes Jahr lang betrügt – in der ehelichen Wohnung, in dem von ihm so ambitiös und luxuriös ausgestatteten weißen Schlafzimmer.

Lina bricht zusammen, als er eine Aussprache erzwingt. Sie weint und gesteht alles. Dann aber beteuert sie, mit ihrem Liebhaber Schluss machen zu wollen. Nun gehen zwei Briefe von Zürich, wo sich das Ehepaar gerade aufhält, ab nach England, beide adressiert an Heinz Lang. »... Ich habe dir eine für dich freudige, für mich niederschmetternde Tatsache mitzuteilen«, schreibt Loos dem Geliebten seiner Frau. »Ich habe Lina freigegeben und sie gehört von dem Moment an, als ich dies schreibe, ganz dein. Du sollst sie, wie sie mir mitteilte, täglich gequält haben, von mir zu lassen und dir *allein* anzugehören. Nun verstehe ich erst die Reise zu dir nach England und ihre Andeutungen, nie mehr zu mir zurückzukehren. ... Wird sie an deiner Seite glücklich, so wird dein Vergehen gerechtfertigt. Hat aber dein Tun nur den Zweck gehabt, eine Ehe zu zerstören und meine Frau herunterzubringen, so wäre dein Vergehen vor Gott und den Menschen eine Infamie. Vor dir nicht, denn dir scheint das moralische Gesetz in dir vollständig zu fehlen. Wenn einem das fehlt, kann man ja jede Frau haben. Allerdings, so billig wirst du nicht mehr dazu kommen; zur Aufgabe des Absteigequartiers wirst du dich in der Folge doch entschließen müssen. Denn an Ehemännern meines Schlages dürfte wohl Mangel sein ...«

Der Brief, den Lina Loos geschrieben hat und der Heinz Lang gleichzeitig erreicht, ist ihr Abschiedsbrief.

Als der junge Mann in England die Nachricht des betrogenen Freundes erhält und statt des ersehnten Telegramms der Geliebten, in dem sie ihr Kommen ankündigt, ihren Abschiedsbrief, trifft es ihn wie ein Schock. In größter Verzweiflung und Ratlosigkeit wendet er sich – ausgerechnet – an Linas alten Verehrer Peter Altenberg: Was er jetzt tun soll?, fragt er und erhält als Antwort: »Was Sie tun *sollten*? Sich erschießen. Was Sie tun *werden*? Weiterleben. Weil Sie ebenso feig sind wie ich, so feig wie die ganze Generation, innerlich ausgehöhlt, ein Lügner wie ich. Deshalb werden Sie weiterleben und später einmal vielleicht der dritte oder vierte Liebhaber der Frau werden.«

So hat Hugo von Hofmannstahl es berichtet. Wie man später rekonstruierte, nahm der zutiefst verstörte Heinz Lang als Reaktion auf die Worte Altenbergs den Revolver seines Gastgebers und jagte sich eine Kugel in den Kopf. Die lokale englische Presse schwelgte unter dem Titel »Austrian's Love Tragedy« in der Schilderung des Ereignisses und am 28. August 1904 ist auch in Wien in der »Neuen Freien Presse« zu lesen: »Wie die ›Westminster Gazette‹ meldet, hat sich ein junger Wiener, namens Heinz Lang, der zu Besuch in Comberton Hall bei Kidderminster war, daselbst heute Morgen erschossen.« Der tote Heinz Lang hielt eine Fotografie Linas umklammert. Der Brief an sie, den er angefangen, aber nicht fertig geschrieben hatte, hat die Geliebte nie erreicht.

In den literarischen Kreisen Wiens schlägt die Nachricht vom Selbstmord Heinz Langs wie eine Bombe ein. In den Cafés, in denen man leichten Herzens erotische Eskapaden anbahnt, die man ebenso leichten Herzens wieder lösen kann, wo man Freizügigkeit als modernes Lebensgefühl interpretiert, ist man fassungslos. Der junge Mann, der seinem Leben ein Ende gesetzt hat, war anders und hat anders empfunden als die Schwärmer und »unsterblich« Verliebten, die sich mit Doppelmoral und Scheinwelten arrangiert hatten, die Liebelei für Liebe hielten und mit Gefühlen spielten wie mit Worten. Heinz Lang wollte nicht in der Lüge leben. Daran ist er zerbrochen. Lina Loos, Peter Altenberg und Adolf Loos haben darüber zeit ihres Lebens geschwiegen.

Marie Lang, die Mutter, ist über den Tod des Sohnes nie hinweggekommen. Von Selbstvorwürfen gequält, weil sie ihr eigenes Kind nicht hatte behüten können, hält sie sich nicht mehr für befähigt anderen Müttern zu raten und zieht sich nach und nach aus der Frauenbewegung zurück. Die Tragödie des jungen Heinz Lang, über die so viel geredet wird, inspiriert jedoch einen Dichter und wird zum Stoff eines Dramas. Der Autor, der Leben in Literatur verwandelt, ist Arthur Schnitzler, der scharfsinnige Analytiker der Doppelmoral. Zunächst hatte er unter dem Titel »Das Wort« ein »Literatenstück« um Peter Altenberg geplant, doch unter dem Eindruck von Langs Selbstmord dem Stück eine andere Wendung gegeben. Es wird zum Drama von der Verantwortung der Menschen, die mit ihren Worten leben und sterben lassen können. »Tod und Leben steht in der Zunge Gewalt« – diesen Spruch Salomos hat Schnitzler bei der Arbeit an dem Stück notiert. Eine Schlüsselszene, die zwischen Treuenhof, der Figur des Peter Altenberg, und Hofrat Winkler, dem Alter Ego des Autors, spielt, birgt die Quintessenz: »Treuenhof: ›Worte sind nichts.‹ – Winkler: ›Worte sind alles. Wir haben ja nichts anderes.‹« – Schnitzler hat das Werk nie vollendet. In seinem Tagebuch notierte er, das Stück sei missglückt, wahrscheinlich »aus Sympathie für P. A.«.

Lina Loos kehrt zunächst nicht nach Wien zurück. In den Literatencafés brodeln die Gerüchte und manche ihrer Freunde geben ihr die Schuld am Tod des jugendlichen Geliebten. Sie flüchtet an den Genfer See zu Theodor Beers junger Gattin Laura in die »Villa Karma«. Auch sie ist in Bedrängnis. Ihr Gatte ist wegen eines Sittlichkeitsprozesses angeklagt, hat sich nach Amerika abgesetzt und sie allein gelassen. Als er schuldig gesprochen wird, erschießt sich die junge Frau.

Die Tragödie Langs ist für Lina Loos der Anlass, unter ihre Ehe den Schlussstrich zu ziehen. Sie will sich als Schauspielerin ihr Brot verdienen, will frei und selbstständig sein. Verzweifelt versucht der Gatte seine Frau zu halten. Doch, wie er später berichtet, hatte sie »nur immer eine Antwort: Sie sei pervers und werde immer auf Knaben fliegen müssen. Ob er nun Heinz oder anders heiße, es werde immer so bleiben. Und nachdem ich ihr das nicht gestatte, was sie vollkommen einsehe, könne sie nicht mit mir zusammenleben.«

Lina muss diese Neigung vorschieben, anders kann sie ihrem Ehemann den Wunsch nach Trennung nicht begreiflich machen. Er versteht nicht, dass sie endlich frei sein will und nicht beschützt und nicht behütet, wie ihr schwärmerischer Verehrer Peter Altenberg es einst seinem Freund Loos empfohlen hatte, als er schrieb, dass er es als »eine Erlösung für diese Liebliche empfinde, wenn du und ich sie durch unsere wahrhaftigste Freundschaft ein bisschen stützen und beschirmen in dieser Welt von Unverständigen, in der sie lebt, ich möchte, dass das teure Geschöpf, nachdem sie eingemauert ihr süßes Leben dahinrieseln sah und nicht wusste wozu, durch uns erfahre, dass ihre liebliche Persönlichkeit die Seele des Mannes in seinen adeligsten Stimmungen ergreift und dass Neid und böse Dinge vor ihrer Lieblichkeit hinsterben«.

Lina Loos ist eine erwachsene Frau, eine Persönlichkeit, die ihrem Leben einen anderen Sinn geben will, als männliche Seelen in ihren »adeligsten Stimmungen« zu ergreifen. Sie will auch kein altenbergischer »Bergwald« sein, der männliche Autoritäten zu deren »eigenen Höhen geleitet wie die Fee den armen verirrten Wanderburschen«. In ihrem Drama »Wie man wird was man ist«, in dem sie die Erfahrung ihrer Ehe dichterisch verarbeitet, schreibt sie: »Er wollte sie ferne halten von den hässlichen Dingen des Lebens: ›Ich wünsche von nichts ferne gehalten zu werden und vom Leben schon gar nicht.‹«

Ali, die Hauptfigur des Stücks, will so wie die Autorin für sich selbst entscheiden und den eigenen Weg gehen. »Ihr steht alle mitten im Leben und ich soll es nur durch dich kennen lernen. Warum denn? Ich habe doch eigene Augen, eigene Ohren.«

Mutter Obertimpfler, zu der Lina stets ein besonders inniges Verhältnis hatte, ist ihr in dieser schweren Zeit der Trennung von Loos eine große Stütze. »Bereite dich für eine Selbstständigkeit vor, lerne, was du willst, Sprachen oder irgendeine Handfertigkeit, mit der du dein Brot später verdienen kannst. Wenn du durch dich selbst etwas erreichst, deinen Platz in der Welt ausfüllst, werden wir stolz auf dich sein«, schreibt sie der Tochter.

Am 9. Juni 1905 ist Lina Loos volljährig und am 19. Juni findet die Scheidung von Adolf Loos statt. »Unsere Ehe war nicht von langer Dauer; sie war wie alles Irdische begrenzt und löste sich bald wieder in ihre einzelnen Bestandteile auf.«

Mit dem Entschluss, sich von ihrem Mann zu trennen und als Schauspielerin zu arbeiten, wählt Lina Loos die Selbstständigkeit mit allen Risken einer ungesicherten Existenz. Wohl kann sie noch auf die finanzielle Unterstützung durch ihr Elternhaus bauen und ist nicht gezwungen jedes Engagement anzunehmen, doch der Preis für den Freiraum, den der Beruf ihr bietet, ist dennoch hoch. Die Verträge sind unsicher, die Bezahlung schlecht, für die Kostüme muss die Schauspielerin selbst aufkommen, wobei die Kosten im krassen Missverhältnis zur Höhe der Gage stehen. In Wien fühlt sich Lina Loos begreiflicherweise nicht wohl. Es wird immer noch geredet und gemunkelt, die Gerüchte um die Schuld am Tod Heinz Langs sind nicht verstummt. Um auch räumlich Abstand von der Tragödie zu gewinnen, nimmt sie im Januar 1905 ein Engagement in den Vereinigten Staaten an. In Genua, wo sie sich für die Überfahrt einschifft, erreicht sie ein Brief von Adolf Loos: »Sei guten Mutes, mein Mädi! Der Mensch kommt am weitesten, der nicht weiß, wohin er geht. Nur nichts sich vornehmen. Wer weiß, wohin wir beide noch gelangen. Ich küsse dich! Glückliche Überfahrt! Dein Mann.«

Lina Loos weiß, wohin sie geht. Die Reise nach Amerika ist ihr Weg in die Freiheit. Die Wandlung der »silbernen Dame« zur eigenständigen künstlerischen Persönlichkeit beginnt, als das Schiff den Ozean überquert.

Als Ehefrau hat Lina für ihren Mann das Ideal der Kindfrau verkörpert – edles Material, das er formen und bilden kann, nach seinen Wünschen und Vorstellungen. Sie sollte seine Größe spiegeln und ihn als Muse inspirieren. Die wirkliche Frau, die Frau, die hinter seinen Projektionen stand, hat er nicht erkannt. Jetzt, nachdem sie gegangen ist, weiß er, was er ihr zu verdanken hat. »... wie viel habe ich dir zu verdanken!«, schreibt er in einem Brief. »Was an mir in Bezug auf mein Fach Halbes war, hast du gefestigt oder zu einem Ganzen gemacht. Erst durch dich habe ich jene Festigkeit in mein System von Styl und Leben hereinbekommen, die notwendig ist, um als Sieger aus diesem Kampfe hervorgehen zu können. Dein unfehlbarer Geschmack, deine visionäre Sicherheit in der Beurteilung haben mich von vielen Zweifeln erlöst und ... mein Werk erst lebensfähig gemacht ...«

Loos verdankt seiner Frau übrigens auch ganz prosaisch seine Wohnung in der Giselastraße, die von den Eltern Obertimpfler finanziert wurde. Er wird sie bis zu seinem Tod behalten.

Unter dem Pseudonym Carry Lind tritt Lina Loos im März 1905 in New Haven in Schillers »Kabale und Liebe« auf und erntet Beifallsstürme. Nach wenigen Monaten muss sie aber ihr Engagement abbrechen, da ein chronisches Lungenleiden sie zur Rückkehr nach Europa und zu einem Kuraufenthalt zwingt. Im Sommer spielt sie bereits wieder, und zwar im Kurtheater von Norderney. Im Dezember ist sie im Varieté »Krystallpalast Leipzig«, dem größten Vergnügungsetablissement Deutschlands, engagiert. 1906 und 1907 tritt sie im kaiserlichen Alexandertheater in St. Petersburg auf, ihre Krankheit zwingt sie jedoch abermals zu einer Kur. Nach einem Aufenthalt im Sanatorium Schwarzeck im Schwarzwald ist sie wieder in Wien, und zwar rechtzeitig zur Eröffnung einer Wiener Sensation – des Kabaretts »Fledermaus«.

Die Gründung der »Fledermaus« war ein weiterer Meilenstein in der Entwicklung der Wiener Theaterszene, die sich in den letzten zwei Jahrzehnten wesentlich verändert hatte. Das Burgtheater hatte mit verbilligten Vorstellungen an Sonntagnachmittagen ärmeren Bevölkerungsschichten und vor allem der Jugend den Zugang zu den Aufführungen geöffnet. Ein nächster Schritt, der von der elitären Abgehobenheit des Theaters weg und zu einer breiteren Akzeptanz des Angebots führte, war die Gründung der Freien Volksbühne durch Stefan Grossmann, den Freund der Familie Lang, im Jahre 1906. »Längst schon war ein solches Unternehmen in Wien ein dringendes Bedürfnis. In keiner deutschen Stadt hängt das bürgerliche Theaterpublikum so ausschließlich am theatralischen Schund, an der blöden Posse, am langweiligen Schwank, an der sinnlosen Gassenhaueroperette wie gerade in Wien«, schrieb die »Arbeiter-Zeitung«.

Das Bedürfnis nach Unterhaltung in der Großstadt war mit zunehmender Bevölkerung gewachsen. Kleinbühnen, Orpheen, Tanzpaläste, Varietés und Kabaretts schießen nun aus dem Boden. Die

»Budapester Orpheumsgesellschaft«, das »Biercabaret Simplicissimus«, das als »Simpl« heute noch besteht, das von Felix Salten gegründete »Jung-Wientheater zum Lieben Augustin«, Ben Tibers »Apollotheater«, das »Moderne Cabaret«, das Cabaret »Nachtlicht« und die »Hölle«, um nur einige zu nennen, werben um die Gunst des Publikums. Man bringt Einakter und Sketches mit polemisch-satirischem und kulturkritischem Inhalt und entwickelt eine typisch wienerische Kabarettkunst, die Chansons, Couplets, lyrische Texte, Volkslieder und Parodien mischt. Das neu eröffnete Kabarett »Fledermaus« im ersten Bezirk an der Ecke Kärntner Straße/ Johannesgasse ist jedoch etwas radikal Neues. Schon auf Grund seiner exklusiven Ausstattung überstrahlt es jedes andere Etablissement.

»Der Vorraum war mit farbigen glasierten Kacheln ausgelegt, von denen jede die künstlerische Karikatur irgendeiner bekannten Wiener Persönlichkeit war. Schon dies war eine Herausforderung. Am Eingang des kleinen Bühnenraums, der ganz in Weiß und Gold gehalten war, mit winzigen Logen wie ein Puppentheater, stand ein riesiger dicker Portier in roter Uniform mit Goldknöpfen und überreichte das von Künstlern entworfene Programm.« Über den Eingangsraum, auch als American Bar bezeichnet, jubelte die Presse: »Einen solchen Raum gibt es in Wien noch nicht. Und anderswo auch nicht ... Ich stehe nicht an, diesen Raum für einen der originellsten und künstlerisch pikantesten zu erklären, den Wien aufzuweisen hat.« Den Theaterraum mit seiner spektakulären Inneneinrichtung hatte Josef Hoffmann im »Secessionstil« geschaffen, Klimt und Kokoschka waren mitbeteiligt. Die Modeschöpferin Emilie Flöge, Gustav Klimts langjährige Freundin und Gefährtin, und Kolo Moser entwarfen die originellen Kostüme. Tagsüber dienten die Räumlichkeiten als Ausstellungsort, nachts als der Ort der gehobenen Unterhaltung. »In der ›Fledermaus‹ traf sich nachts alles, was in Wien gut und teuer war: erstklassige Künstler, Aristokraten, Damen der Lebewelt mit ihren reichen Kavalieren, Schauspieler, Wissenschaftler und Millionäre.« Die Wechselbeziehung von künstlerischer Ausstattung und einem Programm, das Poesie, Dramatik, Musik und Tanz vereinte, machte die »Fledermaus« zu einem Gesamtkunstwerk.

Der Eröffnungsprolog, den Lina Loos unter dem Namen Lina

Vetter am 19. Oktober 1907 rezitiert, stammt aus der Feder Peter Altenbergs. »Auf einem Tischchen weiße Rosen, und daneben sitzt eine zarte Mädchengestalt, von schwarzem Stoff umflossen, mit großen sinnenden Augen in dem feinen Gesichtchen, Lina Vetter, die, wie träumend, wie unter einer Suggestion, Worte von Peter Altenberg spricht.«

Altenberg und Friedell sind die Hauspoeten, aber auch Hermann Bahr, Franz Blei, Hanns Heinz Ewers und Roda Roda liefern literarische Beiträge. Lina Loos ist neben der Diseuse Marya Delvard und der Tänzerin Gertrude Barrison der weibliche Star und gleichzeitig Peter Altenbergs Sprachrohr. Wenn er als Kritiker in der Presse lobend über sie schreibt, lobt und propagiert er natürlich auch sich selbst. Denn was er preist oder verdammt, ist meinungsbildend. Zur Sensation wird die Aufführung des von Egon Friedell und Alfred Polgar verfassten Goethe-Sketches. Die Groteske um den Dichter Goethe, der einem Prüfungskandidaten erscheint, ihn vertritt und bei der Prüfung im Fach Goethe durchfällt, wird vom Publikum so begeistert aufgenommen, dass das Stück 300-mal en suite gespielt wird. Als Goethe brilliert Egon Friedell, als Freundin des Abiturienten steht Lina Loos in der Rolle der Linerl auf der Bühne. Das Stück wird auch in Deutschland ein sensationeller Erfolg. In München und im Berliner LindenKabarett stehen beide wiederholt gemeinsam auf der Bühne. »Da stand nun Egon Friedell, Doktor der Philosophie, Hofnarr des Publikums und, wie die meisten Hofnarren, dem Gebieter weit überlegen«, schreibt Felix Salten über den promovierten Kabarettisten.

Dem Spötter und Frauenverächter Friedell widerfährt, was er sich nie hätte träumen lassen – er verliebt sich in die Schauspielerin und macht ihr einen Heiratsantrag. Die Partnerin auf der Bühne soll auch seine Partnerin im Leben werden. Dabei stört ihn nicht im Geringsten, dass Lina sich erst kürzlich verlobt hat, und zwar mit Dr. Herbert Fries, dessen Familie das Sanatorium Inzersdorf besitzt. Friedell, der Lina in einem Brief geschrieben hat: »Für den Denker und Künstler sind die Frauen nichts anderes als zufällige Anregungsmittel, die er geschickt benützt, um durch sie seinen geistigen Stoffwechsel zu steigern, vorübergehender Zündstoff, den er verbrennt, um durch ihn sein eigens Feuer zu nähren. Er hat dazu zu den Frauen eigentlich überhaupt keine innere Beziehung. Sie sind für ihn dasselbe wie Nikotin, schwarzer Kaffee ...« – dieser Friedell steht in Flammen. Er hat die Überzeugung vertreten: »Sieh in der Frau ein nichtiges, flaches, albernes Geschöpf. So wird sie dir genau das sein, nicht mehr; sieh in ihr ein mysteriöses höheres Wesen, eine zarte Zaubergestalt, den ›Stern deines Daseins‹, so wird sie dir dieser Stern sein. Was sie wirklich ist: Wer vermöchte das zu sagen? Vermutlich nichts.« – Lina Loos hat den Philosophen eines anderen belehrt. In ihr begegnet Friedell der großen Liebe seines Lebens. Als sie seinen Antrag höflich und diplomatisch ablehnt, trifft ihn diese Zurückweisung so tief, dass er an Selbstmord denkt. »Lina, ich kann mich vor dir nicht retten«, beschwört er sie. »Mit einer Frau kann man fertig werden, sexuell, geistig, seelisch usw., aber dich liebe ich leider Gottes objektiv, als Mensch! Ich glaube, ich weiß, ich fühle, mit dir werde ich nie fertig werden! Weil du eine Wirklichkeit bist. Die ›Frau‹, die ›Liebe‹ ist ein Phantom, ein vorübergehender Reizungszustand, ein Rausch, ein Traum, eine Vergiftung, eine Neurose, was du willst, aber sie ist nichts Wirkliches. Aber von dir kommt man nicht los. Und gerade ich, der so leicht loskommt, der eigentlich in der Frau nie etwas anderes gesehen hat als eine ›Notwendigkeit‹ oder bestenfalls eine Unterhaltung.«

Ist der philosophische Frauenverächter und Spötter zum Liebenden geworden? Oder war seine Frauenverachtung nur eine zur Schau getragene Maske, hinter der ein zur Liebe fähiges und nach Liebe verlangendes Herz Schutz suchte? Wer vermag es auszuloten? Wie viele seiner Zeitgenossen war auch Friedell von den frauenfeindlichen Thesen der Philosophen Weininger und Nietzsche beeinflusst. Und sicher hat der Schmerz sein Frauenbild geprägt, als seine Mutter mit ihrem Liebhaber durchbrannte und ihn als Kind zurückließ. Solche Wunden vernarben nicht. Ebenso aber hat auch jene Kinderfrau sein Frauenbild geprägt, die ihn liebevoll betreute und ihm die leibliche Mutter zu ersetzen versuchte. Er hat ihr diesen Dienst bis zu ihrem Tod mit rührender Fürsorge gedankt.

Er ist ein lebendes Paradoxon, der 1878 als Egon Friedmann in Wien geborene Friedell. Ein gläubiger Freigeist, ein Berufsdilettant, ein geselliger Einzelgänger, wie ihn sein Biograf Peter Haage charakterisiert. Sein Abitur hat er erst im vierten Anlauf und nach einer Irrfahrt durch diverse Schulen in Österreich und Deutschland geschafft. In Frankfurt, wo er nach dem frühen Tod des Vaters bei einer Tante lebte, hatte man ihn von der Schule verwiesen, weil er »in absichtlicher Weise die Lehrer der Klasse zu stören und zu ärgern gesucht« hat. Als seine Verwandten zögerten, dem Abiturienten das Erbteil auszuzahlen, weil er ihnen geistig-sittlich zurückgeblieben erschien, konsultierte er einen Psychiater, unterzog diesen einem Verhör über Spezialfragen der Psychiatrie und erreichte, dass der überrumpelte Arzt ihn schleunigst für zurechungsfähig erklärte. Bald danach war der junge Mann im Besitz eines komfortablen Vermögens, studierte Philosophie, Germanistik und Literaturwissenschaft und promovierte. Seine Karriere habe mit einem Abstieg begonnen, sagt er von sich, nämlich vom Doktor der Philosophie zum Kabarettisten. Zwei Jahre lang ist er künstlerischer Leiter der »Fledermaus«, steht aber als begnadeter Komödiant immer wieder auch selbst auf der Bühne. Als er in Berlin gastiert, überschlagen sich die Kritiker vor Begeisterung. Max Reinhardt, der die Meinung vertritt, dass niemand besser Theater spiele »als ein genialer Dilettant, denn alle Kunst ist zuerst und zuletzt im Persönlichen verhaftet«, holt ihn zu sich ans Theater in Wien und Berlin. Als »geselliger Einzelgänger« lebt er sein Leben, wenn er nicht gerade auf der Bühne steht, teils zurückgezogen und seinen Studien hingegeben in der großzügigen Wohnung in der Wiener Gentzgasse, teils verbringt er es in der alkoholgeschwängerten Atmosphäre diverser Etablissements, wo er mit Freunden die Nächte durchzecht. Da man ihn für einen »lachenden Philosophen« hält, schreibt er seine »Judastragödie«. Als »Eckermann Altenbergs«, wie er sich selbst tituliert, verfasst er ein Altenbergbuch. »Die Kulturgeschichte der Neuzeit«, ein fulminantes Werk, das die Zeit »von der schwarzen Pest bis zum (Ersten) Weltkrieg« umspannt, macht ihn über Nacht auch international berühmt. Die Londoner »Times« und die »Philadelphia Tribune« rühmen ihn als »Shakespeare der Geschichtsschreibung«.

Lina Loos hat Friedells Heiratsantrag zwar abgelehnt, bleibt ihm aber freundschaftlich verbunden. Sie spielt an verschiedenen Wiener Theatern, tritt als Diseuse unter dem Namen Lina Loos-Vetter in »Des Knaben Wunderhorn« auf, spielt in dem Einakter »Notturno« und verkörpert als Alaine de l'Estoile die Hauptrolle in dem

Schauspiel »Revolutionshochzeit«, wofür sie begeisterte Kritiken erhält. Besonderen Ehrgeiz hat sie nicht – so scheint es zumindest. Oder ist es das heftige Lampenfieber, das sie abhält, die ihr angebotenen großen Rollen auch anzunehmen? Die »Angst vor dem Spielen« sei so groß, sagt sie einmal, dass sie die »Lust am Ruhm bei weitem überwiegt«. Sie begnügt sich mit Nebenrollen, spielt Dienstmädchen, Köchinnen und Kammerzofen. In den »Erinnerungen einer Wiener Schauspielerin«, wie der Untertitel ihres Erzählbandes »Buch ohne Titel« lautet, gesteht sie, eigentlich gar nicht arbeiten zu wollen, aber »da ich ja leider einen Beruf haben muss, so bin ich am liebsten beim Theater«. In ihrem Sinn für Realität unterscheidet sie sich jedoch grundlegend von ihren Verehrern à la Peter Altenberg, die Theater nicht nur auf der Bühne suchen, sondern das Leben selbst in Theater verwandeln – was nicht immer glückt.

Köstlich, wie Lina Loos den Traumtänzer und notorischen Schnorrer Altenberg einmal demaskiert: Als anlässlich seines fünfundvierzigsten Geburtstages ein Verein gegründet wird, der den Zweck hat, den Dichter finanziell zu unterstützen, stellt sie den Antrag, den Verehrten doch einfach in Ruhe sterben zu lassen, damit nicht schnöder Mammon ihn seiner Unschuld als Künstler und Mensch beraube. Daraufhin habe – laut Bericht Hugo von Hofmannsthals – der erboste Schöngeist geschrien: »Wirst du nicht sofort das Maul halten, du dumme Urschel ... Ich will leben, aber ich will gut leben.« – Diese Szene hat übrigens auch Arthur Schnitzler in sein Fragment »Das Wort« aufgenommen. Eines steht jedenfalls fest: Der Ratschlag »Werde du selbst«, den Altenberg seiner »silbernen Dame«, wie er Lina Loos einmal nannte, mit auf den Weg gegeben hat, war wirkungsvoll. Lina Loos ist sie selbst geworden und hat ihre Lehrmeister dabei zurückgelassen.

Egon Friedell, der leidenschaftlich Verliebte, will Linas Abweisung nicht zur Kenntnis nehmen. Er umwirbt sie immer heftiger. Er sieht in ihr seine Muse, von ihr fühlt er sich abhängig. »Da ich alle Sachen *nur für dich* mache, so ist es höchst begreiflich, dass ich eben auf dein Urteil *allein* und *besonders* Wert lege, und daher auf dieses, und nur auf dieses ›eitel‹ bin«, gesteht er. Und es ist ein Verzweiflungsschrei, wenn er Anfang 1914 schreibt: »Nie, nie, das weiß ich, wirst du mir glauben, dass ich nur für dich lebe und sterbe und alles, alles nur für dich tue ... Erst durch dich weiß ich, dass ich lebe, und ich lebe nur für dich.« Was Friedell will, ist Liebe und Leidenschaft – was ihm Lina Loos geben kann, ist Freundschaft. Das Verhältnis zwischen den beiden so unterschiedlichen Charakteren ist schwierig – spannungsgeladen und konfliktreich. Streitgespräche zwischen dem Verstandesmenschen, als den Lina ihren Freund einschätzt, und dem Gefühlsmenschen, als den sie sich empfindet, werden in aller Schärfe ausgetragen. Sie achtet und schätzt in Friedell den Künstler, den Intellektuellen, dem Menschen Friedell ist sie freundschaftlich zugetan. Als Mann dürfte er für sie kaum in Betracht gekommen sein.

Als 1914 der Erste Weltkrieg ausbricht, wird Linas Verlobter Fries sofort zum Wehrdienst einberufen. Als er in den ersten Kriegstagen fällt, stürzt sie in tiefste Depression, wobei sich ihr Lungenleiden verschlechtert. Oft werden die Schmerzen so heftig, dass sie kaum zu ertragen sind. Zu dem Elend und den Nöten des Krieges, von denen auch das Hinterland nicht verschont bleibt, trifft sie ein wirtschaftlicher Schlag: Gegen Kriegsende müssen die Eltern Obertimpfler die »Casa piccola« verkaufen und schlittern in die Armut. Es ist ein Schicksal, das sie in jener Zeit mit vielen teilen, so auch mit all den Gutgläubigen, die siegesgewiss in Kriegsanleihen investiert hatten und jetzt vor dem Ruin stehen. Manche können diesen Absturz nicht ertragen – zu ihnen gehört Theodor Beer in der Schweiz. Am Tag der Versteigerung seiner »Villa Karma« greift er zum Revolver und erschießt sich.

Die nun fast vierzigjährige Lina Loos hat mit dem Verkauf des Kaffeehauses eine finanzielle Stütze verloren. Das Testament ihres Verlobten Fries, das ihr wirtschaftliche Sicherheit beschert hätte, nimmt sie nicht an. Nun ist sie vollständig auf sich allein gestellt. Die kleine Sommerwohnung in Sievering mit Blick über die Dächer und auf die Weingärten, die sie sich in dem Wiener Heurigenort eingerichtet hat, wird ihr ständiger Wohnsitz. Egon Friedell, der einsehen hatte müssen, dass seiner Liebe die letzte Erfüllung versagt bleibt, ist ihr weiterhin in Freundschaft ergeben und unterstützt sie bisweilen auch finanziell. Lina Loos ist seine wichtigste Gesprächspartnerin und Kritikerin und wird es bis zu seinem Tod auch bleiben.

Anfang der Zwanzigerjahre ist Lina Loos Ensemblemitglied am Deutschen Volkstheater unter der Direktion von Dr. Rudolf Beer. Ihr Leben bewegt sich zwischen dem Theater, der Wohnung in Sievering und ihrem Stammcafé »Raimund« – gegenüber dem Theater. Dort dominiert ein Kreis von Stammgästen, der sich »gewissermaßen als elitäre Filiale von dem sozialen Durcheinander anderer großer Zentren der Wiener Kaffeehauskultur bewusst« abhebt. Zu dieser elitären Runde zählen Linas Freund Friedell, der Literat Alfred Polgar, der Theaterdirektor Dr. Rudolf Beer, die einflussreiche Journalistin Berta Zuckerkandl, Linas Bruder Karl Forest und der Dramatiker Franz Theodor Csokor. Ein alter Freund, der Prototyp des Kaffeehausliteraten, ist nicht mehr dabei – Peter Altenberg ist 1919 an Lungenentzündung gestorben. Das Kreuz auf seinem Grab hat ihm sein Freund Adolf Loos errichtet.

Der leidenschaftliche Theatermensch Beer ist progressiv und experimentierfreudig. Den wirtschaftlichen Erfolg seines Theaters versucht er mit Stars wie Tilla Durieux oder Max Pallenberg zu garantieren, verpflichtet aber auch die einheimische Schauspielerelite wie Paula Wessely, Hans Moser, Vilma Degischer, Adrienne Gessner. Lina Loos ist kein Star, aber ein verlässliches, anerkanntes und von den Kollegen sehr geschätztes Ensemblemitglied. Sie »hielt die Qualität. Die Stars sind gekommen und gegangen. Die Gleichmäßigkeit der Leistung lag im Mittelbau.«

Die Arbeitsbedingungen am Theater sind schwierig. Stromknappheit und Mangel an Heizmaterial lassen im Winter die Schauspieler in ihren Kostümen frieren, während sich das Publikum immerhin den Mantel umnehmen kann. Die Inflation frisst den Wert der ohnehin knapp bemessenen Gagen, die Bühnenarbeiter begehren auf. Natürlich gibt es Großverdiener – Stars wie Tilla Durieux, Elisabeth Bergner, Adele Sandrock oder Heinz Rühmann –, viele andere aber müssen sich mit einer Nebenbeschäftigung über Wasser halten. Auch Lina Loos ist gezwungen, sich ein zweites ökonomisches Standbein zu suchen. Sie hat immer wieder geschrieben – Essays, Feuilletons, Anekdoten und Beobachtungen aus dem Alltag – und in Journalen und Zeitschriften veröffentlicht, nun muss sie ihre schriftstellerische Arbeit intensivieren und kontinuierlich betreiben. Trotz allem Nachkriegselend bleibt aber das Theater ein geliebtes Refugium, ein Ort, wo man zumindest für kurze Zeit der tristen Wirklichkeit entfliehen kann – auf der Bühne genauso wie im Zuschauerraum. »Das ist der ewige Zauber des Theaters! Alles ist ›wirklich‹ und ›unwirklich‹ zu gleicher Zeit. Der Darsteller ist er selbst und doch nicht er selbst. Der Zuschauer träumt und weiß zugleich, dass er träumt. Wirklichkeit und Unwirklichkeit zu gleicher Zeit ist ja auch das große Geheimnis des Lebens und der Zeit«, schreibt die Schauspielerin. Sie weiß aber auch um die Fallstricke jener Gegenwelt, die mit dem Theater geschaffen wird: »Beim Theater kann man das Leben erleben in allen Tiefen und Höhen, Sieg und Tod, dasselbe Leben – nur geistig und unwirklich. Aber diese künstlerische Aufpeitschung der Nerven und ihre erlösende Entspannung ist bei aller Schönheit doch nur gespieltes Glück ... Alle Menschen, ob reich oder arm, könnten glücklich sein, wenn sie erkennen würden, dass das reale Leben märchenhaft schön und unwirklich zugleich sein kann, man braucht es nur – außerhalb von sich selbst – zu leben.«

Lina Loos spielt am Deutschen Volkstheater, am Raimundtheater und an der Scala, an allen drei Bühnen unter der Leitung von Dr. Rudolf Beer. Sie tritt in Komödien und Lustspielen in den von ihr geliebten Nebenrollen auf und wird von der Kritik durchwegs positiv beachtet. Sie spielt mit »liebevollem Verständnis für Menschliches«, fällt auf durch »die charakteristische Auffassung der Rolle eines raffinierten Dienstmädchens«, reißt die Zuschauer zu »demonstrativen Beifallsstürmen hin«. Nach der Premiere von Guitras Lustspiel »1715 Francs« bescheinigt man ihr: »Ein Komikertalent von selten verbissener Grimmigkeit des Humors leuchtet da erquickend auf.« Als Hausköchin in Bertons und Simons »Zaza« ist »Lina Loos von köstlicher Deutlichkeit und deutlichster Köstlichkeit«. Sie ist viel beschäftigt. Allein im Jahr 1924 spielt sie in zwanzig verschiedenen Stücken am Raimund- und am Volkstheater, auch unter der Regie ihres Bruders Karl Forest in Ibsens »Hedda Gabler« und »Nora« sowie mit Karl Paryla und Elisabeth Markus in Hermann Bahrs »Der Franzl« unter der Regie Friedrich Rosenthals. Sie steht mit allen großen Schauspielern und Stars der Zwanzigerjahre, die als Gäste durch Europa touren, auf der Bühne.

Eine innige Freundschaft verbindet sie mit der jungen Düsseldorfer Schauspielerin Margarete Köppke, die am Raimundtheater spielt und das Wiener Publikum im Sturm erobert hat. Franz Theodor Csokor behauptete, Margarete »sei so wild, der Teufel hätte sie bestimmt auf Erden vergessen, und wer sie eben kennen lernt, ist bezaubert von ihrem zarten, elfenhaften Wesen. Sie ist keine Frau, kein Mann, kein Kind oder alles zu gleicher Zeit. Mit einem Wort, dieses Wesen ist Künstlerin in Reinkultur.« Die hoch begabte und sensible junge Schauspielerin leidet an extremen Stimmungsschwankungen, stürzt immer wieder in schwerste Depressionen, die psychiatrische Behandlung erfordern. Einzig ihre mütterliche Freundin Lina kann sie – zumindest für eine Zeit – den stets wiederkehrenden Todessehnsüchten entreißen. Margarete wurde mit der »Balance für das Seiltanzen« geboren, wie sie von sich selbst schreibt, »aber auf der Erde ordentlich gehen scheint mir schwer zu lernen«. Lina wird für die junge Kollegin zum Lebensmenschen und trägt schwer an dieser Verantwortung, die einen ständigen Kampf bedeutet – für das Leben und gegen den Tod. Es ist ein Kampf, den sie verliert. 1930 setzt Margarete Köppke, achtundzwanzig Jahre alt, ihrem Leben ein Ende.

Lina Loos wird auch für Franz Theodor Csokor zum Lebensmenschen. Der 1885 in Wien geborene Dichter, Dramatiker und Regisseur hat mit seinen expressionistischen Dramen »Die rote Straße« und »Die Stunde des Absterbens« moderne Problemstücke verfasst. Sein bekanntestes Stück, »3. November 1918«, in dem er das Ende der österreichisch-ungarischen Monarchie thematisiert, ist Teil seiner »Europäischen Trilogie«, die sich mit den folgenschweren Entwicklungen nach dem Ersten Weltkrieg auseinander setzt. »Wenn ich ein richtiger Mensch werde – ich will nicht behaupten, dass ich es bin – aber wenn ich es werde, so danke ich es dir, deinem Beispiel, das sehe ich immer stärker; alles was aus dir noch in mir wirksam ist, ist gut, du bist für mich beinah kein Körper mehr, aber eine *wirkende* Kraft!« – Lina Loos, Egon Friedell und Franz Theodor Csokor sind in einem Balanceakt zwischen Liebe, Freundschaft und Eifersucht miteinander verbunden. Sie werden es bleiben, bis der Tod sie trennt.

Die Schauspielerin widmet sich jetzt immer öfter und schließlich regelmäßig ihren schriftstellerischen Ambitionen. Ihre erste Veröffentlichung im Jahre 1904 im »Neuen Wiener Tagblatt« hatte noch ihr damaliger Ehemann Adolf Loos veranlasst. Sie hatte ihm aus Franzensbad einen Brief geschrieben, »weil ich eine Wut hab über Menschen, die so blind sind«, dass sie in Eger die Steinquadern einer alten Kirche bemalen, dass sie alte Zinnteller mit Gravuren verschandeln, dass sie Wallensteins Sterbehaus als Stadthaus adaptierten. Loos war von ihren Ausführungen begeistert. »Es ist das Beste, was ich jemals über so was gelesen habe. ... Mit zwei Zeilen beschreibst du eine Kirche, wozu ein anderer zwei Seiten brauchte – und könnte doch nicht so eine Wirkung erzielen.«

Als Schriftstellerin wählt Lina Loos auch später oft die Form des Briefes als literarisches Genre, um Gedanken zu formulieren, die sie in späteren Publikationen wieder aufgreift. Manchmal, vor allem dann, wenn es gilt, für eine gerechte Sache zu kämpfen oder eine ungerechte zu bekämpfen, gibt sie Privates der Öffentlichkeit preis. So schreibt sie 1929 einen offenen Brief zur Verteidigung Egon Friedells, dessen leibliche Mutter plötzlich aufgetaucht war und von dem Sohn, um den sie sich nie gekümmert hatte, Unterhaltszahlungen forderte. Friedell, der sich weigert, sieht sich einer Hetzkampagne der Presse ausgesetzt. Im »Neuen Wiener Journal« veröffentlicht Lina einen Brief zu seiner Verteidigung. Sie schildert Friedells liebevollen Umgang mit seiner Kinderfrau und die Fürsorge, mit der er sie bis zu ihrem Tod betreute, und sie schließt mit den Worten: »Lasse dich ruhig von diesem Gericht verurteilen und bezahle, was es dir vorschreibt, es ist ein altes Gericht, das Jüngste Gericht wird es dir zurückerstatten, dafür verbürgt sich deine Lina.« Ihr Freund Friedell dankt ihr für diese Unterstützung und schreibt, dass dieser Brief »das Schönste, Tiefste und Wahrste war, was man über diesen Fall, was man über mich ... schreiben konnte.«

Das Veröffentlichen von Essays und Feuilletons ist für die Schauspielerin zum zweiten Standbein geworden. Vielleicht macht es ihr sogar mehr Freude als die Arbeit am Theater, weil das peinigende Lampenfieber, von dem sie sich nie hatte befreien können, wegfällt. Sie schreibt u. a. für die »Wiener Woche«, den »Maßstab«, die »Arbeiter-Zeitung«, das »Prager Tagblatt«, das »Neue Wiener Journal« und für »Die Dame«. In der Wochenendausgabe des »Neuen Wiener Tagblatts« gehören ihre Feuilletons zum festen Bestandteil. Sie beschreibt Unspektakuläres, Beobachtungen und Vorgänge des täglichen Lebens, die sie mit Humor und aufblitzenden Pointen würzt. Ähnlich wie Peter Altenberg fängt sie die Stimmungen des Alltags ein und verleiht den kleinen, scheinbar unbedeutenden Geschehnissen den Glanz der Poesie. Geschickt übt sie dabei auch Kritik an der Gesellschaft und kämpft in subtilen Anspielungen gegen soziale und geschlechtsspezifische Ungerechtigkeiten.

In den Zwanzigerjahren hat sie mit der Arbeit an ihrem Theaterstück »Wie man wird was man ist« begonnen, in dem sie die Geschichte ihrer Ehe mit Adolf Loos thematisiert. Hauptperson ist Ali, in der sie sich selbst als junge Frau porträtiert. Über sie lässt sie den Gatten sagen: »Ali ist nicht mehr als reines Material. Ich werde sie formen ... Es soll ein Kunstwerk werden. ... Denn an und für sich – ist sie nichts.« Wie die Autorin selbst es getan hat, befreit sich auch Ali aus der männlichen Bevormundung und wählt den Weg in die Freiheit. Das Stück ist aber mehr als die Rekonstruktion einer individuellen Befindlichkeit. Die Worte, die sie Ali in den Mund legt, können als eine Art Botschaft nicht nur für Loos, sondern für alle dominierenden Ehemänner gelten: Auf die Frage, ob Ali glaubt, dass ihr Mann sie geliebt habe, antwortet sie: »Nein, das glaube ich nicht. Du wolltest dich selbst erweitern in mir. Du wolltest mich formen wie ein Werk. Ich will aber durch das Leben geformt werden, nicht von einem einzelnen Menschen. Dazu hast du mich gefangen, festgehalten, dazu brauchtest du die Ehe, die dir Macht und Rechte gab.« Darauf entgegnet der Mann: »Es ist nicht jedermanns Sache, für die freie Liebe einzutreten«, und Ali erwidert: »Ich bin nicht für die so genannte ›freie Liebe‹. – Ich bin für die Befreiung der Liebe, das ist etwas ganz anderes. Zur Liebe muss man reif sein, man muss sie erwarten und empfangen. Die Liebe zu einem Menschen muss Liebe zu allen Menschen werden.« Um ihre Vorstellungen von einem selbst gesteuerten Leben zu realisieren, trennt Ali sich von ihrem Ehemann und stößt damit zwangsläufig auf den Widerstand der Gesellschaft. Damit sind die Hauptthemen des Stückes gegeben: die Ehe und die Gesellschaft. »Die Ehe ist eine Konzession an die Menschen. Ich liebe die Menschen, aber ich räume ihnen keine Rechte über mein Leben ein. Ihr macht es gerade umgekehrt, ihr verachtet die Menschen, aber ihr richtet euer ganzes Leben nach dem ›Urteil der Welt‹.« Und trotzig lässt die Autorin ihr Alter Ego Ali sagen: »Die Gesellschaft. Die Gesellschaft ist irgendwer, ist irgendwo; aber hier stehe ich, wirklich und wahrhaftig, ganz allein verantwortlich für mein Leben, und wenn es der Gesellschaft nicht passt, passt eben die Gesellschaft nicht für mich.«

Das Theaterstück wird erst 1996 aufgeführt. Zu ihren Lebzeiten bleibt es unveröffentlicht wie auch die Dramen »Bürger von Anno Dazumal« und »Pomme de terre«, in denen sie das bürgerliche Leben und seine Scheinmoral kritisiert. Das »Wunderspiel« mit dem Thema Mutterschaft, der Einakter »Pavillon«, in dem sie sich mit Psychiatrie auseinander setzt, und zahlreiche andere Fragment gebliebene dramatische Entwürfe bleiben ebenfalls in der Schublade. Als einziges ihrer Stücke wird das Drama »Mutter«, das am 15. März 1921 am Deutschen Volkstheater Premiere hat, zu Lebzeiten der Autorin aufgeführt. Es ist die Geschichte einer Tochter, die ihre Mutter ins Krankenhaus bringt. Als sie auf dem Operationstisch liegt, stellen die Ärzte den Tod fest. Die Bestimmung zu leben soll auf die Tochter übergehen, die diese Rolle jedoch verweigert – sie gibt ihr Recht auf Leben an die Mutter weiter.

Das »Wiener Extrablatt« schreibt in seiner Kritik: »In dem Erstling steckt zweifellos Begabung und die Verfasserin hat sich damit das Recht erworben, gehört zu werden ... Stürmischer Beifall holte die Verfasserin unzählige Male vor die Rampe.« Das »Neue Wiener Journal« bescheinigt dem Stück »merkwürdig starke Wirkung in der Sparsamkeit des Wortes, in schmerzlich innigen Empfindungen« und würdigt die Autorin: »Die Dichterin ist eine tiefe und sinnig empfindende Frau.« Die »Deutsche Tageszeitung« kommt zu dem Urteil: »Wenn Dichten Verdichten bedeutet, dann ist es hier der Fall und man spürt, dass die in ihrer Knappheit doppelt spannende Theaterform einem inneren Müssen entspringt.«

Die Autorin selbst steht ihrem Erfolg sehr gelassen gegenüber. »Nichts wird so rasch vergessen als ein Theaterstück, das nicht einmal Aufsehen erregend durchgefallen ist.« Mitte der Dreißigerjahre wagt sie sich auch an ein Filmdrehbuch, das sie gemeinsam mit dem befreundeten Rudolf Forster schreibt, der als Schauspieler zur Prominenz der Theater- und Filmbranche zählt. Im »Neuen Wiener Tagblatt« hat sie ihren Versuch in diesem Genre begründet: »Also zunächst einmal war ich fest entschlossen ... zu leben, wie die Lilien auf dem Felde. Bald stiegen mir Bedenken auf; wenn es sich aber gar nicht um eine Lilie handelt? Mein Selbst erkannte: Ein Unkraut müsse selber schauen, wie es weiter kommt, und so beschloss ich, einen Film zu schreiben.« – Das Drehbuch wird nicht angenommen, denn es war, wie Theodor Csokor es formulierte, für die heimische Kinoindustrie zu kultiviert.

Lina Loos lebt das Leben einer allein stehenden, modernen, finanziell unabhängigen Frau. Sie spielt an verschiedenen Bühnen, trifft sich mit Freunden und Kollegen im Café »Raimund«, ist in den führenden Salons der Stadt willkommener Gast und geschätzte Gesprächspartnerin. Wie sehr sie durch ihre Gespräche – zustimmend oder in der Auseinandersetzung –, durch ihre Empathie, durch das Schaffen eines bestimmten sozialen Milieus und einer emotionalen Atmosphäre das künstlerische Schaffen ihrer Freunde, vor allem Friedells und Csokors, ermöglicht, inspiriert und geprägt hat, lässt sich nicht feststellen. Denn weibliche Kreativität wirkt vielfach auch im Verborgenen, lässt sich nicht immer an verkaufbaren Kunstprodukten messen. In ihrer Mitmenschlichkeit und mit ihrer wachen Intelligenz ist sie eine Quelle der Kraft für die Menschen ihrer Umgebung. August Strindbergs Tochter Kerstin, mit der sie eine innige Freundschaft verbindet, schreibt, Lina sei für sie »eine seelische Sommerfrische: Jedes Mal wenn ich dich gesehen hab, stimmt das Leben von A bis Z oder wenn es nicht stimmt, so habe ich wieder so viel Kraft, es zurechtzurücken, wohin es gehört.«

Linas soziales Engagement beruht auf der christlichen Sozialethik. Sie sei eine schlechte Katholikin, sagt sie, aber »ich bin und bleibe was ich immer angestrebt habe – eine Christin. Im Neuen Testament steht für mich alles; der Weg um ein menschliches Dasein zu führen und den Tod nicht zu fürchten. Nur die ›Religion der Liebe‹ gab mir Ruhe und Heiterkeit, verliere ich meinen Glauben an Liebe und Demut – gehe ich aus diesem Leben. Mein Reich war nie sehr von dieser Welt.«

Als im Mai 1933 in Deutschland die Bücher jüdischer Autoren und Autorinnen brennen, zeichnet sich auch in Österreich das Ende der Gedankenfreiheit ab. Beim Kongress des Pen-Clubs in Ragusa, dem heutigen Dubrovnik, an dem auch Franz Theodor Csokor teilnimmt, kommt es zur Abspaltung des bereits auf nationalsozialistische Parteilinie eingeschwenkten deutschen Pen-Zentrums und in der Folge auch zur Spaltung der österreichischen Delegation. Die Bücher Csokors, der beim Kongress gegen die Unterdrückung der Freiheit des Denkens und Schaffens gesprochen hatte, werden in Deutschland verboten. An den Erzähler und Dramatiker Ödön von Horvath schreibt er: »Leben wir neben unseren gepackten Koffern, mein Lieber, lernen wir Englisch, Nähen und Kochen. Und schreiben wir trotzdem unsere Stücke und Bücher weiter – dann bedeutet alles, was sich in jener verwandelten Welt drüben abspielt, nichts als Stoff für uns, den wir vielleicht einmal zu formen haben.«

Während die politischen Turbulenzen immer mehr Menschen in die Emigration treiben, flüchtet sich Lina Loos in die innere Emigration. Sie beginnt mit der Arbeit an einem Werk, das sie die »Primitiven Vorstellungen einer Frau vom Uranfang bis zum Ende alles irdischen Geschehens« nennt. Kaum jemand weiß davon, nur ihre engste Freundin, die Grafikerin Leopoldine Rüther, ist eingeweiht. Wollte Lina in ihrer Jugend gegen jede Bevormundung vor allem sie selbst werden, so versucht sie nun in ihren philosophischen Betrachtungen Grundlagen herauszuarbeiten, wie das eigensüchtige Selbst überwunden werden kann. Als Basis für ihre Überlegungen dient ihr die christlich orientierte Soziallehre. Das Leben, so schreibt sie, ist anzunehmen, was immer es bringt. Man muss sich ihm hingeben wie im Schlaf, in dem das Bewusstsein ruht und reift. Sie glaubt an ein zukünftiges Zeitalter der Weisheit, in dem es keine Herrschaft gibt, eine Zeit, in der Menschen ohne Angst und in der Wahrheit leben.

Am 21. Januar 1938 feiert Egon Friedell seinen 60. Geburtstag. Im Voraus schickt er gedruckte Karten mit dem Text: »An alle Gratulanten. Tief erschüttert, dass Sie meinen bescheidenen 60. Geburtstag nicht vergessen haben, danke ich Ihnen von Herzen für Ihre mich so großmütig überschätzenden Zeilen. *Von allen Glückwünschen hat mich der Ihrige am meisten gefreut.*« Es sollte sein letzter Geburtstag sein – und sein letzter Scherz. Zwei Monate später jubelt eine fanatisierte Menge auf dem Wiener Heldenplatz Hitler zu. Die einflussreiche Journalistin Berta Zuckerkandl wollte Friedell einen Tag vor dem »Anschluss« mit auf die Flucht nach

Frankreich nehmen. Aber der für ihn reservierte Platz im Auto blieb leer. Friedell trotzt allen Überredungskünsten, die ihn zur Emigration bewegen wollen. Er bleibt und überlegt, ob er lieber Gift nehmen oder sich erschießen soll. Die Entscheidung wird ihm abgenommen. Am 16. März stehen zwei SA-Männer vor Friedells Wohnungstür in der Gentzgasse. »Wohnt da der Jud Friedell?« – »Wenn Sie Herrn Dr. Friedell meinen, der wohnt hier«, antwortet die Haushälterin. Als sie zurück in die Wohnung geht, ist das Fenster im Schlafzimmer offen. Friedell ist in den Tod gesprungen. Vorher hatte er noch durch Zuruf einen Passanten gewarnt.

Es werden viele Koffer gepackt in diesen Tagen. Auch Theodor Csokor hat Österreich verlassen. Aus der Fremde schreibt er an die Freundin Lina: »Du hast mich in meinem Entschluss bestärkt, eine Heimat zu verlassen, die mir keine mehr sein konnte.« Berta Zuckerkandl hat sich nach einem Aufenthalt in Frankreich nach Algier geflüchtet. Ödön von Horvath ist nach Paris emigriert, wo ihn das Schicksal ereilt – ein bei einem Gewitter herabstürzender Ast erschlägt ihn. Alma Mahler und Franz Werfel ist die Flucht über Frankreich und Spanien in die Vereinigten Staaten geglückt, wo auch Alfred Polgar Zuflucht gefunden hat. Andere entscheiden sich dafür, der Verfolgung zu entgehen, indem sie ihr Leben selbst beenden. Egon Friedell bleibt nicht der einzige Freund, den Lina Loos durch Selbstmord verliert. Auch Dr. Rudolf Beer, ihr Theaterdirektor und Förderer, der vorher auf der Straße brutal zusammengeschlagen worden war, nimmt Gift, ehe man kommt, um ihn aus der Wohnung zu holen. Eine Nichte Friedells, Ilse Friedmann, und ihre Freundin Grete Gerngross, beide mit Kerstin Strindberg und Lina Loos freundschaftlich verbunden, setzen ebenfalls ihrem Leben ein Ende. Linas Bruder Karl Forest, der wegen unheilbarer Krankheit im Versorgungsheim Lainz verwahrt ist, erhält 1942 die tödliche Spritze.

Es wird sehr einsam um Lina Loos. Das Engagement am Deutschen Volkstheater hat sie verloren. Auf ein Engagement am Theater in der Josefstadt, das mit einem Bekenntnis zum Nationalsozialismus verbunden ist, verzichtet sie. Als »typische Österreicherin, die nur in jüdischen Kreisen verkehrt«, wird ihr die Invaliditätspension, um die sie auf Grund ihres Lungenleidens und einer Nierenerkrankung angesucht hat, monatelang verweigert. Ihre Freundin Leopoldine Rüther ist ihr in diesen schwersten Tagen eine unentbehrliche Hilfe. Sie pflegt und richtet sie auf, wenn die Krankheit die sonst so starke Frau niederzwingen will. Csokor versucht aus der Fremde zu helfen, will sie zu sich nach Polen holen, doch zuerst verhindert die Krankheit die Reise, dann der Krieg. Kerstin Strindberg, die treue Freundin aus Schweden, schickt Lebensmittelpakete, kann aber nur beschränkt helfen. Lina versucht durchzuhalten – für die Zeit nachher, und sie hält durch. Erst in der Zeit nachher wird bekannt werden, mit welch ungeheurem Mut sie in der »Reichskristallnacht« den Brandstiftern und Plünderern von Tatort zu Tatort gefolgt ist und dabei laut und für alle hörbar die Worte sprach: »Ich bin Zeuge! – Ich bin Zeuge!« Als die Schlacht um Wien beendet war und die Rote Armee einzog, hatte sie sich als Einzige auf die Straße gewagt, war den Soldaten mit Brot und Salz in den Händen entgegengegangen – eine Geste, die angeblich mit der Schlachtung eines erbeuteten Schweins für die Bevölkerung belohnt wurde.

Die Bombardierung war mit dem Ende des Krieges zwar vorbei, nicht aber die Not. Es ist erstaunlich, welchen Humor Lina Loos in all dem Elend noch aufbringen kann, selbst dann, wenn es um die Plünderung der eigenen Wohnung geht. »Die Soldaten haben auch meine Wohnung recht in Unordnung gebracht und haben sich genommen, was sie gebraucht haben: Rauchsachen, Kerzen, Petroleum, Feuerzeuge. (Es sei ihnen herzlich vergönnt.) Was aber nachher noch alles aus meiner Wohnung verschwunden ist, als keine Soldaten mehr kamen ... Koffer und Kasten ausgeräumt bis zum letzten Strumpfgürtel ... So wie nicht alles Gold ist, was glänzt, so ist nicht alles von fremden Soldaten genommen, was genommen ist. Aber als gute Patriotin freut es mich doch, bestimmt zu wissen, es bleibt mehr in Österreich, als man glaubt – wenigstens von meinen Sachen.«

Die angebetete Kindfrau, als die ihr Ehemann sie sah, die »silberne Dame«, als die ihr Verehrer Altenberg sie anhimmelte, die schöne Diseuse mit den »hechtgrauen« Augen, die das Publikum in der »Fledermaus« bezauberte – es waren Rollen, die man ihr zugeschrieben hat. Die wahre Lina Loos ist eine reife und selbstbewusste Frau, die für sich und andere Verantwortung übernimmt. Die sich in der Finsternis den klaren Blick und in der Kälte der Zeit die Wärme des Humors bewahrt hat.

Nach der Rückkehr Theodor Csokors aus der Emigration wird ihre Wohnung in der Sieveringer Straße zu einem Refugium der Geselligkeit. Wenn er und sie mit Freunden beisammen sitzen, ihren Erinnerungen nachgehen und Vergangenes aufleben lassen, erweist sich die Gastgeberin als blendende Erzählerin. Csokor rät ihr, die Anekdoten und Geschichten, die sie so großartig zu Gehör bringt, als Buch zu publizieren. 1947 erscheint es als »Das Buch ohne Titel« mit dem Untertitel »Erlebte Geschichten einer Wiener Schauspielerin«. Es sind Erinnerungen an ihre Kindheit und Jugend, an ihre Familie, an ihr Theaterleben, die sie erzählt, und Geschichten um Egon Friedell, Peter Altenberg, Franz Theodor Csokor. Leopoldine Rüther hat das Buch illustriert. Der Erfolg ist enorm, beim Publikum wie bei der Presse. Kritische Stimmen, so auch Kerstin Strindberg, haben freilich angemerkt, dass vieles ausgespart ist, was wichtig zu wissen wäre, etwa wie Dr. Beers Leben geendet hat oder jenes von Egon Friedell, durch wen und warum. Kerstin bekennt, das Buch habe nach der erfreulichen Lektüre einen bitteren Beigeschmack hinterlassen: »Sie schreibt im Präsens – ach! als ob es das alles *noch* oder *wieder* gäbe.« – Natürlich gibt es diese Welt nicht mehr, das weiß auch Lina Loos. Aber die Menschen wollen sich daran erinnern, vielleicht in der Hoffnung, dass eine ähnliche wieder entstehe, und das hat die Erzählerin gespürt, als sie das Buch veröffentlichte.

Dass Lina Loos aber keine Nostalgikerin ist, die nur Vergangenem nachtrauert, sondern ein Mensch der Gegenwart, beweist sie mit ihrem politischen Engagement. Seit 1949 ist sie neben der Architektin Margarete Schütte-Lihotzky Vorsitzende des »Bundes demokratischer Frauen« und schreibt für das kommunistische »Österreichische Tagebuch« wie für die »Stimme der Frau«, die Frauenzeitung der kommunistischen Partei. In ihrer Weltsicht verbindet sie die Idee des Kommunismus mit ihrer christlichen Haltung. »Geistig Großes, Einmalig-Bleibendes wurde nur von Menschen geschaffen, die – vom ›Wir‹, vom ›Ihr‹ erfüllt – ihr ›Ich‹ als unwichtig zurückgestellt haben.«

Die schwierigen Kriegs- und Nachkriegsjahre haben der ohnedies stets gefährdeten Gesundheit Lina Loos' schwer zugesetzt. Ihr Lungenleiden, an dem sie seit ihrer Jugend laboriert, hat sich weiter verschlechtert und wird schließlich lebensbedrohend. Zuletzt lebt sie zurückgezogen in ihrem Sieveringer Heim, liebevoll betreut von der Freundin Rüther.

Am 6. Juni 1950 stirbt Lina Loos im Krankenhaus an Krebs. Es war kein sanfter Tod, an Leiden wurde ihr nichts erspart. Doch in ihrem Leben hatte sich letztendlich erfüllt, was sie sich in ihrer Kindheit erdachte: »O ja, ich möchte am liebsten für eine große Idee leben und für eine große Idee sterben ... Ich habe mich immer unbewusst bereit gehalten, aber in den Wirrnissen des Lebens habe ich vergessen wofür ... Heute weiß ich es: sich einsetzen, zu kämpfen, wenn nötig zu sterben für das Wohl aller Menschen. ... Sich für den Frieden auf Erden einzusetzen – ist eine große Idee! Jetzt am Ende meines Lebens, verstehe ich den Anfang meines Lebens, dazwischen liegt eine immer unerfüllt gebliebene Sehnsucht ...«

Die Königin des »Café Central«

Ea von Allesch

Sie ist von mittlerer Größe, »sylphidenhaft schlank«, hat graugrüne Augen und eine blasse, durchscheinende Haut, rötlich-blondes Haar fällt ihr weich und lockig auf die Schultern. Wenn sie aufrecht, »mit königlichem Gang« durchs Café geht, folgen ihr bewundernde Blicke. »Wenn sie sich an den Tisch setzte, strahlten alle auf. Ihr Gesicht konnte man für einen Augenblick für das einer Griechin, im nächsten für das einer Russin halten. Ja, sie war einzigartig.«

Einer, der jeden dieser Blicke, jedes Wort, das sie wechselt, eifersüchtig registriert, der eigentlich nur ihretwegen ins »Central« kommt, ist, wie die Journalistin Helga Malmberg berichtet, der Essayist, Feuilletonist, Kritiker und Journalist Alfred Polgar. Ein anderer Verehrer, der Dichter Peter Altenberg, gesteht, dass er nach einem ersten flüchtigen Blick von der Straße wieder ins Café zurückgetrieben wurde, um sie »gebannt und ergriffen« wieder zu sehen. »Ich dachte«, schreibt er, »für dich ist sie auf die Welt gekommen. – Aber es war nicht der Fall.«

Sie ist die ungekrönte Königin des »Café Central«, eine beinahe kindlich anmutende Erscheinung mit faszinierender Ausstrahlung, an der sich Männerfantasien entzünden, Projektionsfigur von Wünschen und unstillbaren Sehnsüchten.

Wer ist diese Frau, die Alfred Polgar, der sie »mit der unseligsten Habgier begehrte«, um die Fassung brachte? Die von Peter Altenberg jahrelang »unselig-selig geliebt wurde, ohne dass sie es wünschte und wollte«, die von dem Komponisten Eugen d'Albert, von den Malern Egon Schiele, Gustav Klimt, Anton Faistauer verehrt und vom Architekten Adolf Loos bewundert wurde, mit Egon Friedell, Robert Musil, Rainer Maria Rilke, Franz Blei befreundet war und Hermann Brochs große Leidenschaft und Muse wurde, ohne die sein Weg zum Romancier der Moderne undenkbar und die »Schlafwandler«-Trilogie nie geschrieben worden wäre?

Die als Femme enfant erscheinende und als Femme fatale wirkende Schönheit, die in Wirklichkeit eine moderne emanzipierte Frau war, ist Ea von Allesch, geschiedene Emma Rudolph, geborene Emma Elisabeth Täubele. Am 11. Mai 1875 wurde sie als sechstes von neun Kindern des Drehergehilfen Karl Täubele und seiner Frau Aloisia in Ottakring geboren. Ottakring, damals noch ein Vorort von Wien, ist in der zweiten Hälfte des 19. Jahrhunderts ein Arbeiterwohnviertel mit Zinskasernen, wie man die billig gebauten Häuser nennt, in denen die Familien auf engstem Raum zusammengepfercht hausen, oft noch gemeinsam mit den so genannten Bettgehern, Nachtarbeitern, die kein eigenes Bett haben, sondern tagsüber das leer stehende eines Familienmitglieds nutzen.

Emma ist sechs Jahre alt, als der Vater zum Gesellen aufsteigt, später bringt er es sogar zum Meister. Er bleibt zwar von der allgemein grassierenden Arbeitslosigkeit verschont und die Familie gehört auch nicht dem Industrieproletariat an, doch die wirtschaftlichen Verhältnisse sind schon auf Grund der großen Kinderanzahl äußerst beengt. Emma besucht die fünfklassige Volksschule und anschließend die dreiklassige Bürgerschule. Ihre älteren Schwestern Antonia und Anna verdingen sich elend bezahlt als Näherinnen, besuchen Fortbildungskurse und üben dann den ebenso elend bezahlten Beruf einer Industriallehrerin aus. Anna wird nur fünfundzwanzig Jahre alt. Sie stirbt an Tuberkulose, der typischen Arme-Leute-Krankheit, die unter dem bezeichnenden Namen »Wiener Krankheit« in den Arbeitervierteln der Reichshauptstadt grassiert.

Vielleicht ist der Tod der Schwester der Anstoß für Emmas Wunsch, aus der häuslichen Enge, aus der Tristesse der familiären Verhältnisse auszubrechen. Gelegenheit dazu gibt ihr die Schwester Antonia, die den Sprung in die Selbstständigkeit geschafft hat. Ihr war es gelungen, in der vornehmen Wiener Innenstadt ein Geschäft für exquisite Miederwaren zu eröffnen. Emma zieht zu ihrer Schwester und hilft ihr beim Bedienen der noblen Kundschaft.

Hier, in dem hübschen kleinen Geschäft im 1. Bezirk, herrscht ein anderes Milieu als in der Ottakringer Vorstadt, und das auffallend hübsche Mädchen versteht es, die Chance zu nutzen, die der Kontakt mit Damen und Herren gehobener Kreise bietet – auch wenn sich die vornehm scheinende Welt dann als Halbwelt entpuppen sollte. In der Rolle eines allseits begehrten Aktmodells, als »Tauberl«, macht sie in Malerateliers Furore. Unverheiratet, naiv und für Galanterien empfänglich, verkörpert sie den Typ des »süßen Mädels«, wie Artur Schnitzler ihn beschrieben und auf die Bühne gestellt hat. Es ist eine Existenz ohne jegliche soziale Sicherheit, aber Emma ist jung und die Freizügigkeit, die in Künstlerkreisen herrscht, imponiert ihr. Sie fühlt sich der Boheme zugehörig, fühlt sich als moderne Frau, die niemandem Rechenschaft schuldig ist. Die Abende verbringt sie mit Vorliebe dort, wo auch die Intellektuellen verkehren, in den Literatencafés, im »Griensteidl« und im »Café Central« in der Herrengasse. Das »Central« ist eines der berühmtesten Kaffeehäuser nicht nur Wiens, sondern der ganzen Monarchie. Dort trifft sich, was Rang und Namen hat, dort diskutieren die Dichter, die Kritiker, die Feuilletonisten und die Journalisten. Dort, wo die Gäste »einander kennen, lieben und gering schätzen«, wie der Stammgast Alfred Polgar formuliert, wird polemisiert, protegiert und intrigiert. Er hat eine »Theorie des ›Café Central‹« verfasst, in der er feststellt: »Das ›Café Central‹ ist nämlich kein Caféhaus wie andere Caféhäuser, sondern eine Weltanschauung, und zwar eine, deren innerster Inhalt es ist, die Welt nicht anzuschauen. Was sieht man schon? ... Seine Bewohner sind größtenteils Menschen, deren Menschenfeindschaft so heftig ist wie ihr Verlangen nach Menschen, die allein sein wollen, aber dazu Gesellschaft brauchen ...«

Emma Täubele gehört nicht zu jenen, die zum Alleinsein Gesellschaft brauchen, sie genießt die Gesellschaft, vor allem dann, wenn es sich um Verehrer und Bewunderer ihrer mädchenhaften Schönheit handelt. Doch das freie und ungebundene Leben nimmt ein abruptes Ende. Ihre Schwester entschließt sich zu heiraten und das Miedergeschäft aufzugeben. Es trifft Emma wie ein Schlag. Denn damit verliert sie ihre Wohnung. Der Gedanke, wieder ins Elternhaus zu ziehen und mit den Geschwistern zusammengedrängt zu leben, wieder den Mief der Vorstadt zu atmen, muss ihr als Albtraum erscheinen. Da sie, wie die meisten Frauen ihrer Zeit, über keine entsprechende Berufsausbildung verfügt, bleibt als Ausweg nur der, den die Konvention vorsieht und den auch ihre Schwester gegangen ist: die Ehe mit einem vermögenden Mann. Das, was man salopp eine gute Partie machen nennt. Immerhin, und das mag Emma Täubele ein Trost gewesen sein, ist ihrer Schwester Antonia durch die Heirat mit einem respektablen Mann der Aufstieg in die bürgerliche Gesellschaft geglückt.

Noch im Jahr der Hochzeit ihrer Schwester schließt sie über eine Annonce Bekanntschaft mit einem sich als Heiratskandidaten präsentierenden Mann. Es ist der um sieben Jahre ältere, aus Sachsen stammende Kaufmann Carl Theodor Rudolph, der in Wien einen Versandhandel betreibt. Da er Protestant ist, tritt Emma aus der katholischen Kirche aus und zum Protestantismus über. Die Hochzeit findet 1895 statt und das jung vermählte Paar bezieht eine großzügig ausgestattete Wohnung, und zwar im noblen 1. Bezirk, dort wo Emma zum ersten Mal den Duft der eleganten Welt geschnuppert hat. Ein Jahr danach kommt die Tochter Ella Dorothea zur Welt.

Emma hat es geschafft. Dem verhassten Kleinbürgermilieu ist sie entronnen, die durch Heirat erworbene finanzielle Absicherung erlaubt ihr jetzt, das zu tun, was ihr als jungem Mädchen versagt geblieben war, nämlich ihre schöngeistigen Interessen und Ambitionen zu pflegen. Sie lernt Französisch und Englisch, liest die Klassiker, nimmt Klavierunterricht und lässt ihre schöne Sopranstimme ausbilden. Im Grunde holt sie als junge Ehefrau das nach, was für »höhere Töchter« an Bildung vorgesehen ist. Die materielle Sicherheit ihrer Existenz sollte sich aber bald als trügerisch erweisen und in der Folge davon auch das eheliche Glück. Vermutlich auf Grund finanzieller Fehlspekulationen verlässt Rudolph Wien und geht 1899 nach Leipzig, Ehefrau und Tochter bleiben zurück.

Rudolph war nicht der ehrenwerte Geschäftsmann, für den seine Frau ihn gehalten hatte. Er ist zunehmend in dubiose Geschäftsaffären verwickelt und wird schließlich als Defraudant mehrmals verurteilt. Emma reicht die Scheidungsklage ein und die Ehe wird nach zwei Jahren geschieden. Über ihre Beziehung zu ihrer Tochter hat sich die Mutter zeitlebens ausgeschwiegen, jedenfalls lebt die Kleine auch bei Verwandten und im Internat. Später lebt Ella in Leipzig, wo sie Kontakt mit ihrem Vater hält und als Buchhändlerin arbeitet. Mit sechsundvierzig Jahren stirbt sie an Krebs.

Emma Rudolph, die sich gegen das Weiblichkeitsideal einer fügsamen Gattin entschieden hat, als sie ihren Mann ziehen ließ und in Wien blieb, gilt in den Augen ihrer Verwandtschaft als moralisch verwerflich. Wie schon vor ihrer Ehe arbeitet sie nach der Trennung von ihrem Mann als Aktmodell, verkehrt in Künstlerkreisen und frequentiert die einschlägigen Kaffeehäuser, am liebsten das »Café Central«. Mit dem sie glühend verehrenden Dichter Peter Altenberg und dem ihr ebenso zugetanen Journalisten Stefan Grossmann fährt sie nach Zell am See auf Sommerfische und erfreut sich offensichtlich der wiedergewonnenen Freiheit.

Wieder in Wien, überrascht im Juli 1899 die »liebste, einzige gnädige Frau« ein Brief aus Prein an der Rax, in dem ihr überschwänglich versichert wird, dass dem Briefschreiber Frauen und Mädchen im Vergleich zu ihr »verwaschen, gewöhnlich, plump und als das ordinärste Glumpert vorkommen«. Verfasser der Huldigung ist der sechsundzwanzigjährige Alfred Polgar, der sein Bekenntnis mit dem lapidaren Satz schließt: »I love you.«

Der Journalist, Essayist und Theaterkritiker ist Stammgast in den Wiener Literatencafés, am häufigsten im »Central«, wo er auch Emma Rudolph kennen gelernt hat. In weiteren Briefen steigert er sich zu Offenbarungen wie: »Waffenlos bin ich in meiner Liebe zu Ihnen geworden: ich habe keine Epidermis mehr über der Seele.« Und: »Ich liebe Sie, ich liebe Sie, ich liebe Sie. Ich werde Sie ewig lieben. Und ich werde zu Grunde gehen, das weiß ich, an meiner Liebe. Aber ich will es lächelnd tun, für Sie geliebteste, einzige Frau.« In seiner Anbetung lässt sich der scharfsinnige Beobachter und Analytiker seiner Zeit sogar zu religiösen Formeln hinreißen: »Geheiligt werde deine Schönheit, zu uns komme dein Reich, du sei Herrin über unsere Seele wie über unseren Körper, unser täglich Teil an Gutem und Freundschaft gib uns heute, vergib uns unsere Unzulänglichkeiten ...« Die schöne Frau scheint ihn um den Verstand gebracht zu haben.

Polgars Überschwang zeitigt ebenso wenig Erfolg wie seine anderwärtigen Eroberungsstrategien und er leidet Höllenqualen der Eifersucht, wenn er das Ziel seiner Begierde inmitten einer Schar von Bewunderern erblickt. Freilich, in Augenblicken ungetrübten Bewusstseins scheint er den Widerstand der geliebten Frau gegen eine Vereinnahmung zu begreifen, auch wenn sein Gefühl ihr dieses Recht streitig macht: »... Ja, Sie haben ein Recht, nach Ihren Bedürfnissen zu leben und nicht nach unseren. Ja, Sie haben ein Recht, grausam und schonungslos zu sein. Ja, Sie haben ein Recht, zu töten. In jeder Linie Ihres geliebten Antlitzes, in jeder Linie Ihres wundervollen Körpers steht dieses heilige Recht verbrieft.« In Momenten der Einsicht ist er auch zur Selbstanalyse fähig: »Ich habe ein so schrecklich ausgebildetes Talent zum Unglücklichsein.«

Mit diesem Talent, mit der masochistischen Lust am psychischen Schmerz, gleicht er dem lustvoll-leidenden Bohemien Peter Altenberg. »Man hat«, sagt Altenberg, »nur irrsinnig lieb, wenn es vergeblich ist.« Glückliche Liebe, meint er, hat etwas »Triviales, etwas Bürgerliches. Jede glückliche Liebe hat etwas Gesichertes, Endgültiges ... Aber unglückliche Liebe, das ist die Romantik, die Leidenschaft, die uns in höhere Sphären erhebt. Sie verzehrt den Liebenden mit Leib und Seele. Aber sie erfüllt ihn mit jener Sehnsucht, die ewig ist, weil sie nie befriedigt wird.«

Mit einer solchen Haltung braucht man sich dem Leben, der Realität und den damit verbundenen Konflikten, nicht zu stellen. Worte werden zum Ersatz für die Tat, die Kunst wertet man höher als das Leben, dem man sich entzieht. Die Frau wird dadurch zur Projektionsfläche männlicher Imagination, jede Eigenständigkeit wird ihr abgesprochen. »Das Fürchterliche und für die Leerheit und Nullheit der Frauen Entscheidende ist vielmehr dies, dass sie nicht einmal vor dem Tode zum Problem des Lebens, ihres Lebens, gelangen; weil in ihnen nicht ein höheres Leben der Persönlichkeit realisiert werden wollte ... Das Weib ist nichts, es ist nur Materie.« So hat es der Wiener Philosoph Otto Weininger im Kultbuch des Männlichkeitswahns, »Geschlecht und Charakter«, formuliert und eine ganze Generation von Intellektuellen hat es mehr oder weniger nachgebetet. Weininger hat die Frau auf die Materie reduziert, die unbewusst, gedächtnislos vegetiert und allein vom Geschlechtsinstinkt abhängig ist, wodurch sie den Mann von der reinen Geistigkeit abhält.

Ebenso heftig wie über Weiningers Lehre wird in den Kaffeehäusern und in den Salons über Freuds Psychoanalyse debattiert. Einer seiner Schüler, der ehemalige Arzt und Psychologe Otto Groß, schwört auf Sigmund Freud und Karl Marx, auf Kokain und freie Liebe. Von der sexuellen Revolution erwartet er sich die Befreiung der Menschheit aus den Fängen patriarchalischer Herrschaft. Seine Thesen werden nicht bloß diskutiert, man sucht sie auch eifrigst zu erproben. So ist man sich in den Zirkeln der Wiener Literatencafés, namentlich im Café »Herrenhof«, einig, dass ein sinnvolles und produktives Gespräch zwischen Mann und Frau nur auf der Basis eines vorher stattgefundenen sexuellen Aktes möglich sei, wobei im

Sinne matriarchalischer Idealvorstellungen die jeweilige Partnerin die Initiative ergreifen soll. Der genial veranlagte Denker Groß endet in einem Berliner Sanatorium, nachdem ihn Freunde verwahrlost und halb verhungert auf der Straße aufgefunden hatten. Weininger wiederum konnte seine eigenen Erkenntnisse nicht ertragen, geschweige denn mit ihnen existieren. Er entzog sich dem Leben durch Selbstmord.

In diese Zeit der erotischen Experimente und Eskapaden, da man herausfinden will, inwiefern auf dem weiten Feld der Sexualität Theorien und Lebenspraxis kompatibel sind, fällt Emma Rudolphs Bekanntschaft mit dem um zwei Jahre jüngeren englischen Pianisten Henry James Skene. Im Herbst 1903 ziehen Emma, ihr alter Verehrer Polgar und der neue Verehrer Skene in eine Wohnung in einer Villa in der Armbrustergasse in Wien-Döbling und starten eine Ménage à trois, ein Experiment erotischer Avantgarde. Wie sich das sadomasochistische Spiel von Anziehung und Abwehr, von Begehren und Versagen, gestaltet hat, ist nicht überliefert. Überliefert ist Polgars Aufschrei. »Emma, zertritt mich, ich bin nicht wert, deine Schuhe abzulecken.«

Selbsterniedrigung dieser Art weckt die Assoziation zu den Romanen Leopold von Sacher-Masochs. Mag sein, dass Emma Rudolph sich in der Rolle der Despotin, der Herrscherin, gefallen hat, ähnlich der Titelheldin von Sacher-Masochs berühmtesten Roman »Venus im Pelz«. Es geht ihr aber, wie den Heldinnen des Romanciers auch, um das Unkonventionelle einer Lebensführung, um das In-Frage-Stellen des weiblichen Rollenbildes unter patriarchalischer Vorherrschaft. Emma wehrt sich dagegen, Objekt, Projektionsfläche männlicher Fantasien zu sein. Jahre später wird sie in vielen ihrer Aufsätze und Artikel die bürgerliche Sexualmoral, die nur zu oft praktizierte Doppelmoral ist, anprangern, für sexuelle Aufklärung und für die Selbstbestimmung der Frau Partei ergreifen.

Nach einem Jahr hat Emma Rudolph von dem erotischen Experiment genug. Die Verstrickungen und Komplikationen, die das Zusammenleben mit ihren Verehrern mit sich bringt, die unvermeidlichen Szenen mit den darauf folgenden Versöhnungen zerren an ihren Nerven. Sie verlässt die Wohngemeinschaft und erholt sich davon an der Riviera. Der Pianist Skene bleibt noch zwei Jahre in

Wien und kehrt dann nach London zurück. Zu Beginn des Ersten Weltkriegs meldet er sich als Freiwilliger und fällt in den ersten Kriegstagen im Alter von siebenunddreißig Jahren. »So ein Esel!!«, soll Emmas ungerührter Kommentar gewesen sein. Aber viele Jahre später wird sie sich seiner noch erinnern. Dann wird die einsam gewordene Ea von Allesch, wie sie später heißt, ihrem Tagebuch anvertrauen, dass beim Hören eines Beethoven-Konzerts die Erinnerung an den Gefährten ihrer Jugend so stark gewesen sei, dass ihr beinahe die Tränen kamen. »So erinnert alles an Skene, der gewiss meine Heimat war – die endgültig verloren ist.« Vielleicht war der junge Engländer die erste große Liebe der Umschwärmten.

Alfred Polgar, der einst geschrieben hat: »Vom Tage, da ich dich kennen lernte, beginnt mein Leben ... *Nach dir* kommt das Sterben, wie *mit* dir das Leben gekommen ist ...«, stirbt nicht, aber noch lange sprechen aus seinen Briefen Trauer und Frustration. Schließlich zieht er den hoffnungsvollen Schluss: »Vielleicht erlerne ich noch diese höchste aller Kulturen: Meine Bedürfnisse nach den Befriedigungsmöglichkeiten einzurichten.« Er und Emma bleiben einander freundschaftlich verbunden. Aus der Emigration in den Vereinigten Staaten, wohin ihm die Flucht über den Pyrenäen-Schleichweg geglückt ist, wird er die ehemalige Geliebte »als ein alter Mitläufer auf der höchst verwirrenden Rennbahn des Daseins« grüßen. Wieder gesehen haben sie einander nicht.

Vermutlich um 1910 hat Emma Rudolph den Kreis ihrer Wiener Anbeter samt den dazugehörenden Kalamitäten satt und entflieht nach Berlin. Dort lernt sie Robert Musil und dessen spätere Ehefrau Martha Marcovaldi kennen. Musil macht sie mit seinem Studienfreund Johannes von Allesch bekannt, den Spross einer adeligen Offiziersfamilie aus Graz, der in Berlin Philosophie und Psychologie studiert. Eine »Mischung zwischen Hyperästhesie und Gelehrtentum. Empfindet alles und weiß noch dazu dessen Gründe. Vereinigt die Untugenden eines Besser-Fühlers und eines Besser-Wissers ... Allesch wirkt lächerlich, wenn er auf sie [Emma Rudolph] hineinfällt«, hat Musil seinen Freund nicht eben schmeichelhaft charakterisiert. Angeregt durch Diskussionen mit Allesch und Musil beginnt Emma Rudolph sich mit Grafologie zu beschäftigen, was ihr später einmal zugute kommen wird, wenn sie mit dem Verfassen von grafologischen Gutachten ihren Lebensunterhalt finanzieren muss. In Berlin beginnt sie beginnt sie ihre Laufbahn als Journalistin. Für die Zeitschrift »Die Dame« schreibt sie über Mode und füllt damit eine jener Nischen, die Männer in den Zeitungs- und Zeitschriftenredaktionen den Frauen überlassen. Sie leidet unter der Geringschätzung, die ihrem Metier entgegengebracht wird, denn Schreiben über Mode bedeutet für sie mehr und Wesentlicheres als belanglose Plaudereien über das, was eben en vogue ist und die Bedürfnisse weiblicher Eitelkeit stillt. Sie sieht in ihrer Arbeit den Auftrag zur kulturhistorischen Berichterstattung. In ihren Artikeln erfüllt Mode in dem Sinn, was man trägt oder nicht trägt, oft nur eine Alibifunktion. Viel wichtiger sind ihr gesellschaftskritische und feministische Themen, die sie mit Witz und Esprit aufgreift. Verbrämt mit Erzählungen und Anekdoten rebelliert sie gegen herkömmliche Moralvorstellungen und Geschlechter-Zuschreibungen und kämpft für die Selbstbestimmung der Frau. Mode ist für die junge Journalistin sowohl Resultat wie auch Spiegelbild zeitgeschichtlicher Entwicklungen. »Der Modeschriftsteller ist der Kulturberichterstatter par excellence«, lautet ihre Maxime.

Anfang des Ersten Weltkriegs kehrt Emma Rudolph nach Wien zurück, wo sie ihre journalistische Tätigkeit fortsetzt. Für die Berliner Kulturzeitschrift »Kleiderkasten« berichtet sie über Mode und die Modeindustrie und vermittelt dabei ein realistisches Bild vom Leben in Wien während der Kriegsjahre mit dem sich abzeichnenden Struktur- und Wertewandel der Wiener Moderne. Als im Verlauf der Kriegsjahre die Sparte Mode in den Zeitschriften eingespart wird, bedeutet dies zunächst das Ende ihrer Karriere als Journalistin. Jetzt erst – angesichts der Unsicherheit ihrer wirtschaftlichen Existenz – gibt sie dem Drängen ihres Bewunderers aus der Berliner Zeit Johannes von Allesch nach und heiratet ihn. Die Trauung findet am 28. Februar 1916 in St. Stephan statt, nachdem die Braut in den Schoß der katholischen Kirche zurückgekehrt war. Emma Rudolph, geborene Täubele, heißt nun Ea von Allesch, Edle zu Allfest. Einer der Gäste auf ihrer Hochzeit ist der empfindsame Dichter Rainer Maria Rilke, der im ersten Halbjahr 1916 im Wiener Kriegsarchiv seinen Militärdienst ableistet. Er hat die Braut über eine gemeinsame Freundin, die kunstsinnige Mary Gräfin

Dobřzensky, kennen gelernt, vielleicht in der Wiener Wohnung der Gräfin, vielleicht auf ihrem Schloss Polstejn in Böhmen. Zehn Tage nach der Hochzeit macht er der Neuvermählten ein Geschenk – ein Exemplar seines Buches »Neue Gedichte« mit einem ihr gewidmeten Gedicht auf dem Titelblatt. In poetischer Umschreibung besingt er die Wandelbarkeit des Ausdrucks der geheimnisvoll schönen Frau, ihr nicht fassbares, sich jeder Zuordnung entziehendes Gesicht.

Johannes von Allesch, der frisch gebackene Ehemann, dient als Leutnant in einem österreichischen Infanterieregiment. Nach Wien, in die gemeinsame Wohnung in der Salesianergasse im 3. Bezirk, kommt er nur, wenn er Urlaub hat. Seine Gattin, nach wie vor umschwärmt, hat Gelegenheit genug, ihr altes Leben wieder aufzunehmen. Trotz finanzieller Schwierigkeiten und Lebensmittelknappheit lässt sich die Wiener Boheme in ihren Lebensgewohnheiten auch während des Krieges nicht beirren. Man trifft sich mittags meist im »Café Central« in der Herrengasse und wechselt später ins nahe gelegene, 1914 eröffnete »Herrenhof«. Zu Ea von Alleschs Verehrern zählen neben anderen der Kulturphilosoph Egon Friedell, der Erzähler und Dramatiker Franz Blei, der Maler Oskar Kokoschka, der Architekt Adolf Loos, der Schriftsteller und Privatgelehrte Victor von Dirsztay und der Verleger Paul Zsolnay. Sie steht im Mittelpunkt allgemeiner Bewunderung und genießt es, interessiert sich aber auch lebhaft für die Gespräche und Diskussionen, die gerade in den letzten Kriegsjahren heftig um die politische Zukunft Österreichs entbrennen, und für die leidenschaftlichen Auseinandersetzungen um Neues und Revolutionäres in Kunst und Leben.

1917 lernt Ea von Allesch durch Alfred Polgar den schöngeistigen Fabrikanten Hermann Broch kennen. Für ihn mag es der sprichwörtliche Blitz gewesen sein, der ihn trifft. Er begegnet in Ea seiner Femme fatale, jener Frau, die ihm zum Schicksal wird, der er die entscheidende Wende in seinem Leben verdankt. Für sie, immerhin elf Jahre älter und verheiratet, ist er zunächst nur einer ihrer zahlreichen Verehrer. »Mein Gott, wie wenig habe ich ihn anfangs bejaht«, wird sie später bekennen. Ihre Ehe mit Johannes von Allesch, der unmittelbar nach Kriegsende von der Front zurückgekehrt war, gestaltet sich schwierig. Die verschiedenen Ansichten des

Paares über Ehe und Familie, Liebe und Partnerschaft müssen zu Spannungen führen. Dazu kommt, dass Ea ihren Mann nicht aus großer Liebe geheiratet hat, sondern vor allem wegen der materiellen Sicherheit, vielleicht auch verlockt von seinem Adelstitel. Nun sind sie einander fremd geworden und Eas Bekanntschaft mit dem sie leidenschaftlich umwerbenden Broch trägt sicherlich nicht zur Stabilisierung der Ehe bei. Sie verteilt ihre Gunst zunächst zwischen dem Ehemann, dem neuen Verehrer Broch und dem Philosophen Vittorio Benussi, zu dem sie sich ebenfalls hingezogen fühlt. Als Johannes von Allesch aber aus beruflichen Gründen nach Deutschland geht und sie vor die Wahl stellt, mit ihm zu gehen oder zu bleiben, entscheidet sie sich für Wien – und für Hermann Broch.

Broch, am 1. November 1886 in Wien geboren, stammt aus assimilierter jüdischer Familie. Als er Ea von Allesch kennen lernt, leitet er als viel beschäftigter Direktor die väterliche Spinnfabrik Teesdorf bei Wien, übt diesen Brotberuf zwar gewissenhaft, aber beileibe nicht mit Begeisterung aus. Seine Neigungen gelten der Literatur, der Philosophie, der Kunst und er träumt vom Beruf eines Kulturphilosophen. Verheiratet ist er mit der Fabrikantentochter Franziska von Rothermann, beider Sohn Hermann Friedrich, genannt Armand, ist acht Jahre alt. Die Familie wohnt gemeinsam mit Brochs Eltern unter einem Dach in einem Haus auf dem Gelände der Fabrik; ein Stadtbüro in Wien und eine Stadtwohnung in der Gonzagagasse im 1. Bezirk vervollständigen den Familienbesitz. Brochs Ehe mit Franziska besteht nur mehr zum Schein, wird aus Gründen der Konvention, vielleicht auch wegen des Kindes, aufrechterhalten. Seiner Frau wirft Broch vor, seinen geistigen Interessen nicht folgen zu können oder zu wollen. Zerstreuung und Ablenkung findet der wie ein Dandy stets exquisit gekleidete Fabrikant – seine Garderobe bezieht er von den besten Schneidern Wiens – bei seinen Freunden im Kaffeehaus und bei zahlreichen Frauenbekanntschaften. In Ea verliebt er sich, weil sie »mit ihrer Intelligenz, ihrem originellen Witz, ihrem subtilen Kunstgefühl, ihrer aparten Schönheit und ihrer sinnlichen Ausstrahlung ... all das verkörperte, was ihm in seiner Ehe fehlte und was für ihn gleichzeitig den Gegenpol zum beruflichen Alltag ausmachte«.

Die Eroberung der von Schriftstellern, Komponisten und Aristo-

Hermann Broch

kraten umlagerten »Königin des Café Central« ist dem Homme à Femmes eine Herausforderung. Ihre anfänglich kühle Distanz reizt ihn, denn Abweisung von Frauen ist er nicht gewohnt. Schließlich hat seine leidenschaftliche Werbung doch Erfolg und Ea von Allesch wird seine Geliebte. Damit beginnt eine Beziehung, der Broch die wichtigste Entscheidung seines Lebens verdankt: die Hinwendung zur Literatur. Ohne die Krisen, Missverständnisse, Verletzungen und Traumen, die diese Liebe mit sich bringt, hätte er die Bücher, die seinen Ruhm begründen, nie geschrieben. Der Figur der Hanna Wendling in der »Schlafwandler«-Trilogie hat er Züge der Geliebten verliehen.

Ea von Allesch arbeitet in dieser Zeit für die 1918 gegründete

»Moderne Welt«, eine Wiener Kulturzeitschrift. Zu den Autoren zählen u. a. Peter Altenberg, Egon Friedell, Hugo von Hofmannsthal, die Brüder Heinrich und Thomas Mann, Stefan Zweig, Sigmund Freud und Sir Galahad – ein Pseudonym, hinter dem sich die Schriftstellerin Bertha Eckstein-Diener verbirgt. Für den umfangreichen Modeteil »Die Kunst der Mode« ist Ea voll verantwortlich. Klug formuliert, voller Anspielungen auf aktuelle Ereignisse, zum Beispiel auf die Friedensvertragsverhandlungen und die Versorgungslage in der Ersten Republik, sieht sie Mode nicht nur als rein ästhetische Angelegenheit, sondern stets in ihren zeitgeschichtlichen Bezügen. Darin gleicht sie einer anderen in Wien arbeitenden Journalistin, nämlich Milena Jesenská, der Freundin Franz Kafkas, die für Prager Zeitschriften und Zeitungen berichtet.

Broch nimmt jede Gelegenheit wahr, seiner Häuslichkeit zu entfliehen und Ea von Allesch zu treffen, vorerst im Café, dann in ihrer Wohnung in der Salesianergasse und auch in der Redaktion der »Modernen Welt«. Er bewundert den leichten, eleganten Stil, in dem sie ihre Artikel schreibt, und sie vermittelt dem an Literatur interessierten Fabriksdirektor Aufträge für Buchrezensionen. Sie arbeitet für die »Moderne Welt«, für die »Vogue« und eine Reihe von Tageszeitungen, darunter auch die »Wiener Mittagspost«. Als 1921 in Prag die deutschsprachige »Prager Presse« gegründet wird, ist sie als Feuilletonistin für den Bereich Damenmode verantwortlich. Dabei kommt es zu einem Zerwürfnis mit Musils Frau Martha, die gerne Ea von Alleschs Artikel illustriert hätte, was diese aber ablehnt. Wie schon für die »Moderne Welt« empfiehlt sie ihren Freund Broch auch der »Prager Presse« als Rezensenten für zeitgenössische Literatur. In seinen Buchbesprechungen, denen er sich mit mehr Interesse widmet als seiner Arbeit in der Fabrik, befasst er sich vor allem mit den Werken seiner Freunde Franz Blei und Alfred Polgar.

Ea von Allesch nimmt sich in ihren Artikeln kein Blatt vor den Mund. Wie schon in ihren Beiträgen für Berliner und Wiener Zeitungen und Zeitschriften äußert sie auch in dem Prager Blatt freimütig ihre Kritik an der männlich dominierten bürgerlichen Gesellschaft und den herkömmlichen Moralvorstellungen. In seiner Novelle »Ophelia«, die Broch 1920 verfasst, hat er die Einstellung seiner Freundin zum Thema Frauenemanzipation thematisiert und die Titelheldin Ophelia nach ihrem Vorbild dichterisch porträtiert. Ophelia versagt sich Hamlet nicht auf Wunsch des Vaters wie in Shakespeares Tragödie, sondern sie selbst entscheidet sich gegen ihn, nachdem sie einen »Fremden« kennen gelernt hat. Nach diesem Entschluss fühlt sich Ophelia von einem Gefühl der »Freiheit und Vollkommenheit und Freizügigkeit« durchdrungen. Am Schluss der Novelle legt ihr Broch die Worte in den Mund: »Man muss jeden Weg allein gehen können.« Diese Ophelia ist eine moderne, ihr Schicksal selbst bestimmende Frau des neuen Jahrhunderts. Die Figur des »Verlobten« hat Broch Johannes von Allesch nachempfunden und in der des »Fremden« hat sich der Dichter selbst charakterisiert.

Im selben Jahr, da Broch »Ophelia« schreibt, überrascht Ea von Allesch den Geliebten mit einer ungewöhnlichen Bitte – er möge für sie ein Tagebuch schreiben, und zwar in Briefform. Sie will mehr von ihm wissen, will etwas über seinen Alltag erfahren, über seine Aktivitäten in Teesdorf, über das Leben, das er führt, wenn er von ihr getrennt ist. Broch erfüllt ihr die Bitte. Von Mitte 1920 bis Anfang 1921 schreibt er das »Teesdorfer Tagebuch«, das Dokument einer Leidenschaft und einer seelischen Erschütterung, wie er, ein von Frauengunst verwöhnter Mann, sie bisher noch nie erlebt hat.

»Liebling, also das Tagebuch. Da ein Tagebuch etwas ganz Aufrichtiges sein muss, es sonst sinnlos wäre, ist es mir recht, dass du es bekommst – es ist ein Teil des Dir-Gehörens ... es wird ein Tagebuch um dich herum, aber auch das ist mir recht. Als zweiter Brennpunkt die Arbeit; augenscheinlich bin ich eine Ellipse oder ein Kegelschnitt«, beginnt er seine Aufzeichnungen. Mit »Arbeit« meint er allerdings nicht seine Tätigkeit in der Spinnfabrik, sondern seine philosophischen Studien, die ihn weit mehr interessieren. Über die Welt der Fabrik, über das Managen, Verhandeln und Handeln wird er ausführlich im zweiten und dritten Teil der »Schlafwandler«-Trilogie erzählen, im »Tagebuch« berichtet er davon nur selten. Darin erwähnt er »Unannehmlichkeiten«, schreibt, dass die Arbeit zwar manchmal »unterhaltsam« sei, doch werde man »dumm« davon, denn diese »ganze Geschäftemacherei« empfinde er als »Geisteskrankheit«. Broch würde die Fabrik am liebsten aufgeben, kann es aber nicht aus Rücksicht auf die Familie. Er beschreibt im Tagebuch, wie er mit dem Zug von Teesdorf nach Wien fährt, dort gehetzt seine geschäftlichen und privaten Termine wahrnimmt, klagt, wie ihm sein Brotberuf die Zeit raubt, für das, was er als seine eigentliche Arbeit ansieht, nämlich seine philosophischen Studien, vornehmlich seine Beschäftigung mit Oswald Spengler und der Ethik Immanuel Kants. Wenn Broch über seine Frau schreibt, dann verwendet er das Kürzel »Frau F.«. Er charakterisiert sie als »turbulent und lärmend«, »streitend«, »völlig unerträglich« und sieht sich selbst als Märtyrer dieser »Unehe«, deren Ende er herbeisehnt.

Hauptthema des »Teesdorfer Tagebuchs« ist jedoch seine Beziehung zu Ea von Allesch. Seltsam mutet an, wie er die Geliebte, immerhin eine um elf Jahre ältere Mittvierzigerin, anspricht. Er tituliert sie »Liebstelein, Kindi, Geliebtes, Süßes« und bedankt sich bei dem »Lieblingchen« für »dein süßes zartes liebes Briefi«. Er bedrängt sie: »Kindchen, Geliebtes, bitte hab mich lieb, bin so verlassen sonst. Möchte dir viel sagen können, viel Gutes tun – überhaupt es ist nicht zum Sagen und Aushalten.« – »Kindchen, solche Angst habe ich immerfort, ›es‹ könnte bei dir abreißen, abgerissen sein und du mir verloren gehen; brauch dich so sehr, Liebsteslein ...« Und er versichert ihr: »Aber ich tue nichts anderes als unausgesetzt dich lieb haben, Süß-Liebes.«

Broch reduziert die emanzipierte Frau auf den Typus Kindfrau, sieht sie als Femme enfant, die sie nicht ist. Ea ist eine selbstbewusste Vertreterin der Wiener Moderne, jener Zeitspanne, da die Frauen beginnen, das Korsett männlicher Bevormundung zu sprengen. Warum presst er sie in ein Kindchenschema? Lässt er sich von ihrer äußeren Erscheinung, ihrer zerbrechlich wirkenden Schönheit beeinflussen? Ihre angeborene Herzschwäche beunruhigt ihn. In väterlich besorgter Manier wiederholt er stets, welche Sorgen er sich um ihre Gesundheit macht, und will sie vor Überanstrengung bewahren. »Bin ganz entsetzt über dein Herzi.« Ist es die Zärtlichkeit der Sprache zwischen Liebenden, wenn er sie »Kindi«, »Dummi«, »Liebeslein« und »Lieblingchen« nennt, sich für ihr »grundgescheites Briefi« bedankt und ihr ein »gescheites Kopfi« attestiert, oder manifestiert sich im Gebrauch der Diminutiva sein in Frage gestelltes

Selbstwertgefühl? Muss er sie »klein« machen, um sich selbst »groß« zu fühlen?

In der Liebe zu Ea von Allesch erlebt Hermann Broch erstmals die Hinwendung zu einem Du. Er erhebt jedoch einen Absolutheitsanspruch, der unerfüllbar bleiben muss. Sollte der Kontakt zu ihr abreißen, käme das dem »kompletten Zusammenbruch seines Ichs« gleich, droht er, dem Verschwinden in einem »schwarzen Vakuum«. Über sein neurotisches Innenleben hat er sie nie im Unklaren gelassen. Häufig spricht er von seinem »Komplex«, seiner tief sitzenden Angst vor dem Verlust menschlicher Beziehungen. In seiner »Psychischen Selbstbiographie«, die er 1942, dann schon in der Emigration in Amerika, verfasst, begründet er sein gestörtes Verhältnis zu Frauen und seine Verlustangst mit einem Mangel an Mutterliebe. Er beschuldigt die Mutter, den jüngeren Bruder Fritz offen bevorzugt zu haben – ein Trauma, das er nie überwinden konnte. In diesem Rechenschaftsbericht seiner seelischen Befindlichkeit, die von einem seit Kindheitstagen virulenten und nie überwundenen Minderwertigkeitsgefühl beherrscht wird, schreibt er: »Es gehört in meiner Arbeit zu meinen besten Eigenschaften, mich von Schwierigkeiten nicht abschrecken zu lassen, sondern mit unendlicher Zähigkeit geduldig auszuharren, und ebenso hat diese Fähigkeit zum zähen Durchwarten mir im praktischen Leben immer wieder genützt; in einer Liebesbeziehung ist ein solches Durchwarten zumeist aber ein Übel: Ich habe fast zwanzig Jahre meines Lebens auf solche Weise mit einer Frau vertan. Aber es ist nicht leicht, ein Schicksal, das man auf sich genommen hat, wieder abzuwerfen, und je größer eine Intimität geworden ist, desto schwerer ist zu verlassen.« Und an anderer Stelle resümiert er: »... ich habe z. B. meine Fürsorgebedürfnisse durch 15 Jahre auf eine (nebenbei, überaus hysterische) Frau konzentriert gehabt, und als schon jede erotische Beziehung zu ihr gelöst gewesen war, blieb das innere Hörigkeitsverhältnis noch für etwa 5 oder 6 Jahre bestehen und hat auf jede weitere neue erotische Verbindung als schweres Hemmnis gedrückt.«

In beiden Anspielungen, die er Jahrzehnte später und aus der Entfernung eines anderen Kontinents macht, meint Herman Broch Ea von Allesch und seine Beziehung zu ihr.

Zur Zeit seiner heftigsten Verliebtheit quält Broch die Geliebte mit rasender Eifersucht, beschimpft Johannes von Allesch, von dem Ea noch nicht geschieden ist, sagt, dass er es nicht mag, wenn in ihrem Leben »Dinge sind, die ich nicht kenne oder die du, wie so oft, privat behältst«, spielt sich als ihr Analytiker auf, verschont sie auch nicht mit seinen Vermutungen, dass ihre beiden Ehen »glatte Vergewaltigungen« gewesen seien, von denen sie einen Schock erlitten habe, und bedrängt sie, ihm alles aus ihrer Vergangenheit zu erzählen. Er spielt sich als Pseudo-Psychiater auf und benimmt sich im Grunde wie ein zum ersten Mal verliebter Primaner.

Robert Musil, der Ea von Alleschs Reizen gegenüber keineswegs unempfindlich ist, behält klaren Blick und klaren Kopf. Von den Verwirrungen und Verstrickungen um sie herum fühlt er sich als Satiriker angesprochen. Anfang 1923 veröffentlicht er in der Beilage zur »Prager Presse«, in der Ea von Allesch ihre Feuilletons und Modebeiträge schreibt, den Vorabdruck seiner Komödie »Vinzenz und die Freundin bedeutender Männer« unter dem Titel »Die Freundin bedeutender Männer«. In der Hauptfigur Alpha ist unschwer Ea von Allesch zu erkennen: »Solange sie einen Mann nicht besitzt, sagt sie ihm entzückende Dinge, weil sie wie ein Kind mit den neuen Worten und dem aparten Parfüm seines Berufes spielt. Sie hat eine Sammlung der hervorragendsten Berufsgerüche. Und diese Idioten fühlen sich geschmeichelt! Da, dem Geschäftselefanten spricht sie von der Musik, den Musiker fragt sie nach der Seeschlacht von Abukir und dem Historiker liest sie den Kurszettel vor. So macht sie es mit allen; sie streichelt auf der einen Seite jeden durch ihre Wissbegierde, gibt ihm das Gefühl, dass er ganz einzig ist, und hält ihn auf der anderen Seite in Hörigkeit, indem sie ihm vorwirft, was er nicht ist. ... Sie sagt dem Gelehrten, Sie sind kein Geschäftsmann, Sie sind kein Musiker, kurz allen zusammen und jedem: Sie sind kein Mensch? Und jeder merkt plötzlich, dass sein Leben blöd ist? Denn das Leben ist blöd.«

Alpha verkörpert nicht wie Brochs Heldin Ophelia den Typ der modernen, emanzipierten Frau, sondern dient als Projektionsfläche von Männerfantasien, so wie auch Ea von Allesch Projektionsfläche für Wünsche und Fantasien ihrer Bewunderer ist. Musil porträtiert in seiner Posse auch Eas Verehrer. In der Figur des »Musikers« ist der Beethoven-Interpret und Komponist Eugen d'Albert zu erkennen, »Vinzenz« erinnert an einen der ältesten Bewunderer Eas, den Schriftsteller Franz Blei, »der Gelehrte« an den Kulturhistoriker Egon Friedell und mit »Apulejus Halm« ist Johannes von Allesch gemeint. Der »junge Mann«, der Technik studiert, um in den Fabriken seines Vaters arbeiten zu können, hat Hermann Broch zum Vorbild.

1921 stirbt Eas Schwester Antonia und hinterlässt ihr einen Mietvertrag für eine geräumige Wohnung in der Peregringasse im 9. Bezirk, unweit der Börse. Eas Ehe mit Johannes von Allesch, der sich in Deutschland als Verfasser kunstgeschichtlicher Werke einen Namen gemacht hat und von dem sie schon lange getrennt lebt, wird im Frühjahr 1921 geschieden. 1923 wird auch Hermann Brochs Ehe geschieden. Mit einigem Mobiliar zieht er zu seiner Freundin in die Peregringasse und richtet sich in ihrer Wohnung ein Zimmer ein, auch seine umfangreiche Bibliothek bringt er mit. Das Domizil der Geliebten wird jahrelang sein Hauptwohnsitz bleiben.

Hermann Broch und Ea von Allesch leben als Paar zusammen, lehnen es jedoch ab, ihre Verbindung durch Heirat legitimieren zu lassen. Sie verkehren im Salon der Grande Dame der Journalistik, Berta Zuckerkandl, sind häufig Gäste im Haus der fortschrittlichen Pädagogin »Fraudoktor« Eugenie Schwarzwald, die neue Maßstäbe in der Mädchenerziehung setzt, und pflegen den Kontakt zu Brochs Kusine Alice Schmutzer. Sie besuchen gemeinsam Theater und Oper, unternehmen Reisen in die Schweiz, nach Italien und Frankreich. Doch die Beziehung gestaltet sich zusehends schwieriger. Das vor allem von Broch geforderte Ideal der »ewigen Liebe« und des vollkommenen »Einander-Gehörens« scheitert an der Wirklichkeit. Brochs »Idealfrau« sollte nicht so sehr ihre persönlichen Anlagen entwickeln, sondern vor allem nach seinem »eigenen Ich« geformt werden. »Absolute Liebe« sei nur dann denkbar, wenn die geliebte Frau einem »Idealbild« entspreche, das als »Spiegel« seiner »selbst«, als Spiegel seiner eigenen »Weltsicht«, seiner eigenen »Ziele« zu denken sei.

Solche Forderungen, die einer ungeheuren Egozentrik entspringen, wären auch bei einer weniger selbstbewussten Frau, als Ea von Allesch es ist, auf Widerstand gestoßen. Auch hat sie zunehmend mit finanziellen Sorgen zu kämpfen. 1927 scheidet sie aus nicht bekannten Gründen aus der Redaktion der Beilage zur »Prager Presse« aus, ihre – schlecht bezahlte – Arbeit für die »Moderne Welt« hatte sie bereits kurz nach dem Engagement für die »Prager Presse« aufgegeben. Wieder ist sie, die über keinerlei Vermögen verfügt, von der Unsicherheit ihrer Existenz bedroht.

Auch Hermann Broch kann ihr nicht helfen. Nach jahrelangen Überlegungen fasst er angesichts wirtschaftlicher Schwierigkeiten den Entschluss, die Fabrik in Teesdorf zu verkaufen. Damit handelt er sich die Empörung seiner Familie ein. »Ich hätte das Jüngel nie nach Gutdünken schalten und walten lassen dürfen, denn das Geschäft hat ihn eben doch nicht interessiert«, reagiert Brochs Vater wütend. Andere Familienmitglieder werfen ihm vor, die Fabrik nur deshalb verkauft zu haben, um sich ganz der Schriftstellerei widmen zu können – womit sie nicht ganz Unrecht haben. Da er Unterhaltszahlungen für seine geschiedene Frau und den gemeinsamen Sohn zu leisten hat, sind auch seine finanziellen Mittel beschränkt. Angesichts der Turbulenzen, die ihn rundum bedrängen, will er sich aus seinen familiären Bindungen lösen, die Brücken hinter sich abbrechen. Er will neu anfangen, seinem Leben eine Wendung geben, und dazu begibt er sich zunächst einmal in psychoanalytische Behandlung. Davon erhofft er sich eine Befreiung von alten Traumen und Obsessionen. Er studiert Mathematik und Philosophie, beschäftigt sich auch mit Kunstgeschichte und Musikwissenschaft, ist aber letztendlich von der Wissenschaft enttäuscht und widmet sich wieder der Literatur. Die Summe seiner Erfahrungen fließt in die Arbeit an der »Schlafwandler«-Trilogie. Die erste Fassung entsteht allerdings nicht in der Wohnung Ea von Alleschs in der Peregringasse, sondern in der Villa der jungen Anna Herzog in Sievering und in ihrem Domizil in der Liechtensteinstraße. Brochs neue Eroberung ist sechsundzwanzig Jahre jünger als Ea von Allesch, ihm in anbetender Verehrung zugetan und wesentlich sanfter und unkomplizierter als die selbstbewusste und emanzipierte Ea. Brochs offizielle Adresse ist nun die Stadtwohnung in der Gonzagagasse, das Zimmer in der Peregringasse behält er bei.

Ea von Allesch ist tief getroffen. Die einstige Königin, nun von einer noch dazu um so viel jüngeren Rivalin entthront, kann es nicht ertragen, auf den zweiten Platz verwiesen zu werden. Die sonst so weltoffene, kluge und kultivierte Frau scheut in ihrem Zorn vor antisemitischen Äußerungen nicht zurück. Als sie gefragt wird, warum sie Broch nicht heirate, gibt sie empört zur Antwort: »In diese jüdische Mischpoche heirate ich doch nicht ein.« Und in ihrem Tagebuch beschimpft sie ihn hemmungslos als Dummkopf, Feigling und Egoisten. »Zutiefst ordinär und roh – wo er es sein kann – natürlich als Ausgleich keine Spur von Gentleman oder – Gott bewahre – Ritterlichkeit.« Jetzt trauert sie um ihre Jugendliebe, den Pianisten Henry James Skene, ja sogar um den geschiedenen Ehemann Johannes von Allesch. »Wäre ich nur von Wien weggegangen – wie rächt sich das jetzt.« Sie ist über die Entfremdung von Broch so deprimiert, dass sie an Selbstmord denkt: »Gott gebe«, schreibt sie in ihrem Tagebuch, das sie ab 1929 sporadisch führt, »dass ich mich aufraffen kann, aber am liebsten würde ich jetzt in Wien meinen Tod vorbereiten. Am liebsten in dieser Zeit, die ich nicht ertragen kann u. will. Nie hätte ich mir so ein Resultat träumen lassen.«

Doch trotz allem bleibt die emotionale Bindung an Broch bestehen. Zu tief war die gegenseitige Abhängigkeit, als dass sie ganz hätte gelöst werden können. Bis zu Brochs Emigration 1938 gibt es keinen klaren Schlussstrich, auch dann nicht, wenn Broch immer wieder Affären mit anderen Frauen hat. So auch mit Anna Mahler, der Tochter des Komponisten. Der Titel »Augenspiel« seiner Autobiografie, schreibt Elias Canetti, leite sich von jenem Augenspiel her, mit dem in den Dreißigerjahren Hermann Brochs Affäre mit Anna begonnen habe. Diese Beziehung dauert an, bis Broch 1937 bei einem Empfang im Verlag Zsolnay Annemarie Meier-Graefe kennen lernt, die 1949 in den USA seine zweite Frau wird.

1927, als Brochs Liaison mit der jungen Anna Herzog beginnt, ist Ea von Allesch 52 Jahre alt. Sie ist eine – für die damalige Zeit – alternde Frau, die zunehmend auch mit gesundheitlichen Problemen zu kämpfen hat. Für sie, deren Schönheit und Appeal ihre Bewunderer einst zur zumindest verbalen Raserei getrieben hat, müssen die leisen Anzeichen des Alters, die Spuren der Zeit in dem einst so zeitlos-mädchenhaften Gesicht doppelt schwer zu ertragen gewesen sein. Dennoch ist Elias Canetti auch noch Jahre später von ihrer

Schönheit bezaubert, was seinen klaren Blick allerdings nicht trübt. Im »Augenspiel« beschreibt er eine Begegnung Hermann Brochs mit Ea von Allesch, die im Frühjahr 1934 stattgefunden hat: »Sie mochte in ihren Fünfzigern sein, sie war nicht jung, sie hatte den Kopf eines Luchses, aber aus Samt, mit rötlichen Haaren. Sie war schön und ich dachte etwas bestürzt, wie schön sie erst gewesen sein müsse. Sie sprach leise und sanft, aber doch so eindringlich, dass man sich gleich ein wenig vor ihr fürchtete. Es war, als hätte sie, ohne es zu merken, ihre Krallen in einen geschlagen. Diesen Eindruck aber hatte man nur, weil sie Broch widersprach. Nicht einen einzigen seiner Sätze ließ sie gelten.« Das Widersprüchliche in Ea von Alleschs Charakter, das zart Kindhafte und das gleichzeitig Vampirhafte hat natürlich auch Hermann Broch erkannt. In seinem Roman »Die Schuldlosen« hat er Züge ihres Wesens und ihr Streben nach Emanzipation auf verschiedenen Rollen verteilt literarisch gestaltet.

Um den Konflikten und Querelen mit Broch zu entgehen, mit dem sie immer noch in Verbindung ist, auch wenn die Kontakte und Briefe seltener werden, nimmt Ea jede Gelegenheit wahr, aus Wien zu flüchten. Sie besucht ihre Freundin, die Gräfin Mary Dobřzensky, auf deren Schloss in der Nähe von Prag, unternimmt mit ihr ausgedehnte Reisen, hält sich mit finanzieller Unterstützung der Freundin auch längere Zeit in Paris und Zürich auf. In Wien bemüht sie sich vergeblich um eine Anstellung als Modejournalistin. Nun kommt ihr allerdings ihr frühes Interesse für die wissenschaftliche Grafologie zugute. Sie erstellt Gutachten, gibt Privatstunden und hält Kurse an der fortschrittlichen Mädchenschule der Pädagogin Eugenie Schwarzwald, an der auch Adolf Loos, Arnold Schönberg, Oskar Kokoschka und Hans Kelsen unterrichten. So kann sie sich eine zumindest bescheidene Existenzgrundlage sichern.

Die Beschäftigung mit Grafologie bringt sie in Kontakt mit der Individualpsychologie Alfred Adlers, der sich von der psychoanalytischen Schule Freuds abgewandt und das grundlegende Werk »Über den nervösen Charakter« veröffentlicht hat. Sie fühlt sich von Adlers Lehre angesprochen, vielleicht auch, weil sie – bedingt durch Brochs laienhafte Versuche, sie zu analysieren – die Psychoanalyse Freuds ablehnt. Adlers These, die als Haupttriebfeder das Streben nach Macht und Ansehen in den Mittelpunkt stellt, erscheint ihr plausibel. Sie besucht Kurse, erwirbt das »Laiendiplom«, das unter gewissen einschränkenden Bedingungen zu individualpsychologischen Behandlungen berechtigt, und wird Mitglied der Individualpsychologischen Vereinigung. Sie forscht über die Zusammenhänge in der Anwendung der wissenschaftlichen Grafologie und der Individualpsychologie, hält Vorträge und publiziert darüber. Freilich, das große Geld bringen derlei Aktivitäten nicht. »So schön und befreiend wäre es, einen Haupttreffer zu machen und sich sofort in einem sicheren Lande (wo ist das?) anzukaufen und ein primitives, neues, ruhiges Leben zu beginnen«, klagt sie. Und schreibt ihrer Freundin Dobřzensky resigniert: »So gerne möchte ich mit dir Zukunftsmusik machen, aber es geht nicht. Ich bin nicht mehr für irgendwelche Illusionen zu haben; ich fühle mich krank und vollständig erledigt.« Zu ihrem alten Leiden, der Herzschwäche, kommt eine Verschlechterung des Sehvermögens hinzu. »Fühle mich gesundheitlich sehr schlecht. Aber was machen; man kann sich keinen Arzt und keine Medizin leisten.«

Die Verhaftungs- und Emigrationswelle, die auf den »Anschluss« Österreichs an das Deutsche Reich folgt, erfasst auch Ea von Alleschs Bekanntenkreis, raubt ihr die Freunde aus früheren Tagen. Es wird einsam um sie. 1938 wird Hermann Broch auf Grund einer Anzeige nationalsozialistischer »Ordnungskräfte« in Altaussee verhaftet und in Bad Aussee ins Gefängnis gesteckt. Man hält ihn für einen Kommunisten, weil er aus Moskau die Zeitschrift »Das Wort« bezieht, wie der Briefträger eilfertig verraten hat. Nach der Entlassung emigriert Broch über England in die Vereinigten Staaten. Egon Friedell rettet sich durch einen Sprung aus dem Fenster vor der Verhaftung, Anton Kuh verlässt Wien mit dem letztmöglichen Zug, Eugenie Schwarzwald kehrt von einer Reise nach Dänemark nicht mehr zurück und Alfred Polgar erreicht über die Pyrenäen die USA. Peter Altenberg ist die Flucht erspart geblieben. Er war bereits 1919 gestorben.

Hermann Brochs und Ea von Alleschs emotionale Verbundenheit reißt aber nicht ab. Dass ihre Beziehung trotz aller Irritationen und trotz der Entfernung immer noch tragfähig ist, erweist sich, als

Brochs achtzigjährige Mutter sich weigert Österreich zu verlassen. Wenn auch das Verhältnis der beiden Frauen nie besonders herzlich war – jetzt nimmt Ea die alte Frau in ihrer Wohnung in der Peregringasse auf. Als »Arierin« kann sie die Jüdin zunächst noch schützen. »Ea ist eine mutige Person ... eine andere hätte es nicht auf sich genommen«, würdigt Broch die Zivilcourage der Freundin. Als Ausgleich für die damit verbundenen Belastungen soll sie die Mieteinnahmen aus den Immobilien der Familie bekommen. Diese bleiben jedoch wegen »ungeklärter Besitzverhältnisse« aus.

Hermann Broch hilft, solange der Postverkehr noch möglich ist, mit Lebensmittelpaketen aus den USA, versucht Unterstützung der beiden Frauen durch Freunde zu organisieren. Nach dem Ausbruch des Krieges ist aber auch diese Hilfe nicht mehr möglich. Schließlich bleibt auch Brochs Mutter jenes Schicksal nicht erspart, das ein barbarisches System für Millionen programmiert hat: 1941 wird sie abgeholt und nach Theresienstadt deportiert, wo sie ein Jahr später stirbt.

»Eas Freunde und Verehrer verließen sie einer nach dem andern. Sie blieb allein in ihrer großen, eleganten Wohnung ... Bis ins Alter blieb sie schlank, feingliedrig; nur ihre schönen Hände und Füße waren abgemagert, ein schweres Herzleiden fesselte sie ans Zimmer. Sie lag viele Monate zu Bett ... einsam, gleichsam vergessen vom Schicksal, lebte sie dahin«, erzählt die Journalistin Helga Malmberg.

Hermann Broch hat die einstige Geliebte nie vergessen. Nach dem Ende des Krieges schickt er Care-Pakete und trotz eigener finanzieller Nöte immer wieder Geld, auch lässt er Teile des Honorars für seine europäischen Publikationen an sie überweisen. Er bemüht sich um die Klärung von Besitzverhältnissen und sucht einen Weg, seine Bibliothek nach Amerika zu schaffen. Auch ein Wiedersehen in Wien ist geplant. »Dass wir uns ... wieder sehen, ist ganz sicher, und ich bin voller Ungeduld, dass es endlich geschehe«, schreibt er im Mai 1947. Dazu aber kommt es nicht mehr. Aus gesundheitlichen Gründen muss er die Reise wiederholt verschieben und dann ist es zu spät. Am 30. Mai 1951 stirbt Hermann Broch, müde und ausgebrannt, in seinem amerikanischen Domizil in New Haven, Connecticut, an Herzversagen.

Ea von Allesch überlebt ihn um zwei Jahre. Verarmt und beinahe erblindet, schwer leidend an ihrer Herzschwäche und der damit verbundenen Wassersucht, wird sie zum Pflegefall. In einem Saal mit fünfundzwanzig Betten im Versorgungshaus der Stadt Wien Lainz stirbt sie am 30. Juli 1953. Sie ist achtundsiebzig Jahre alt.

Ahasvera

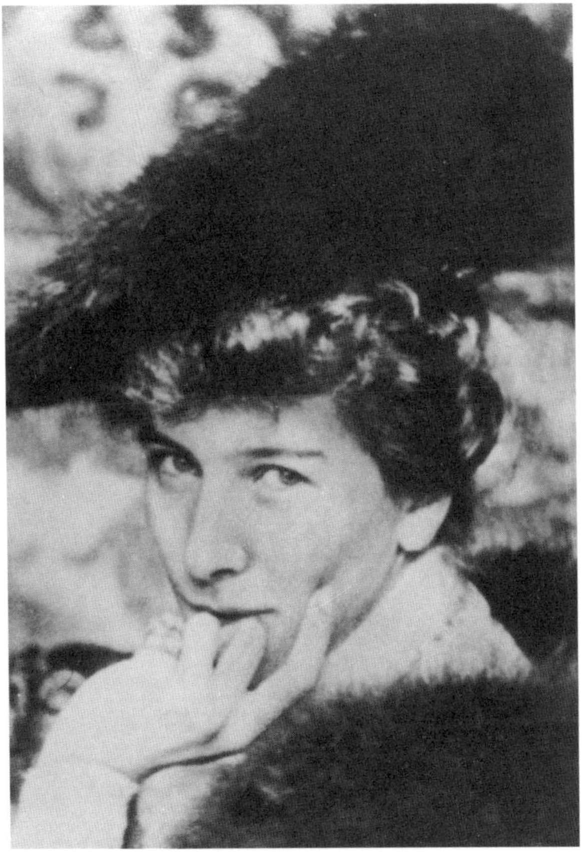

Bertha Eckstein-Diener alias Sir Galahad

Die junge Frau ist schwanger. In ihren zum Roman verdichteten Erinnerungen liest sich das, expressionistisch überhöht, so: »Als ein Kind die mondweiße Mulde zwischen den Barsoiflanken beulig zu heben begann, nahm sie selbst genauso viel ab, als die Frucht schwoll, sog die feinen, harten Sehnen straff ein, ohne Erlahmen, von Willen übergossen.

›O das kommt schon von selbst wieder in Ordnung‹, sagten überlegene Mütter, bei denen es offensichtlich doch nicht wieder in Ordnung gekommen. Von Monat zu Monat hoben sich zudringliche Lorgnons höher in der gestielten Erwartung: endlich, endlich ›normal‹.

Nein, die noble Mulde füllte sich nur eben aus. Ein planer Spiegel blieb die Grenze.

Die Lorgnons bebten entrüstet: ›Es ist nicht natürlich.‹

Sie hob die Brauen, stumm, leicht belästigt. Dachte: ›Hat man je gehört, dass eine Löwin vor dem Wurf die Figur verliert? Nein, nur das Mutterschwein. Ist ausschließlich dieses natürlich?‹ ...

Schon liefen anonyme Anzeigen wegen verbotenen Eingriffs bei Gericht ein, da trieb ein Wirbel von Wehen das Ausgetragene springlebendig aus.«

Es ist die Beschreibung einer Schwangerschaft, in der die auf ihre schlanke Figur bedachte junge Frau an Gewicht genauso viel abnimmt, wie das werdende Kind im Mutterleib bringt. Auch wenn die metaphorische Sprache dieser Schilderung ein Stilmittel der Zeit ist, so verblüfft doch die Assoziation Mutterschaft und Mutterschwein, wirft auch ein Licht auf die Beziehung zur eigenen Mutter der jungen Frau. Denn so formlos, behäbig und matronenhaft wie die Mutter, die »zerzaust und verzerrt, mit einem widerlichen Lappen in der Hand den halben Tag zwischen den Möbeln herumwedelte«, will die Tochter nie werden. Schlankheit ist für sie Sinnbild für ein höheres, geistiges Wesen. Deshalb hat sie sich in den Kopf gesetzt, mit der schlanksten Taille Europas zu reüssieren. Und dazu hatte sie sich schon als junges Mädchen eine besondere Methode ausgedacht: »... auf dem Rücken liegend den Leib sichelförmig einsaugen und in die Mulde das Gefäß mit den Goldfischen ausgießen. Konnten die Fische dann in dieser Beckenschale ohne Grund zu berühren flossenschlagend umherschwimmen, war es in Ordnung und ergab am aufrechten Körper den heißerliebten Kontur! Wenn nicht, änderte sie Nahrung, Bewegung, Atem, bis es wieder ging. Eine Kontrollübung, nichts weiter.«

Die Eleganz eines Rassehundes, eines Barsoi, hatte sie zu ihrem Schlankheitswahn inspiriert: »Beim ersten Anblick des unvergleichlichen Tieres, das fremd und resigniert hinter seinem Wiener Herrn schritt, geriet sie in tagelanges Entzücken, bekam feuchte Augen vor der Harfe dieses Leibes, dem durchscheinende Rippen gleich Saiten anlagen, ruhte auch nicht, bis sie die eingezogenen Flanken des russischen Windspiels am eignen Körper lebendig besaß.«

Es wäre ein Wagnis, den 1920 erschienenen expressionistischen Roman »Die Kegelschnitte Gottes« als authentische Autobiografie der Schriftstellerin Bertha Eckstein-Diener zu interpretieren, die sich unter dem Pseudonym Sir Galahad verbirgt, auch wenn manche Passagen daraus oft bis ins Detail mit der realen Erfahrung der Autorin übereinstimmen, wie Sir Galahads Biografin, Sibylle Mulot-Déri, nachgewiesen hat. Wirklichkeit und Fiktion verschmelzen – in der exzentrischen Pose, in der Stilisierung und Ästhetisierung der eigenen Person gleichen sie jedoch einander: Sibyl, das Mädchen im Roman, und Bertha Eckstein-Diener, die Verfasserin.

Sir Galahad, das Pseudonym, das sie sich zulegte, ist im Sagenkreis um König Artus der Jüngste der illustren Tafelrunde. Er ist der Ritter mit dem reinen Herzen, dem die Vision des Grals gelingt. Als Sir Galahad erreichte Bertha Eckstein-Diener mit ihrem früh feministischen Standardwerk »Mütter und Amazonen« und ihren zahlreichen kulturhistorischen Romanen Besteller-Auflagen, ehe sie in Vergessenheit geriet. »Porträt einer Verschollenen« nannte daher Mulot-Déri ihre 1987 erschienene Biografie der zu Lebzeiten legendären Autorin.

Bertha Diener ist die Tochter des erfolgreichen »Zink-Ornamenten- und Blechwarenfabrikanten« Carl Diener. Das vom Vater entwickelte Gussverfahren zur Erzeugung von Zinkblech ist im Bauboom der Wiener Gründerzeit ein finanziell höchst einträgliches Geschäft und beschert dem Fabrikanten ein Vermögen. Zink, wie seine Firma es liefert, wird zum wichtigsten Metallbaustoff, die von ihm erzeugten Ornamente schmücken die Prunkbauten der Ringstraße. Die Mutter Berthas, Marie Diener, ist die Tochter eines bei der Oesterreichischen Nationalbank angestellten Heizers. Ihr erstes Kind, den Sohn Carl, bringt sie 1863 noch ledig zur Welt, die Hochzeit mit dem viel versprechenden Unternehmer findet erst ein halbes Jahr später statt. Der zweite Sohn, Paul Hugo, wird 1865 geboren, ein Mädchen stirbt als Kleinkind und als Nachzüglerin kommt am 18. März 1874 Tochter Bertha in Wien zur Welt.

Die wohlhabende Familie bewohnt in der Wiener Vorstadt Landstraße ein klassizistisches Schlösschen mit Nebengebäuden und einem herrlichen, parkähnlichen Garten, in den sich das Kind oft und gerne zurückzieht. Ein zahmes Reh und eine Katze sind die einzigen Spielgefährten – die älteren Brüder können mit dem kleinen Mädchen wenig anfangen. In ihrer Einsamkeit flüchtet sich Bertha in Fantasien, erschafft sich eine Traum- und Gegenwelt, von der sie später als Schriftstellerin erzählen wird, lernt aber auch scharf zu beobachten und entwickelt bereits früh einen starken Willen. Die Brüder, neun und elf Jahre älter, werden standesgemäß erzogen, während Bertha einer Gouvernante anvertraut ist und die damals übliche Ausbildung »höherer Töchter« erhält. Carl, der älteste Bruder, ist überaus begabt, als junger Mann bereist er Spanien, Syrien und die Vereinigten Staaten, nimmt als Alpinist und Geologe an der österreichischen Himalaja-Expedition teil und ist mit fünfunddreißig Jahren bereits Professor für Geologie und Geografie. Paul Hugo, der Zweitgeborene, wird Unternehmer und führt später die väterliche Fabrik von Budapest aus weiter.

Bertha leidet unter der starren und steifen Atmosphäre im Haus der Eltern, die sich aus kleinen Verhältnissen empor gearbeitet haben und sklavisch-ängstlich an bürgerlichen Konventionen festhalten. Die tägliche Familienausfahrt wird dem Kind zur Qual: »Täglich Punkt zwei bog die wenig stilvolle Equipage um das grasige Viereck im asphaltierten Innenhof, an den Statuen und dem alten Nussbaum vorbei, der Gärtner öffnete weite Torflügel unter der gewölbten Einfahrt und man fuhr bis vier spazieren. Papa und Mama im Fond. Immer denselben Weg. Erst durch ratternde Vorstadtstraßen voll anrüchiger Kramläden und Klaviergehacke, dann um den Ring herum. Die Beinchen reichten nicht bis zum Wagenboden und schliefen einem immer ein in den kleinen Prunellestiefeln. Baumeln durfte man nicht, reden meist auch nicht. Oben redeten die Eltern diese endlosen, gereizten Erwachsenensachen, bei denen man nicht stören sollte, obwohl es doch immer dasselbe war und so überflüssig. Manchmal hob Papa den Hut schräg weg und Mama nickte mit einem süßschiefen und entzückten Gesicht, wie sie es zu Hause nie hatte. Dann musste man auch nicken und mit dem Mund knicksen, meist ohne Ahnung, wer die Leute gewesen, denn Besuch kam fast nie ins Haus.«

Den Drill in der damals üblichen Kindererziehung hat die schwedische Reformpädagogin Ellen Key bereits in ihrem 1900 erschienenen Werk »Das Jahrhundert des Kindes« verdammt. Vehement forderte sie eine weniger oberflächliche Bildung der Mädchen. Rainer Maria Rilke hat das Buch rezensiert und sich dabei auch mit der Frage der kindlichen Individualität und deren Unterdrückung durch die Eltern auseinander gesetzt. Das »Sklaventum« der Kinder »ist schwer und schrecklich, es beginnt, noch ehe sie geboren sind, und endet damit, dass sie schließlich Erwachsene und Eltern, das heißt wieder Unterdrücker von neuen Kindern werden.« Man behandelt Kinder, wenn sie »brav« sind, wie junge Katzen, schreibt Rilke, und wenn sie »schlimm« sind, wie Verbrecher. »Nie wie Menschen. Es gibt noch keine Eltern, welche in ihrem Kinde, vom ersten Tage ab die neue Individualität sehen und achten, die doch mit jedem neuen Kinde gegeben ist.«

Auch Karl Kraus, der scharfsinnige Polemiker, der schonungslos die Wunden seiner Zeit bloßlegt, zieht in der »Fackel« gegen das Ersticken kindlicher Lebensäußerungen zu Felde, das schon im Säuglingsalter beginnt: »Die Säuglinge wurden in wattierte Decken gepresst und mit Wickelbändern eng verschnürt. Das gab ein prächtiges handliches Paket, denn es war nur noch ein verschwindend kleiner Rest eines eingesargten Menschen sichtbar, nämlich die von einer luftdichten Mumienhaube umschlossene Nahrungsöffnung. In diese wurde möglichst oft ein widerlicher Brei gestopft und das Paket dann in der Luft geschwenkt, wozu man blödsinnige Reime lallte ...« Kein Wunder, meint Kraus, dass die geknebelten Dinger »gellende Entrüstungsschreie« ausstießen. In »Haus und Schule«, so der Titel des Artikels in der »Fackel«, setzt sich die Unterdrückung der Individualität dann fort. »Demnach wurden wir eigentlich weder von der Schule, noch vom Hause erzogen, sondern nur niedergehalten, zur Selbstabtötung unserer Unbeständigkeiten gezwungen. Das Andeutungsvolle jedoch, das Verheißende in den Nebeln unserer Wesenheit wurde nicht hervorgeholt und konnte sich nur heimlich entwickeln. Ein Paket ist eben eine gar bequeme Form, die das Hinterlegen in ein enges bürgerliches Fach begünstigt ...« Konnten aber Jungen trotz »Prügeln des patriarchalischen Regiertwerdens«, wie Kraus es formuliert, sich allenfalls noch vom Druck befreien, so ist es den heranwachsenden bürgerlichen Mädchen nahezu unmöglich, sich gegen die Einschränkungen einer patriarchalischen Gesellschaft zu wehren.

Bertha Diener ist – wie andere »höhere Tochter« im zu Ende gehenden 19. Jahrhundert – für die Ehe bestimmt. Ein möglichst wohlhabender, den Eltern genehmer Schwiegersohn soll das vom Vater geschaffene Imperium vergrößern: »... eines Tages müsse ein Goethe, der zugleich Vanderbilt, englischer Herzog und französischer Botschafter, in einem Auto aus den Wolken fallen als sein Schwiegersohn. Die Tochter mochte bis dahin auf Eis liegen oder sonst wie ein Neutrum sein, wie es gerade für ihn [den Vater] am bequemsten schien.«

Wie man ein junges Mädchen als »Neutrum« heranzüchtet, hat Stefan Zweig in der »Welt von Gestern« beschrieben: »Es wurde also in der vorfreudianischen Zeit die Vereinbarung als Axiom durchgesetzt, dass ein weibliches Wesen keinerlei körperliches Verlangen habe, solange es nicht vom Manne geweckt werde, was aber selbstverständlich offiziell nur in der Ehe erlaubt war.« Mädchen durften keine Triebe haben, das »hätte gegen den Begriff ›Heiligkeit der Frau‹ verstoßen«. Um die jungen Mädchen zu behüten, ließ man sie nicht einen Augenblick allein. »Sie bekamen eine Gouvernante, die dafür zu sorgen hatte, dass sie gottbewahre nicht einen Schritt unbehütet vor die Haustüre traten, sie wurden zur Schule, zur Tanzstunde, zur Musikstunde gebracht und ebenso abgeholt. Jedes Buch, das sie lasen, wurde kontrolliert ...« Ein Mädchen von damals hatte »töricht und unbelehrt, wohlerzogen und ahnungslos, neugierig und schamhaft, unsicher und unpraktisch« zu sein und durch »diese lebensfremde Erziehung von vornherein bestimmt, in der Ehe dann willenlos vom Manne geformt und geführt zu werden«.

Sollte sich der erwartete Ehemann aber – Gott bewahre! – nicht einstellen, blieb für die »höhere Tochter« nur die Alternative, sich elend bezahlt als Gouvernante zu verdingen oder die frustrierende Existenz einer geduldeten Verwandten im Haushalt eines Familienangehörigen zu führen.

Bertha Diener, »aufs Eis gelegt«, will sich nicht in die Schablone des Neutrums pressen lassen. Sie ist intelligent, kritisch und eigensinnig, will sich vor allem von ihrer gefügigen, intellektuell anspruchslosen und früh verbrauchten Mutter unterscheiden. Sie protestiert gegen die vorbestimmte Rolle, indem sie sich das Ziel ästhetischer Vollkommenheit setzt. Makellos schlank will sie sein, Fett empfindet sie als »schwere Erkrankung«, sogar als »Charakterfehler«. Im Kreis um ihren Bruder Carl, dem auch Arthur Schnitzler angehört, lernt Bertha ihren künftigen Ehemann, den um dreizehn Jahre älteren Friedrich Eckstein kennen. »Mac Eck«, wie ihn seine Freunde im Wiener Café »Imperial« nennen, gilt als Universalgenie. Der Fabrikantensohn hat Chemie studiert, leitete auch eine Zeit lang die ererbte Pergamentpapier-Fabrik, interessiert sich aber weit mehr für Philosophie, Astronomie, höhere Mathematik, Judaistik, Theosophie und Sanskrit. Er befasst sich mit den Kompositionen Hugo Wolfs und mit dem Nachlass Anton Bruckners, dessen Schüler er war, seine besondere Vorliebe aber gilt den Grenzwissenschaften und dem Okkultismus. Von Karl Kraus stammt der Ausspruch, das Lexikon steige nachts aus dem Regal, um in Eckstein etwas nachzuschlagen. Außerdem ist der Polyhistor begeisterter Alpinist und betreibt das Bergsteigen mit Leidenschaft, das um die Jahrhundertwende von Fabrikantensöhnen, Intellektuellen und Künstlern, die über die nötige Freizeit verfügen, als mystische Erfahrung entdeckt wird. Friedrich Eckstein ist Vegetarier und leidenschaftlicher Gegner der Vivisektion. Als Unternehmer interessiert er sich für die soziale Frage und mit den Frauenrechtlerinnen Rosa Mayreder und Marie Lang diskutiert er die Stellung der Frau in der Gesellschaft.

Ausgehungert nach Bildung und anderen Lebensformen als jenen, die sie zu Hause bis zum Überdruss erdulden muss, wirkt Eckstein auf das junge Mädchen wie eine Offenbarung. Die Gespräche, die er mit seinen Freunden über Wagner und Nietzsche oder über die Bedeutung alchemistischer Symbole führt und denen sie hingerissen lauscht, sind von anderer Qualität als jene im Elternhaus, wo es bei Tisch höchstens heißt: »Die Leber vielleicht etwas brauner rösten das nächste Mal«, oder : »Nimm noch von der Paradeissoße«.

Eckstein spricht mit Bertha über das, was ihn beschäftigt – die Philosophie Indiens, die Mathematik, die Musik, die Religionen und die Theosophie. Die »Geheimwissenschaften«, Okkultismus und Esoterik, stehen im Wien der Jahrhundertwende hoch im Kurs. Sie sind die Reaktion auf den fortschrittsgläubigen Zeitgeist mit seinen Begleiterscheinungen der Industrialisierung und Verdinglichung, die den Menschen Angst einflößen. Geheimbündler und Okkultisten, Theosophen und Anthroposophen wollen dem Rationalismus und dem Materialismus der Gegenwart ein von der Erfahrung des Göttlichen bestimmtes Weltbild entgegenstellen.

Friedrich Eckstein hatte bereits 1890 in Wien einen Theosophischen Zirkel gegründet, dem die Frauenrechtlerinnen Rosa Mayreder und Marie Lang ebenso angehörten wie der Komponist Hugo Wolf, der Theosoph Franz Hartmann und der Gründer der Anthroposophischen Gesellschaft, Rudolf Steiner. Mit ihm und dem Dichter des »Übersinnlichen«, Gustav Meyrink, steht er in regem gedanklichem Austausch. Man trifft sich regelmäßig im idyllisch gelegenen Schlösschen »Belle Vue« an der Himmelstraße im Wiener Heurigenort Grinzing, um mystische Erfahrungen auszutauschen und darüber zu diskutieren. Man glaubt an die geheimnisvollen Offenbarungen aus den Grenzbereichen der Seele, unternimmt parapsychologische Experimente und ist überzeugt, dass die Seelenkräfte des Menschen Naturgesetze brechen können. Rudolf Steiner wird etliche seiner Wiener Erfahrungen in seine Theorien einfließen lassen und Gustav Meyrink wird Ecksteins Anregungen in seinem fantastisch-mystischem Roman »Der Golem« verarbeiten.

Das »Belle Vue« war übrigens auch jener Ort, an dem Sigmund

Freud die Idee zur »Traumdeutung« kam. Vielleicht haftet diesem Platz tatsächlich so etwas wie Magie an. In einem Brief an den Arzt und Biologen Wilhelm Fließ schrieb Freud am 12. Juli 1900: »Glaubst du eigentlich, dass an dem Hause dereinst auf einer Marmortafel ›Hier enthüllte sich am 24. Juli 1895 dem Dr. Sigmund

Freud das Geheimnis des Traumes‹ zu lesen sein wird? Die Aussichten sind bis jetzt hiefür gering.« – Das Gebäude gibt es nicht mehr, aber auf der Wiese, auf der es einst stand, mit wunderbarer Aussicht auf die Stadt, steht heute ein Sockel mit einer Marmortafel, auf der diese Zeilen zu lesen sind.

Was Bertha an Friedrich Eckstein so fasziniert – sein Weltbürgertum, seine umfassende Bildung, sein Interesse für alles Esoterische und Mystische – ist für die Eltern Diener ein Gräuel. Dazu kommt, dass Eckstein sich herzlich wenig für das von seinem Vater ererbte Unternehmen interessiert und sieben jüngere Geschwister zu versorgen hat. Er ist also auch wirtschaftlich gesehen keine glänzende Partie. Zu allem Überdruss noch sind zwei seiner Schwestern, Therese und Emma, Frauenrechtlerinnen, wofür Berthas Eltern schon gar kein Verständnis aufbringen. Und mit dem dubiosen Dr. Sigmund Freud spielt er Tarock. Kurz und gut, der Patriarch Carl Diener verbietet seiner Tochter den Kontakt mit dem suspekten Eckstein.

Doch Bertha lässt sich nicht so leicht etwas verbieten. Als Diener dahinter kommt, dass sie und ihr verdächtiger Freund einander heimlich Briefe schreiben, kommt es zu einer wütenden Auseinandersetzung. In seinem Zorn droht er der unbotsamen Tochter sogar mit der Polizei, aber mit dem Eigensinn und Widerstand Berthas hat er nicht gerechnet. Im Roman »Kegelschnitte« liest es sich so: »Zwei Jahre lang wechselten Vater und Tochter kein Wort. Am Tag ihrer Großjährigkeit ging sie aus dem Haus und ließ sich mit Gabriel Gruner[1] trauen ...«

Bertha Diener heiratet Friedrich Eckstein am 3. April 1898, zwei Wochen nach ihrer Großjährigkeit. Der Bräutigam war noch kurz davor vom mosaischen Glauben zum protestantischen seiner Braut konvertiert. Ein Jahr später, am 21. Mai 1899, kommt Sohn Percy zur Welt.

Das Paar logiert in dem klassizistischen St.-Genois-Schlössel in der Helenenstraße in Baden bei Wien und macht es zum Zentrum eines illustren Kreises von Künstlern und Wissenschaftler, zu denen auch Karl Kraus, Peter Altenberg, sein Freund Adolf Loos und Arthur Schnitzler zählen. Der Wohnsitz mit dem großzügigen Garten

[1] In der Figur des Gabriel Gruner porträtierte Sir Galahad Friedrich Eckstein.

wird zum Vorbild für die Villa Hofreiter in Schnitzlers Ehedrama »Das weite Land«, auch der Vorname Percy für Friedrich und Genia Hofreiters Sohn in Schnitzlers Stück erinnert an Percy Eckstein.

Für Bertha bedeutet die Ehe den Eintritt in ein »Geistesrefugium«. Jetzt holt sie an Bildung nach, was dem jungen Mädchen vorenthalten worden war. Was sie im Elternhaus so schmerzlich vermisst hat – kultivierte Geselligkeit, anregende Diskussionen – saugt sie nun auf wie eine nach Nahrung Hungernde. Ihr Mann offenbart ihr seine Welt, führt sie ein in die Philosophie Indiens, in die Mathematik, in die Musik, in die verschiedenen Religionen und in die Theosophie. Die junge Ehefrau fühlt sich als Schlossherrin und genießt ihre Rolle als bewunderte Gastgeberin. »Fritz Ecksteins und mein Heim wurden eine Art Treffpunkt für alles, was es an interessanten Menschen damals gab, in Wien lebend oder auf der Durchreise«, schreibt Karl Kraus.

Eckstein erkennt die intellektuellen Fähigkeiten seiner Frau, ebenso entdeckt er ihre schriftstellerische Begabung und fördert beides. Voll Begeisterung schmökert und studiert sie in seiner reichhaltigen Bibliothek und kann in Quellen einsehen, die sie später für ihre Spezialgebiete Archäologie und Kulturgeschichte nützen wird. Auch für die Esoterik interessiert sie sich brennend und Eckstein macht sie mit der neuesten aus Amerika kommenden Literatur bekannt.

Allmählich aber verliert das am Beginn der Ehe so verlockende »Geistesrefugium« an Reiz und erste Ermüdungserscheinungen werfen ihre Schatten. Eckstein ist dreizehn Jahre älter als seine Frau. Er kennt die Welt, hat die wichtigsten Länder bereist, Erfahrungen gesammelt, ist mit den interessantesten Menschen seiner Zeit bekannt. Nun will er sich zurückziehen, sich beschaulich und in Ruhe seinen Büchern widmen und die Gelehrsamkeit pflegen. Bertha aber ist jung und hungrig nach Leben. Sie sucht die Welt nicht nur in den Büchern, sie will sie erleben – in der Realität.

In diese Phase leichter Frustration, die sich kaum merklich eingeschlichen hat, fällt die Begegnung der jungen Frau mit einem Mann, der sie aus der Geborgenheit ihrer Ehe herausreißt, ihre bürgerlich-gesicherte Existenz zerstört und sie physisch und psychisch beinahe vernichtet. Durch ihn wird sie heimatlos, wird sie verurteilt sein, als Ahasvera durch die Welt zu ziehen wie der zu ewiger Wanderschaft verdammte Jude Ahasver, dessen Namen sie für sich adaptiert.

Dr. Theodor Beer, der Sohn eines jüdischen Bankiers, ist vierunddreißig Jahre alt, blendend aussehend, sehr reich und sehr verwöhnt und exzentrisch, ein Homme à Femmes. Trotz seines exzentrischen Lebenswandels hat er bereits eine atemberaubende wissenschaftliche Karriere hinter sich. Nach seiner Promotion zum Doktor der Medizin an der Wiener Universität hat er sich auf die Augenheilkunde spezialisiert, als Assistent am Physiologischen Institut der Universität Bern gearbeitet und Forschungen an der Zoologischen Station in Neapel betrieben. An der Universität Wien lehrt er als außerordentlicher Professor. Mit der Publikation der »Physiologisch-optischen Untersuchungen«, der Essaysammlung »Aus Natur und Kunst« und einer Sammlung von Kommentaren unter dem Titel »Weltanschauung eines modernen Naturforschers« hat er sich in der akademischen Welt einen Namen gemacht. Wie sein Vorbild, der Physiker und Philosoph Ernst Mach, ist Beer Positivist, geht streng rationalistisch und empirisch vor. Okkulte und theosophische Spekulationen, wie Friedrich Eckstein sie pflegt, sind ihm ein Gräuel. »Er schüttelte sich vor Ekel bei dem Wort Seele«, wird ihm Bertha Eckstein-Diener nachsagen.

Beer ist Vivisekteur am Fisch-, Vogel- und Reptilienauge und steht damit im schärfsten Gegensatz zur tierliebenden Vegetarierin Bertha und ihrem Mann. Eckstein polemisiert und publiziert leidenschaftlich gegen die Vivisektion, worauf Beer ebenso leidenschaftlich entgegnet. »Sein engeres Fach war das Tierexperiment. Er arbeitete gerade am lebenden Vogelauge, hatte nebenbei einen Python unter dem Messer, von Hunden, Katzen, Fröschen, weißen Mäusen zu schweigen, alles provisorisch in einem Pavillon des väterlichen Gartens untergebracht. ... Sie hatten heftige Diskussionen. ... Er widersprach, hochfahrend gereizt ... Wer rede von Heilen, das interessiere ihn nicht, aber ohne Sinnesphysiologie gäbe es kein Verständnis der tiefsten Dinge. Dazu sei die Vivisektion eine praktisch unentbehrliche Technik, genau wie die chemische Analyse ... Er pfiff. Aus dem Pavillon brach Freudengewinsel. Ein verbundener

Köter kam herausgekrochen, leckte seine Hände. Er streichelte, wie das Schicksal streichelt: ›Nächste Woche kommt er wieder dran, aber er weiß es noch nicht – das ist die Hauptsache. Nur ich weiß es voraus.‹ Er lächelte, gab dem Geschöpf, das ihn wedelnd umhinkte, einen Leckerbissen …« So hat Bertha Eckstein-Diener, alias Sir Galahad, später ihre Begegnung mit dem Wissenschaftler beschrieben. Sie hatte ihn ein Jahr nach der Geburt ihres Sohnes Percy in seinem Elternhaus, einer feudalen Villa mit Park und See in vornehmster Wiener Wohngegend, kennen gelernt.

Bertha ist von Anfang an von Theodor Beer fasziniert – und abgestoßen zugleich. Seine Weltläufigkeit imponiert ihr, seine Ausstrahlung beunruhigt sie: »Dann war es, als nehme er seine ganze magnetische Vergangenheit zusammen, würfe sie über die Frau. Sie stand, mit seinem Fluidum übergossen.« Beers blendende äußere Erscheinung und seine ungebrochene Selbstherrlichkeit verwirren sie, die gekonnt inszenierte Huldigung ihrer Person schmeichelt ihr. So hat ihr Ehemann sie nie umworben. Der elegante Charmeur wirkt ganz anders auf sie als der ruhige, besonnene, im Sommer wie im Winter in nüchternes Leinen gekleidete väterliche Eckstein. An ihm hat ihr die umfassende Bildung imponiert, die geistige Kapazität, und natürlich ist sie Eckstein dankbar, dass sie durch die Ehe mit ihm der Enge ihres Elternhauses entfliehen konnte, jetzt aber ist sie von einer elementaren Kraft getroffen – der physischen Ausstrahlung eines attraktiven Mannes. Gleichzeitig ist sie von Beers eiskalter Art, zu denken, schockiert. Zwischen beiden beginnt ein wechselvolles, heiß-kaltes Spiel von Annäherung und Distanzierung. Er überschüttet sie mit Briefen. »… durch Monate, über Länder und Meere her kam es ›hochachtungsvoll‹ herbeigeströmt. Einmal auf Briefpapier der British Association, einmal mit dem Abdruck einer Gemme aus Syrakus. Dann wieder eine Anfrage, ob er ihr aus Paris etwas besorgen könne. – Sie antwortete gar nicht. Nun schrieb er: ›Wenn ich jemanden gern habe, ehre ich seine Freiheit – wenn Sie just einmal keine Lust hätten, mich auf der Straße zu grüßen, ich würde nichts anderes denken als eben dies.‹« – Die junge Frau, die sich in ihrer Ehe vor jeglicher Gefährdung sicher wähnt, wird nach diesen »perfiden, verbotenen, ersehnten Briefen« süchtig.

Drei Jahre lang zieht sich diese Beziehungsgeschichte zweier ex-

Theodor Beer

trem narzisstischer Charaktere hin, ohne dass es zu einer intimen Begegnung gekommen wäre. Das aber ist der Frauenheld nicht gewohnt, dieses Hinhalten reizt den Eroberer, stachelt ihn an. Schließlich reißt ihm die Geduld. Er will eine Entscheidung erzwingen und dazu ergreift er ein drastisches Mittel. Unverblümt macht er der verheirateten Frau einen Heiratsantrag. Er verlangt rascheste Scheidung, wünscht sich ein Kind von ihr, »eine Tochter gar, die Ihnen gliche in märchenhafter Anmut«.

Nun ist Berthas Leidenschaft voll entbrannt – »sein verzücktes, verzweifeltes Begehren rann als maßlose Erhöhung durch ihr Blut«. Obwohl sie jede Nacht in eine »Fieberkurve der Sehnsucht« fällt, schreckt sie doch vor einer Trennung von ihrem Mann zurück. Sie ist hin- und hergerissen, fühlt sich an Eckstein gebunden und hat vor allem eine panische Angst, ihren Sohn Percy zu verlieren. Sie ist geblendet von Beers Persönlichkeit, seinem Reichtum und seiner mondänen Lebensführung, andererseits gibt es warnende Stimmen im Freundeskreis: Beer sei eitel, rücksichtslos, provokant, ein Salonlöwe ohne Moral und Gewissen. Als eine Hausangestellte ein Kind von ihm erwartet, provoziert er Wiens Bürgertum mit einem Coup. Er stattet die Schwangere mit einer ansehnlichen Mitgift aus und verheiratet sie selbstherrlich mit einem verarmten Adeligen. Als »Dagmar Edle von Helmburg« bewegt sich die geborene Mathilde Dagmar Zidlicky ab nun in der vornehmen Wiener Gesellschaft. Ihrem einstigen Dienstherrn bleibt das zur Dame avancierte Dienstmädchen in dankbarer Loyalität verbunden und wird später sogar Freundschaft mit seiner jugendlichen Gattin schließen. Etwa zur selben Zeit, als Beer die verheiratete Bertha Eckstein so feurig und ungeduldig umwirbt und sich ein Kind von ihr wünscht, bringt die nunmehrige Edle von Helmburg seinen Sohn Ralph zur Welt.

Ein Vierteljahr noch zögert Bertha ihre Entscheidung hinaus, vertröstet ihren Anbeter, macht Versprechungen und zieht sich wieder zurück, bis es dem von Frauengunst verwöhnten Beer zu bunt wird. Die ehemalige Zidlicky und nunmehrige Edle von Helmburg überbringt der Umworbenen sein Ultimatum: Drei Wochen habe sie Zeit, sich zu entscheiden, andernfalls würde er heiraten – und zwar irgendeine Frau. Bertha ist fassungslos, vor den Kopf gestoßen, weiß nicht, was sie auf die Provokation erwidern soll. Auf dieses Ultimatum kann sie nicht eingehen – die Liebe aus dem Herzen reißen auch nicht.

Nach exakt drei Wochen heiratet Professor Dr. Theodor Beer die schöne und gebildete neunzehnjährige Laura Eißler, eine reiche Holzhändlerstochter. Mit ihr lässt er sich in Clarens am Genfer See nieder, wo er ein altes Wohnhaus, die »Villa Karma«, mit einem Wirtschaftsgebäude besitzt. Der renommierte Architekt Adolf Loos, den er als Wegbereiter modernen Bauens schätzt, soll das Anwesen zu einem luxuriösen Wohnsitz mit allem nur erdenklichen Komfort samt Yachthafen und Tennisplätzen um- und ausbauen.

Loos beginnt mit der Arbeit, doch der Bauherr, der in den aufwändigen Umbau ein Vermögen investiert und genaue Vorstellungen hat, die mit dem Architekten zu diskutieren wären, ist nicht greifbar. Professor Beer weilt nämlich im fernen Amerika und hat seine junge Frau allein zurückgelassen. Der Boden in Wien war ihm zu heiß geworden. Seine Reise in die Vereinigten Staaten war eine Flucht. Er stellt es in Abrede: »Flucht ist lächerlich ... Ich zog die enorme Lerngelegenheit einer österreichischen Untersuchungshaft vor«, schreibt er aus den Vereinigten Staaten dem Architekten Loos. Beer war geflohen, weil er in einen Skandal verwickelt ist, der die Wiener Gesellschaft in ein gnadenloses Für und Wider den akademischen Bonvivant spaltet und den die Presse genüsslich ausschlachtet. Sein extravagantes Hobby war ihm zum Verhängnis geworden.

Der ausgezeichnete Fotograf fotografierte nämlich mit Leidenschaft Frauen, Kinder, Jugendliche und die Wiener Prominenz, machte Aktfotos, Porträts, Kostümfotos. In der Wiener Hautevolee riss man sich darum, von ihm porträtiert zu werden, ihm Modell zu stehen. Zwei angesehene Rechtsanwälte aus dem Freundeskreis, Väter heiratsfähiger Töchter und halbwüchsiger Söhne, waren entzückt, als Beer sich für ihre Söhne als Fotomodell interessierte – insgeheim aber hofften sie, jeder für sich, dass er eine ihrer Töchter heiraten würde. Der steinreiche Bankierssohn wäre ihnen als Schwiegersohn willkommen gewesen, doch Beer hatte ihnen einen Strich durch die Rechnung gemacht, indem er nach Berthas Zögern die junge Laura Eißler heiratete. Ob Beer den Anwaltstöchtern Avancen gemacht und in den Vätern diesbezügliche Hoffnungen geweckt hatte, lässt sich nicht mehr feststellen. Jedenfalls fühlten sich die Advokaten desavouiert und sannen auf Rache. Er habe ihre halbwüchsigen Söhne beim Fotografieren unsittlich berührt, beschuldigten sie ihn und schreckten selbst vor Erpressungsversuchen nicht zurück, was den Schluss auf einen persönlichen Racheakt nahe legt.

Beer wies jede Schuld strikt von sich, worauf die Anwälte die Klage einreichten – und damit eine Schlammschlacht von ungeheurem Ausmaß in Gang setzten. Man zerriss sich den Mund über die Eskapaden des Professors, dem man vorher hofiert hatte und der als Ehemann einer der beiden Anwaltstöchter höchst willkommen gewesen wäre. Nun aber stürzte sich eine sensationslüsterne Presse auf ihn, attackierte den ob seiner diversen Liebschaften berüchtigten Exzentriker, kritisierte sein provokantes Auftreten und seinen luxuriösen Lebensstil. Der bis jetzt anerkannte Wissenschaftler und Universitätsprofessor stand plötzlich als Lüstling mit homoerotischen Neigungen am Pranger einer neiderfüllten Öffentlichkeit. Beer verlor die Nerven. Juridisch schlecht beraten und aus berechtigter Angst vor einer antisemitischen Hetze suchte er den Ausweg in der Flucht. Statt Gegenanklage zu erheben, setzte er sich ab nach Amerika.

»Dr. Beer beging die Dummheit, die Flucht zu ergreifen, und dadurch gewannen die Anschuldigungen, die gegen ihn erhoben wurden, einen Schein von Berechtigung. Uns selbst sind aber seither Mitteilungen über diese Affäre zugekommen, welche ein höchst merkwürdiges Licht auf den Anzeiger werfen und welche die von ihm an seinem ehemaligen Freunde und Hausgenossen verübte Denunziation als einen Racheakt erscheinen lassen«, berichtet das »Deutsche Volksblatt«. Beer selbst schreibt an Loos aus Amerika: »... es kann den Prozess beschleunigen, wenn Sie in allen Ihren Kreisen für mich Stimmung machen. Sie können es mit bestem Gewissen tun.« Doch mittlerweile steht auch, wie das »Deutsche Volksblatt« berichtet, Beers junge Ehefrau Laura im Mittelpunkt eines Skandals: »Am 23. März 1904, in den Abendstunden ereignete sich in der Werdertorgasse ein äußerst aufregender Vorfall. Vor dem Hause Nr. 14 der genannten Gasse saß in einem Einspänner eine verschleierte Dame. Als nach 6 Uhr abends Dr. Steger [einer der klagenden Anwälte] mit einem Herrn aus dem Haustore trat, öffnete sich der Wagenschlag, die erwähnte Dame stürzte heraus auf Dr. Steger zu und rief: ›Sie behaupten, meine Ehe unglücklich machen zu können?‹ Im nächsten Augenblicke versetzte sie dem Regierungsrate Dr. Steger mit einer Reitpeitsche mehrere Schläge ins Gesicht!!! Darauf fuhr die Dame davon und Dr. Steger flüchtete in sein Haus.«

Im Oktober 1905 ist Beer wieder in Wien und stellt sich der Justiz. Das Urteil, das sich nur auf schwache Anklagepunkte stützen kann, lautet auf drei Monate Kerker. Die »Neue Freie Presse« widmet sich in drei Nummern dem »peinlichen Fall, der seit langem das Publikum beschäftigt«, schildert penibel das Verhör des Angeklagten und der Zeugen. Beer, des »teils vollbrachten, teils versuchten Verbrechens nach § 129« schuldig befunden, verliert Doktor-

und Professortitel, seinen Lehrstuhl an der Wiener Universität und seine Reputation. Wie berechtigt seine Angst vor antisemitischen Anfeindungen war, beweist das »Deutsche Volksblatt«, das seitenweise von einer »echt jüdischen Skandalaffäre« berichtet. Beer legt sofort Revision ein, stellt eine hohe Kaution – und besucht am Abend mit seiner Frau das Kabarett »Casino de Paris«, was erneut als skandalös empfunden wird.

Karl Kraus, der stets gegen »die Moralheuchelei der männlichen Gesellschaft, die bei Tag verflucht, verhöhnt und verurteilt, was sie des Nachts genossen hat«, polemisiert, nimmt in der »Fackel« Partei für den Verurteilten. »... Was sind die Obszönitäten, die im Hause Beer den Kindersinn verwirrt haben sollen, neben den anderen, die diese Gerichtsverhandlung den Kindern aller Familien gezeigt hat, so da in der ›Neuen Freien Presse‹ oder im ›Deutschen Volksblatt‹ Erbauung suchen? ... Nie noch hat ein Sittlichkeitsprozess schwerere Unsittlichkeit erzeugt, nie ist eine Anklage wegen Perversität verkehrterem Fühlen entsprungen. Die Wiener Moraljustiz arbeitet prompter als die Wiener Kehrichtwalze: Sie verbreitet den Schmutz nicht bloß, sie vermehrt ihn.« Und in den »Antworten des Herausgebers« schreibt er drei Wochen später: »Darf Professor Beer Nachtlokale besuchen? ... Die Richter, die ihn verurteilt haben, sagen: *Jetzt* haben wir den Beweis seiner Schuld! Und die Leute, die immer noch an seiner Schuld zweifeln, sagen mindestens: Man sieht, dass es kein ernster Mensch ist! Und ich, auf den Beweise, Verdachtsmomente und Illustrationsfakten einstürmen, sage: Ich muss mich übergeben!« Kraus schließt mit der Feststellung: »Der Racheanwalt, der den Prozess provoziert hat, thront in sozialem Ansehen ... der Verurteilte, gegen den Kindermund zeugte und onanierende Hände sich zum Schwur erhoben, muss den Titel ablegen. Aber der Fall stinkt weiter. Möge sich der Oberste Gerichtshof beeilen. Vielleicht könnte hier doch ein Unrecht geschehen sein. Möge er prüfen, ob nicht wieder ein Vorurteil gefällt worden ist.«

Als der Revision Beers nicht stattgegeben wird und er die Gefängnisstrafe absitzen muss, in der Öffentlichkeit also als schuldig gilt, jagt sich seine junge Frau Laura im März 1906 eine Kugel in den Kopf. Es bleibt Spekulation, ob die Verurteilung ihres Gatten der wahre oder der einzige Grund für diesen Selbstmord war, denn zwei Jahre davor hatte sich ihre Schwester das Leben genommen – aus unglücklicher Liebe zu ihrem Schwager, in der Erkenntnis, dass »das Glück ihrer Schwester ihr Unglück war«.

Beer verbüßt seine Strafe und zieht sich danach zurück an den Genfer See, wo mittlerweile seine einstige Geliebte Dagmar von Helmburg mit dem gemeinsamen Sohn Ralph lebt. Der gekaufte adelige Gatte hatte sich durch Scheidung vorher aus dem Staub gemacht.

Bertha Eckstein-Diener war zutiefst verletzt gewesen, als sie von Beers so überraschender Heirat mit Laura Eißler erfuhr. Der Skandal um ihn erschütterte sie, von seiner Unschuld war und ist sie überzeugt. Vergessen kann sie ihren Anbeter nicht. »Die Glut dieses Mannes hatte sie ruhelos gemacht«, wird sie im Buch »Kegelschnitte« bekennen. Nun wird ihr aber doch bewusst, dass sie sich von Eckstein entfremdet hat, dass sie sich in ihrer Ehe beinahe ebenso unfrei fühlt wie einst im Elternhaus, und verlangt die Trennung. Eckstein, der seine Frau liebt, ist fassungslos, schlägt Bedenkzeit vor und hofft, dass sie zu ihm zurückfindet. Sie aber will frei sein, will endlich für sich selbst entscheiden. Ihre Biografin Mulot-Déri schreibt: »Bertha war dreißigjährig zum ersten Mal frei. Alles, was sie bisher mit sich hatte anfangen wollen, konnte sie jetzt tun – und sie tat es auch.«

Sie geht nach Bern, wo sie bei dem renommierten Chirurgen Emil Theodor Kocher arbeitet, um sich Kenntnisse der Physiologie anzueignen. Sie studiert in Berlin bei dem Chemiker van't Hoff und Philosophie bei Henri Bergson in Paris. Die wahre Triebfeder dieses Wissensdurstes ist jedoch – ob bewusst oder unbewusst – Theodor Beer. Ihn will sie wieder sehen, unbedingt. Und wenn sie ihn wieder sieht, dann will sie mit ihm intellektuell Schritt halten können. Sie will ihm imponieren, auch auf dem Gebiet der Naturwissenschaften, das seine Domäne ist.

Friedrich Eckstein hat mittlerweile erkannt, dass seine Ehe gescheitert ist. Er löst den Haushalt in Baden auf und zieht nach Wien, wo er sich unweit der Theresianischen Akademie, an der sein und Berthas Sohn Percy erzogen wird, eine Wohnung einrichtet. Dort lebt er zurückgezogen bis zu seinem Tod im Jahre 1939.

Bertha, von ihrem Mann getrennt, aber noch nicht geschieden, zieht durch die Welt. Eine Ahasvera, die nirgends Ruhe findet. Sie reist nach England, Griechenland, Kreta, Ägypten und in die Schweiz. Den Mann, der sie ins Herz getroffen und so sehr verletzt hat, kann sie nicht vergessen. »Der Grund des Reisens ist das eigene Heim«, beschönigt sie in der Glosse »Zur Dämonologie des Haushalts« den Grund ihrer Rastlosigkeit. Den »bürgerlichen Haushalt«, von dem sie sich befreit hat, sieht sie als »unheimliches und perverses Gebilde« und empfiehlt ihn als Objekt wissenschaftlicher Untersuchung, denn: »Drei bis vier Geschöpfe verbringen täglich sechzehn Stunden mit den anstrengendsten und widerlichsten Verrichtungen, ohne dass eine geleistete Arbeit auch nur spurenweise irgendwie nachweisbar wäre!« Reisen komme billiger und sei bequemer als die Führung eines solchen Haushalts: »Ich weiß nicht, ob ich im Komfort der Wüste Gobi von den Strapazen meines letzten ›bürgerlichen Haushalts‹ noch einmal gesunden werde ...«, fragt sie ironisch.

Ihre Reiseeindrücke schreibt sie witzig und pointiert nieder und publiziert sie unter dem Pseudonym Sir Galahad in der Zeitschrift »März«, wo sie sich neben Autoren wie Thomas Mann, Hermann Hesse, Peter Altenberg, Roda Roda, Christian Morgenstern und Gustav Meyrink in bester Gesellschaft weiß. Weilt sie in Wien, steigt sie im Hotel ab oder in der Wohnung ihres Bruders Carl Diener in der Berggasse, nahe jenem Haus, in dem Sigmund Freud wohnt und ordiniert. In diesen Jahren der Wanderschaft hat sie keinerlei Kontakt mit Theodor Beer, aber das Feuer, das er entfacht hat, ist nicht erstickt, ihre Gedanken kreisen um ihn: »Und es war keine Ruhe. – Über Länder und Meere her rann das Gefälle seiner stechenden Wärme in einer heißen Linie auf sie zu und hetzte ihr Herz. ... Was gab ihm solch brennende Macht?«

1909 benachrichtigt sie in Griechenland ein Telegramm vom Tod des Vaters. Bald danach stirbt auch die Mutter. Nun ist sie Erbin eines ansehnlichen, solide angelegten Vermögens. Theodor Beer kondoliert zum Tod der Eltern und lädt die einst Angebetete ein, ihn am Genfer See zu besuchen. Dort hat Adolf Loos begonnen, die »Villa Karma« zum Luxuswohnsitz umzubauen. Schon Anfang Januar 1904 hatte Beer dem Architekten geschrieben: »... ob Ihr Geschmack meinem entspricht, werde ich erst sehen müssen. Desgleichen ob Sie Ihren schlechten Ruf der Unverträglichkeit und des Nichtfertigwerdens desavouieren werden. ... Es steht demnach bei Ihnen, ob Ihnen hier große u. dankbare Arbeiten erwachsen. Dass Sie sich hier einen Namen machen können, ist sicher ...« Weshalb er Loos »Unverträglichkeit« und »Nichtfertigwerden« attestiert, bleibt im Dunkeln. Das Genie des Architekten hat er zweifelsfrei erkannt. Und sein Geschmack bezüglich Modernität und seine Vorliebe für kostbare Materialien – exquisite Stoffe, Bronzen, Marmor, edle Hölzer – decken sich mit Loos' Ambitionen.

Der Umbau der »Villa Karma« ist ein lukrativer Auftrag, der die häufige Anwesenheit des Architekten in der Schweiz bedingt – mit fatalen Folgen für sein Privatleben. Während seiner Abwesenheit entspinnt sich in Wien zwischen seiner Frau Lina und einem jungen Mann eine Liebesgeschichte, die in einer Tragödie endet und seine Ehe zerstört.

Bertha Eckstein-Diener hat die Einladung Beers, ihn zu besuchen, wie ein Blitz getroffen. Wovon sie immer wieder geträumt hatte, was sie sich so oft in Gedanken vorgespielt hatte, ein Wiedersehen mit ihm, wird plötzlich Realität. Mit Hoffnung und Angst im Herzen fährt sie zu ihm an den Genfer See. Vier Jahre haben sie und Theodor Beer einander nicht gesehen und vieles, vielleicht auch zu vieles, ist seither geschehen. Wird er noch so empfinden wie vor Jahren, als er sie in seinen Briefen so glühend umwarb? Sie zittert vor der Begegnung, nach der sie sich so brennend gesehnt hat und der sie jetzt entgegenfährt.

Das erhoffte Wiedersehen wird, falls man der Schilderung im Roman »Kegelschnitte« Glauben schenkt, zu einem Fiasko. Kein Aufleuchten der Leidenschaft in seinen Augen, nur ein kühler, abschätzender Blick. Wie ein Lehrer, der eine Schülerin prüft, überhäuft er sie gleich am ersten Abend mit Fragen, verlangt zu wissen, was sie in den Jahren der Trennung an Bildung gewonnen hat. Eine Begegnung zweier Liebender ist das nicht. »Seine stolze Wut nach Probe ihres Wissens, Erfassens, Durchdringens, Beherrschens war ohne Maß. Nichts von Literatur, Kunst, Musik: dem Weiberschwatz. Er presste sie ins Letzte, Ernsteste vor, drehte dann zäh wieder zurück ins Detail, verlangte einen Griff voll Fachwissens hier, einen dort ...« Sie kann dem gelehrten Professor Paroli bieten, besteht die

»Prüfung«. Aber ist es das, was sie ersehnt hat, als »die Glut dieses Mannes« sie ruhelos durch die Welt ziehen ließ? Bertha ist verstört, gekränkt, will wieder abreisen, doch zu guter Letzt sinken sie einander in die Arme, sind endlich ein Liebespaar. Nun reden sie doch von einer gemeinsamen Zukunft, auch Kinder wollen sie haben. Bertha ist glücklich. Voll Hoffnung reist sie nach Wien und reicht die Scheidung ein.

Bis diese rechtskräftig ist, geht sie mit Beer auf Reisen – nach Paris, Rom, Venedig. Der mondäne Lebensstil Beers fasziniert sie, entspricht auch ihrem Hang nach Luxus, Eleganz und Ästhetik. Doch Vorlieben dieser Art kosten Geld, viel Geld. Von den Zinsen ihres ererbten Vermögens hätte Bertha gut leben können, würde sie ihren Gefährten nicht immer wieder mit den exquisitesten und teuersten Toiletten überraschen wollen. »Sie bot ihm jenes letzte Zusammenspiel der Tadellosigkeit, das nur um ein Vermögen bei den ganz großen Couturies erreichbar ist. Fuhr manchmal eigens über den Kanal um ein *tea gown*, einen Hut. Schade, dass ihre Mittel nicht so unbegrenzt waren«, heißt es im Buch »Kegelschnitte«.

Die Ehe zwischen Friedrich und Bertha Eckstein-Diener wird im November 1909 geschieden. Nun könnte Bertha zu ihrem Geliebten in die »Villa Karma« an den Genfer See ziehen, doch schreibt ihr eine vertragliche Regelung »einwandfreien Wandel« vor. Nur unter dieser Bedingung darf sie ihren Sohn Percy sehen und einen Teil des Jahres mit ihm verbringen. Würde Bertha also unverheiratet mit ihrem Liebhaber zusammenleben, wäre ihr Wandel nicht »einwandfrei« und das Besuchsrecht für ihr Kind verwirkt. In dieser Zeit äußerster nervlicher Anspannung lebt sie zwar in nächster Nachbarschaft zu Beer, ist aber ängstlich darauf bedacht, ihre Beziehung zu ihm geheim zu halten. Der junge Oskar Kokoschka, der sie in dieser Zeit porträtiert, ist erschüttert von dem Zustand der zwischen Leidenschaft für ihren Geliebten und der Angst, ihr Kind zu verlieren, hin- und hergerissenen Frau, die ihm wie »ein gehetztes Tier« vorkommt. Sein unvollendetes Bild zeigt sie mit vor Schreck geweiteten Augen und einem halb wahnsinnigen Gesichtsausdruck.

Bertha lebt in dem festen Glauben, dass ihre Heirat mit Theodor Beer nach Ablauf der gesetzlichen Frist so rasch wie möglich erfolgen würde. Doch darin täuscht sie sich. Es scheint, dass seine Leidenschaft jetzt, da er die Geliebte erobert hat und sich ihrer sicher fühlt, erloschen ist. In ihrem autobiografischen Roman legt sie ihm die ernüchternden Worte in den Mund: »Begeisterung ist keine Heringsware, die man einpökelt für mehrere Jahre.« Er verlangt außerdem, dass sie sich an dem mit enormem Aufwand betriebenen Umbau seiner Villa Karma finanziell beteiligt. Bertha, die ihrem Geliebten in ihrer Vorliebe für Luxus und mondäne Lebensführung zwar nicht nachsteht, sieht aber ihr Vermögen gefährlich schwinden und zögert. Da wird sie schwanger. Doch was sie sich als Krönung ihrer Liebe erträumt hat, wird zum Anlass ihrer tiefsten Demütigung. Hat Beer sich nicht damals, als er um sie warb, im Überschwang der Gefühle ein Kind von ihr gewünscht – ein Mädchen, ihr gleich in »märchenhafter Anmut«? Nun, da es so weit ist, berät er sich mit seinem Anwalt und legt ihr dann kalt einen Ehevertrag vor, stellt ihr horrende finanzielle Forderungen. Es kommt zum Eklat. In ihrer Wut lässt sie sich dazu hinreißen, ihn als jüdischen Wucherer zu beschimpfen. Er schreit zurück. Dann erklärt er höhnisch, das noch nicht geborene Kind sei ihm sicher, da sie ja gerichtsnotorisch als Rabenmutter bekannt sei. Zutiefst verletzt und empört verlässt sie Beer, der sie nicht zurückhält. »Da hatte sie einer betrügerisch erst in den Salonwagen eingeladen, ›um sie nachträglich bei voller Fahrt in den Viehwagon‹ zu stoßen«, beschreibt ihre Biografin Mulot-Déri die Situation.

Aber immer noch ist Bertha Eckstein-Diener ihrem Geliebten verfallen. In den Jahren nach der Trennung von ihrem Gatten war er ihr als Märchenprinz erschienen, war er zu einem Wunschbild geworden, das übermächtig weiterwirkt. Aus dieser Verwirrung der Gefühle findet ihr Verstand keinen Ausweg. Wie von Sinnen »irrte sie von Stadt zu Stadt. Sprach durch Monate kaum ein Wort. Mied Seen, Brücken und Felsen ...«, wird sie im Buch »Kegelschnitte« bekennen. Verzweifelt versucht sie, ihre Schwangerschaft zu verbergen. Ein uneheliches Kind würde ihrem geschiedenen Mann in Wien beweisen, dass ihr Lebenswandel eben nicht »einwandfrei« war, das Besuchsrecht für ihren Sohn Percy wäre verwirkt.

Am 20. Dezember 1910 bringt Bertha Eckstein-Diener in Berlin heimlich einen Sohn zur Welt. Niemand darf davon erfahren. Sie informiert nur Beer, den Vater. Doch dieser reagiert nicht. Erst Wochen nach der Geburt erscheint er plötzlich in Berlin und lässt ihr die Forderung nach der Vormundschaft überbringen. Sie empfängt ihn nicht, weigert sich ihn zu sehen. Zwei Monate später erhält sie über einen Anwalt die Einladung zu Verhandlungen in Wien. Nun lässt sie ihr Kind in der Obhut einer Amme zurück und reist nach Wien.

Auf ihren Vorschlag, eine Scheinehe einzugehen und sich dann zu trennen, geht der Vater des Kindes nicht ein. Er will nicht heiraten, was er will, ist die Vormundschaft über seinen Sohn. Dennoch scheint es zu einer Einigung, vielleicht sogar zu einer Versöhnung zwischen beiden zu kommen, denn Bertha, die Beer immer noch liebt, ist nur allzu gerne dazu bereit. Auch von baldiger Heirat ist jetzt die Rede. Bertha klammert sich daran, fährt voller Hoffnung nach Berlin, holt ihren Sohn, dem sie den Namen Roger gegeben hat, und fährt mit ihm zu seinem Vater an den Genfer See. Die kommenden Osterferien darf sie mit ihrem älteren Sohn Percy verbringen und darauf will sie auf keinen Fall verzichten. Doch nun scheint ja alles in Ordnung zu kommen – glaubt sie. Beruhigt lässt sie den Säugling mit seiner Amme bei seinem Vater zurück und fährt mit Percy an den Gardasee. Doch dort erreicht sie im Hotel ein Brief Beers, in dem er erneut die Vormundschaft verlangt. Wozu? Bertha begreift diese Forderung nicht – nach einer Heirat wäre er ja automatisch der Vormund seines Sohnes. Sie lässt den Brief unbeantwortet.

Die Folge ist ein Albtraum. Beer schickt der Mutter den Säugling samt Amme hinterher in das Hotel am Gardasee, wo auch Gäste aus Wien logieren. In panischer Angst, das Sorgerecht für Percy zu verlieren, sollte ihr geschiedener Mann von der Existenz des unehelichen Kindes erfahren, ergreift sie die Flucht, flieht mit dem ersten Kind vor dem zweiten. Die Amme fährt mit Roger zurück nach Berlin. Beer treibt die Mutter in einen entsetzlichen Zwiespalt. Sie zermartert sich das Hirn nach einer Lösung. Es gibt keine. Sie muss sich entscheiden – zwischen ihrem ersten Sohn, Percy, und dem zweiten, Roger. Ihre Wahl fällt auf den Erstgeborenen.

Die Wunde, die ihr dieser Schritt zufügt, wird nie ganz vernarben, wird nach Jahren, in denen sie versucht hat zu vergessen, erneut aufbrechen. Roger, der in Berlin bei Pflegeeltern aufwächst, wird seine leibliche Mutter erst kennen lernen, als er schon erwachsen ist.

Theodor Beer hat sich auch diesen Wirrnissen durch Flucht entzogen. Mit Dagmar von Helmburg, der ehemaligen Hausangestellten Zidlicky, befindet er sich auf Weltreise. Als der Erste Weltkrieg ausbricht, wird er eingezogen und muss als einfacher Soldat seinen Dienst ableisten. Den Doktortitel, der ihm durch seine Verurteilung aberkannt worden war, hat er nie wieder erlangt. 1916 heiratet er seine langjährige Gefährtin Dagmar und adoptiert den gemeinsamen Sohn Ralph. Nach Kriegsende ist er ein gebrochener Mann. Sein Vermögen ist geschmolzen, die Hoffnung auf eine Fortsetzung seiner wissenschaftlichen Laufbahn zunichte. »Wie uns aus Luzern telegrafisch mitgeteilt wird, ist dort gestern der Physiologe und ehemalige Professor an der Wiener Universität Dr. Theodor Beer plötzlich gestorben ...«, meldet das »Neue Wiener Tagblatt« am 1. Oktober 1916. Was das »Tagblatt« verschweigt: Theodor Beer hat seinem Leben selbst ein Ende gesetzt.

Bertha Eckstein-Diener ist sei 1911 in München ansässig, wo sie sich in der legendären Künstlerpension »Romana« eingemietet hat. Die gebildete und elegante Frau, die das Ideal weiblicher Emanzipation vorlebt, ist bald der bewunderte Mittelpunkt der Münchner Boheme. Sie übersetzt Prentice Mulfords esoterische Essays aus dem Amerikanischen und hat mit ihrer Arbeit in jene Welt, in jenes »Geistesrefugium«, zurückgefunden, zu dem ihr Friedrich Eckstein einst Zutritt verschafft hat. Er hatte in Amerika die Schriften des ehemaligen Journalisten kennen gelernt, die neuplatonische Weisheitslehren mit Zivilisationskritik verbinden und sich mit Alchemie und Buddhismus befassen. Jetzt findet Mulfords Lehre als Neugeist-Bewegung auch in Europa rasche Verbreitung. Unter Bertha Eckstein-Dieners Pseudonym Sir Galahad erscheinen in ihrer Übersetzung »Der Unfug des Sterbens«, »Der Unfug des Lebens« und »Das Ende des Unfugs« und erzielen enorme Auflagen. Bis 1955 werden von dem Band »Der Unfug des Sterbens« 250000 Exemplare verkauft. Sie übersetzt auch die mystischen Märchenkommentare Ethan Allan Hitchcocks, die sie ebenfalls durch Eckstein kennen gelernt hat, ins Deutsche und publiziert sie unter dem Titel »Das rote Buch von Appin«.

Einer ihrer Freunde, der Schriftsteller und Übersetzer Karl Wolfskehl, macht sie auf Johann Jakob Bachofens Werk »Das Mutterrecht« aufmerksam, das in den intellektuellen Zirkeln Münchens heftig diskutiert wird. 1861, in seinem Erscheinungsjahr, hatte das Buch bei den Zeitgenossen wenig Anklang gefunden. Erst im Fin de Siècle, als man die Geschlechterrollen zu hinterfragen begann, war Bachofens Theorie des Matriarchats, wonach die Frau oder die Mutter die Herrschaft innehat, auf breiteres Interesse gestoßen. Bertha Eckstein-Diener setzt sich intensiv damit auseinander, hat sie sich doch seit ihrer frühesten Jugend gegen die Zwänge bürgerlich-patriarchalischer Konvention gewehrt und lebt auch jetzt als moderne, selbstständige Frau. Bachofens Thesen faszinieren sie und werden später ihr Hauptwerk, »Mütter und Amazonen«, wesentlich beeinflussen. Ihr erstes eigenes Buch, das 1913 unter dem Titel »Im Palast des Minos« erscheint, begründet ihren Ruf als eigenständige Schriftstellerin. Sie befasst sich darin mit den Ausgrabungen Sir Arthur Evans' auf der Insel Kreta und reflektiert erfrischend unkonventionell über Mode, Architektur und Religion. Mit ihrer darin vertretenen, allerdings höchst anfechtbaren Theorie von »Hoch- oder Niederrassigkeit« der Völker schwimmt sie mit im Strom der Zeit, in der die krausesten Rassentheorien kursieren. So hat der mit ihr befreundete Jörg Lanz von Liebenfels mit seinen »Ostara«-Heften, in denen er Sonderrechte und Eheprämien für Blonde sowie die Versklavung von »Minderrassigen« fordert, den jungen Hitler in seiner Wiener Zeit mit Lesestoff versorgt. Auch Richard Wagners Schwiegersohn Houston Stewart Chamberlain, der in Wien »Die Grundlagen des 19. Jahrhunderts« geschrieben hat, worin er die Überlegenheit der nordischen Rasse zu beweisen versuchte und eine Zuchtwahl nach darwinistischen Grundsätzen propagierte, hat Spuren seiner Anschauungen in Sir Galahads Werk hinterlassen. Die Antike erscheint der Schriftstellerin, für die Ästhetik in Kunst und Leben ein stets anzustrebendes Ideal war, im Vergleich zur Gegenwart als eine schönere, elegantere, vornehmere und weisere Welt. Antike Lebensformen sieht sie als Bestätigung ihres eigenen Strebens nach Vollkommenheit und geistiger Elite.

1914 beginnt Sir Galahad mit der Arbeit an ihrem Roman »Die Kegelschnitte Gottes«, die sie fünf Jahre lang beanspruchen wird.

Im letzten Abschnitt des in vier Teile gegliederten Werkes schreibt sie sich die Traumen ihrer Kindheit und Jugend von der Seele, erzählt sie die Geschichte ihrer Ehe mit Friedrich Eckstein und gestaltet dichterisch ihre leidenschaftliche Liebe zu Theodor Beer mit all den erlittenen Verletzungen und Wunden. Der Roman erscheint 1920 in München und ist ihr persönlichstes Buch. In seinen vier Teilen entspricht es den vier möglichen Kegelschnitten: Ellipse, Kreis, Parabel und Hyperbel, wobei, wie Sibylle Mulot-Déri ausführt, jedem dieser Schnitte symbolische Bedeutung zukommt. Die Ellipse mit ihren zwei Brennpunkten symbolisiert die Liebesfreundschaft, der Kreis den Egoismus, die Parabel mit einem Brennpunkt die Sehnsucht nach Höherem und die Hyperbel den unversöhnlichen Hass. Im ersten Teil des Romans wird die Geschichte des Knaben Horus Elcho erzählt, der unter den idealen Bedingungen des Matriarchats in Indien aufwächst. Der zweite Teil behandelt die Reisen Horus Elchos und seiner Frau Gargi in Europa, im dritten Teil wird die Enttäuschung geschildert, die beide erleiden, als sie in Deutschland und Wien jene Wissenschaftler kennen lernen, deren Ideen sie in Indien so begeistert hatten. Einzig eine junge Frau – Sybil – scheint wie Horus und Gargi Sehnsucht nach Schönheit und Reinheit, nach Natürlichkeit und Kunst zu empfinden. Der vierte Teil schließlich – mit seinen vielen autobiografischen Elementen – ist die Geschichte der Kindheit und Jugend Sybils und ihrer Verstrickungen. Als Tochter eines Fabrikanten wurde sie in der Wiener Vorstadt geboren ...

Dieser vierte Teil, in dem die Schriftstellerin Sir Galahad ihre Erfahrungen als Mädchen Bertha und als verheiratete Eckstein-Diener literarisch verwertet, steht in Beziehung zum ersten Teil, der Schilderung einer positiv imaginierten utopischen Gegenwelt. Matriarchat und Patriarchat sind einander gegenübergestellt. Über den expressionistischen Roman schrieb Kurt Tucholsky, er sei das »Stärkste, was gegen diesen Kontinent in der heutigen Zeit zu finden ist«. »Ein Asiate kommt nach Europa. Und sieht es mit seinen gebildeten, unverbildeten Augen. Das ist hundertmal gemacht worden. Aber nie mit solcher Kühnheit, mit so göttlicher Frechheit, nie mit so viel erhabener und erhebender Ehrfurcht, mit so viel Liebe und mit so viel Hass.« Der Roman ist ein Riesenerfolg. Indien und die indische Philosophie sind in Mode und interessieren die Leser. Und der vierte Teil lässt sich, zumal in Wien, als Schlüsselroman interpretieren.

Ende 1918 beginnt sich in München der Nationalsozialismus zu formieren. Linksextremisten und Rechtsextremisten liefern einander blutige Straßenschlachten, politische Exzesse stehen an der Tagesordnung. Die Stadt wird ungemütlich. Bertha Ecksteins Vermögen ist nach Kriegsende durch die Inflation zusammengeschmolzen, die einst florierende Zink-Ornamentenfabrik, die ihr Bruder Hugo Paul von Budapest aus geführt hatte, gibt es nicht mehr. Nun ist sie gezwungen, ohne irgendeinen finanziellen Zuschuss nur von ihren Einnahmen als Schriftstellerin zu leben. Sie übersiedelt von München in die Schweiz, wählt ihren Wohnsitz in Montreux am Genfer See, wo es »schöner ist als irgendein Traum«, wo aber vor allem die Lebenshaltungskosten niedrig sind.

1925 erscheint Sir Galahads Polemik »Idiotenführer durch die russische Literatur«, in dem sie Dostojewskis und Tolstois Helden persifliert, sie im Vergleich mit der »höheren« Dichtkunst westeuropäischer Schriftsteller abwertet und das russische Volk verächtlich macht. Auch hier huldigt sie obskuren Rassentheorien und propagiert eine Herrschaft der Elite im Gegensatz zur Demokratie, die sie als Herrschaft des Pöbels verunglimpft, eine Ansicht, von der sie sich später allerdings distanziert.

Die Arbeit an ihrem nächsten großen Werk, »Mütter und Amazonen«, nimmt die Schriftstellerin sechs Jahre lang in Anspruch. Sie reist viel um zu recherchieren, betreibt intensives Quellenstudium in Genf, Zürich und München und verdient sich ihren Lebensunterhalt mit Essays für diverse Zeitschriften und Magazine. Mit Percy Eckstein, ihrem erstgeborenen Sohn, der in der Obhut seines Vaters aufgewachsen ist, bleibt sie in all den Jahren in Verbindung. Er hat sich als Übersetzer und Romanschriftsteller einen Namen gemacht und betreibt eine literarische Agentur, die selbstverständlich auch Werke seiner Mutter vertritt. Hitlers Griff nach Österreich wird ihn 1938 wie so viele Intellektuelle aus Wien vertreiben.

1932 erscheint Sir Galahads umfangreiches Hauptwerk, »Mütter und Amazonen«, das mit dem lakonischen Satz »Am Anfang war die Frau« beginnt. Die Anregungen zu dieser ersten weiblichen Kulturgeschichte hatte sie noch in ihrer Münchner Zeit in ihren Diskussionen mit Wolfskehl über Johann Jakob Bachofens »Mutterrecht« erhalten. Aus dem Vorhandensein mutterrechtlicher Züge bei Hoch- und Randkulturen des Alten Orients hatte Bachofen geschlossen, dass dem späteren Vaterrecht eine frühere mutterrechtliche Familienform vorangegangen sein müsse, und sich dabei im Wesentlichen auf die Deutung antiker Mythen und Dichtungen gestützt. Sie galten ihm wie auch Sir Galahad als zulässige Geschichtsquellen. Nach dieser Theorie enthält jeder Mythos, jede Legende einen wahren Kern und kann daher zur Interpretation herangezogen werden. In Bezug auf die Amazonen unterscheidet die Schriftstellerin jedoch zwischen der Überlieferung in griechischen Mythen und archäologischen Beweisen. »Amazonen«, schreibt sie, sind »Selbstzweck und Anfang auch. Als ausschweifende Töchterreiche mit Ausschließung alles Männlichen bis auf versklavte Knabenkrüppel heben sie sich ab von der weltalten, ruhend toleranten Muttersippe, die unbotmäßige junge Mannheit ganz friedlich abschob durch Exogamie ... Amazonen hingegen pflanzen den Töchtertyp fort, einen neuen Bewegungstyp, der gleichsam durch eine Erbschleife hindurchgeschlüpft und etwas Keimverschiedenes ist. Jägerinnen, die Kinder zwar werfen, den Wurf aber weder säugen noch selbst warten. Sie schwärmen aus, als äußerster, linker Frauenflügel einer flügge gewordenen Menschheit.«

Das Buch wird in einer Zeit, in der die frauenfeindlichen Thesen eines Otto Weininger, eines Friedrich Nietzsche oder eines Karl Kraus immer noch in den Köpfen vieler Männer herumspuken, als Provokation empfunden. 1962 wieder aufgelegt, nun vergriffen, diente und dient es vor allem einer feministischen Geschichtswissenschaft als Standardwerk und als Grundlage für weitere Forschungen und Diskussionen. Im Vorwort hatte Sir Galahad versprochen, »so einseitig wie möglich zu bleiben, auf jener Seite nämlich, deren plastische Durchdringung bisher gefehlt hat, denn ... stets aufs Neue werden ... gerade solche Phasen gründlich geschildert, in denen der Mann sein Weltbild geprägt hat, das Weibliche somit gar nicht oder nur indirekt durch ihn hindurch zur Verwirklichung gelangen konnte.« Diesem einseitigen Weltbild, das sie als Entstellung bezeichnet, können als Kompensation »genügend reine

Frauenreiche mit ihren matriarchalischen Grundgesetzen« ins Bewusstsein der Menschheit gerückt werden. Sie sollen »aufs Neue bildhaft vor der Seele auferstehen« und der Frau »die Tradition geben, auf dass sie mit dem, was sie auf einmal kann und tut, nicht abkunftlos erscheine ...«

Im Juli 1932 nimmt Bertha Eckstein Kontakt mit dem Schriftsteller Fritz von Herzmanovsky-Orlando auf. Sie schreibt jetzt an ihrem nächsten Buch, einem kulturgeschichtlichen Roman über Byzanz im Mittelalter, und Herzmanovsky-Orlando, der ebenfalls über Byzanz arbeitet, beantwortet geduldig ihre Fragen. Im Winter 1934/35 recherchiert sie in München im bereits nationalsozialistischen Deutschland und schließt einen Aufenthalt in Frankfurt am Main an, wo sie mit einem Stipendium der Reichsschrifttumskammer eine »Kulturgeschichte der Seide« verfasst, die unter dem Pseudonym Helen Diner erscheint.

Nach dem »Anschluss« Österreichs wird die Schriftstellerin Sir Galahad Mitglied der Reichsschrifttumskammer, da sie die Überweisung der Honorare ihrer Bücher in die Schweiz nicht gefährden will. Sie ist zwar keine Nationalsozialistin – eine entschiedene Gegnerin aber auch nicht. Die Briefzensur sowie jede Art staatlicher Bevormundung erregen ihren Zorn und der sich immer breiter machende Antisemitismus ist ihr zutiefst zuwider – ungeachtet einiger antisemitischer Tendenzen in ihren eigenen Werken. Jetzt nämlich, da es Realität zu werden beginnt, was der mit ihr befreundete Jörg Lanz von Liebenfels an Ungeheuerlichkeiten in seinen rassentheoretischen Abhandlungen verbreitet hat, wacht sie auf. Wie Schuppen fällt es ihr von den Augen, dass Lanz, der »Mann, der Hitler die Ideen gab«[2], die Ideologie des Nationalsozialismus wesentlich mit beeinflusst hat.

Der Roman »Byzanz. Von Engeln, Kaisern und Eunuchen«, für den sich S. Fischer, vor 1933 der bedeutendste Verlag Deutschlands, interessiert, erscheint aber nicht in dem jüdischen Verlagshaus, da sie den Boykott nationalsozialistischer Buchhändler fürchtet. Wozu den Vorteil der »Phalanx meiner Großmütter« aufs Spiel setzen?, fragt sie Herzmanovsky-Orlando. »Byzanz« wird in Wien verlegt,

[2] So der Titel der von Wilfried Daim verfassten Biografie.

allerdings auch bei einem jüdischen Verlag. Der angesehene E. P. Tal & Co. Verlag hat u. a. Thornton Wilder, Somerset Maugham, Sinclair Lewis, D. H. Lawrence und bis zum »Anschluss« jüdische Autoren im Programm. Nach der Arisierung bleiben ihm nur zwei Titel: Sir Galahads »Byzanz« und eine Biografie Heinrichs IV. von Emil Alphons Rheinhardt.

»Byzanz« erscheint 1936, eine französische Übersetzung bereits im folgenden Jahr in Paris. Die Heldin des Romans, die unkonventionelle Kaiserin Theodora, »Justinians gefundene Fee mit den zusammengewachsenen Augenbrauen, was in Byzanz für Rasse steht«, gleicht in ihrer Liebe zu »Schönheit, Zeremonien, Luxus, Geld« ihrer Biografin, Sir Galahad.

Aus einem Kapitel des Romans entwickelt sie anschließend das nächste Werk »Bohemud. Ein Kreuzfahrer-Roman«. Das Buch erscheint 1938, nun wieder in einem deutschen Verlag. 1940 arbeitet sie an einem Richard-Wagner-Roman, der von dem renommierten Schweizer Atlantis-Verlag verlegt wird, dem sie ein Exposé geschickt hatte. Sie behandelt darin die Affäre Wesendonck, Richard Wagners Leidenschaft für Mathilde, die Frau seines Freundes Otto Wesendonck, der als »Meister des Gewährenlassens und Behütenkönnens« seine Ehe rettet, sowie Wagners Stationen Paris, Wien, München bis zur Uraufführung des »Tristan« in München. Das Buch mit dem Titel »Der glückliche Hügel. Ein Richard-Wagner-Roman« erscheint 1943. Eine geplante Reise zu Winifred Wagner, Hitlers Freundin und Schirmherrin über die Bayreuther Festspiele, muss sie jedoch unterlassen, denn mittlerweile haben die Auswirkungen des Krieges auch die Schweiz erreicht und sie muss befürchten, aus Deutschland nicht wieder einreisen zu können.

Lebensmittelrationierung, Stromengpässe und Schwierigkeiten bei der Geldüberweisung von Deutschland in die Schweiz machen ihr jetzt schwer zu schaffen. Sie ist dreiundsiebzig Jahre alt und ihre Gesundheit leidet unter den Einschränkungen. Am meisten aber leidet sie unter Geldmangel; auch das Erscheinen des Richard-Wagner-Romans bringt zunächst kein Honorar, da der Vorschuss erst abgedeckt werden muss. Immer wieder ist sie gezwungen, um Sondergenehmigungen anzusuchen, um das generelle Arbeitsverbot außer Kraft zu setzen, und ist oft so knapp bei Kasse, dass sie nicht weiß, wovon sie die Miete bezahlen soll. Wenig essen ist sie gewöhnt, »nun kann ich zwar fast von Luft leben«, schreibt sie, doch »das völlig ungeheizte Zimmer im eiskalten Februar« ist eine Qual und hat eine schwere Bronchitis zur Folge. »Die Kältequal war derart, dass man nur einen Wunsch hatte: in ein brennheißes Bad hinein, neben sich ein verlässliches Rasiermesser, um sich schließlich eine Beinarterie aufzuschlitzen und nie mehr herauszumüssen ...«, schreibt sie im März 1947. Im Sommer fasst sie wieder Mut und denkt daran, einen schon lange gehegten Plan zu realisieren: Sie will sich in Italien niederlassen, und zwar nach Rom, wo sich ihr Sohn Percy eine zweite Karriere aufbauen konnte. Dazu aber kommt es nicht mehr. Auch ein Wiedersehen mit ihrem zweiten Sohn Roger wird es nicht geben.

Im Dezember 1936 hatte ein Brief aus Berlin, adressiert an Bertha Eckstein, sie wie ein Blitz getroffen. Absender war ihr heimlich in Berlin geborener Sohn Roger, der bei Pflegeeltern aufgewachsen war und auf Umwegen die Adresse seiner Mutter erfahren hatte. Der junge Mann ersuchte um Unterlagen für den von den Nazis verlangten Ariernachweis, weil er sich verheiraten wollte. Dieser Brief hatte sie plötzlich wieder mit der Vergangenheit konfrontiert, hatte lange Verdrängtes wieder ans Licht gebracht. Wieder hatte sie vor Augen, was sie vergessen wollte, aber nie vergessen konnte – die unglückselige Verbindung mit Theodor Beer und die Qual der Entscheidung für eines ihrer Kinder. Der überwunden geglaubte Schmerz jener Zeit war erneut aufgeflammt.

Sie hatte die verlangten Papiere geschickt, allerdings mit der Erklärung, dass sie nicht gewillt sei, den Namen von Rogers Vater preiszugeben. Sie versicherte jedoch eidesstattlich, dass dieser »arisch« gewesen sei – und rettete so ihren Sohn. Sie teilte ihm mit, dass sie Schriftstellerin sei, und machte sich erbötig, ihm Bücher zu schicken, falls er dafür Interesse habe, fügte aber vorsichtshalber hinzu: »Das Gegenteil wäre aus Ihrer Sicht vollkommen verständlich.« Roger zeigte Interesse und seine Überraschung war groß, als er feststellte, dass seine leibliche Mutter mit der von ihm schon lange verehrten und bewunderten Schriftstellerin Sir Galahad identisch war. Es folgten Briefe und im Herbst 1938 in Berlin eine Begegnung zwischen Mutter und Sohn.

»Sir Galahad war drei Wochen in Berlin und wohnte in einer kleinen Pension am Kurfürstendamm. Sie war eine blendende Erscheinung, ganz Grande Dame, liebenswürdig und für jede Art von Gesprächen aufgeschlossen. Vom ersten Augenblick an bestand zwischen uns eine natürliche gegenseitige Sympathie ohne jede Befangenheit«, beschrieb Roger Diener das Zusammentreffen. Man verwendete das distanzierte Sie im Gespräch, über Rogers Vater aber schwieg sich die Mutter aus. Dazu »brauche sie längere Zeit und eine entsprechende Atmosphäre«, erklärte sie.

Es waren nur Splitter, die Roger auf diese Weise über seine Herkunft erfuhr, gewissermaßen »wie Streiflichter geäußerte Bemerkungen über meinen Vater«. Dann folgte ein lebhafter Briefwechsel, der nur einmal eine Verstimmung bewirkt, da die Mutter zum vertraulichen Du in der Anrede wechselte und der Sohn beim formellen Sie blieb. Schließlich aber fanden beide in einer harmonischen, ja herzlichen Verbindung zueinander. »Jedenfalls habe ich wegen meiner wenig glücklichen Kindheit niemals einen Groll gegen meine Mutter gehabt. Ich habe dies als das für mich vorgegebene Schicksal angenommen. So kann ich die späte Verbundenheit zwischen Sir Galahad und mir als ein Stück sinnvoll gelebten Lebens betrachten, in dem eine wohl teilweise verworrene Geschichte schließlich doch einen menschlich-versöhnlichen Ausklang gefunden hat«, bekennt Roger Diener Jahrzehnte später in Sibylle Mulot-Déris Biografie.

Im Sommer 1947 informiert Percy Eckstein seinen Halbbruder Roger Diener vom Wunsch der Mutter, nach Rom zu reisen und sich ganz dort niederzulassen. Ein Sturz, bei dem sie sich eine schmerzhafte Zerrung zuzieht, vereitelt jedoch den Plan. Jetzt gelangt Roger zur der Ansicht, dass es nach so vielen Jahren nun schließlich doch an der Zeit sei, etwas mehr über seinen Vater, über seine »Vorgeschichte«, zu erfahren als nur vage Andeutungen. Da er nicht weiß, wann in den Wirren der Nachkriegszeit ein Wiedersehen mit seiner Mutter möglich sein wird, ersucht er sie schriftlich um Informationen. Sie will ihm diesen Wunsch auch erfüllen und beginnt einen Brief, in dem sie von Theodor Beer erzählt – doch dann bricht sie ab. Sie wird den Brief nie zu Ende schreiben.

Im Januar 1948 muss sich Bertha Eckstein in Genf einer Operation unterziehen. In Eile hat sie tags zuvor eine Notiz hinterlassen:

»... die Operation kommt überraschend heute Früh. ... Im Falle meines Todes bitte eine Cassette, die sich in Aufbewahrung des Direktors befindet, aus dem Hotel des Familles abzuholen. Sie enthält private Dokumente ... und gehört für Roger.«

Sie sollte die Operation nur um wenige Wochen überleben. Bertha Eckstein-Diener stirbt am 20. Februar 1948 in Genf. Als sich Roger Diener nach dem Tod seiner Mutter wegen dieser Kassette an seinen Bruder wendet, erhält er die Auskunft, es habe sich nichts dergleichen gefunden.

Die unschickliche Hofratstochter

Frida Strindberg

»Ich bin im April, im Zeichen des lebensfreudigen Widders geboren. Schon bei der Geburt war ich eigenwillig und vorschnell. Ich wartete nicht, bis das Haus, das mein Vater baute, die schmucke Villa am Ufer des lieblichen Mondsees bei Salzburg fertig stand. In einem Gasthof am Straßenrain stieß ich lustig den ersten Schrei aus, wie ein Zigeunerkind und nicht wie die Tochter eines Mannes, den Talent und Persönlichkeit hochgehoben hatten. Es war unschicklich.«

Es war in der Tat unschicklich, wie das Leben der Tochter des k. k. Regierungsrats und Hofrats Friedrich Uhl begann – aber nicht, weil sie am 4. April 1872 ihren ersten Schrei in einem einfachen Wirtshaus ausstieß statt im standesgemäßen Ambiente, viel eher könnte man schon den Akt ihrer Zeugung als unschicklich bezeichnen. »Ich war nämlich nicht, wie üblich, in die Welt gesetzt worden, weil Vater Mutter liebte, sondern weil er eine andere liebte, die er vergessen wollte«, erzählt die Schriftstellerin, Journalistin, Kritikerin und Literaturagentin Frida Strindberg, geborene Uhl, in ihrem Bekenntnisbuch »Lieb, Leid und Zeit«.

Um Schicklichkeit, Konvention und so genannte bürgerliche Moral sollte sich die »höhere Tochter« auch ihr Leben lang nicht scheren, ganz im Gegensatz zu ihrem Vater, der stets bestrebt war, die Würde seines Amtes zu wahren und die Fassade bürgerlicher Wohlanständigkeit aufrechtzuerhalten. Wich er vom rechten Weg ab, tat er es im Verborgenen. So bestand auch die eheliche Gemeinschaft des in der Wiener Gesellschaft hoch angesehenen liberalen Kunstkritikers und Chefredakteurs der amtlichen »Wiener Zeitung« mit der um zwanzig Jahre jüngeren, der Welt abgewandten Marie Uhl nur zum Schein. Denn Uhls Experiment, mit der Zeugung eines Kindes seine Ehe zu retten, ging schief. »Nach mir kamen keine Kinder mehr«, schreibt Frida Strindberg. »Ich hatte als ... Heilmittel versagt. Die Eltern trennten sich nach meiner Geburt ... und vermieden es aus Hochachtung, sich unnötig wieder zu sehen. Mutter kehrte zu ihren Eltern zurück, die als reiche Gutsbesitzer an der Donau ein Phäakenleben führten. Vater übersiedelte nach Wien, wohnte als Chefredakteur des Amtsblattes, der k. k. Wiener Zeitung, in der k. k. Hofburg in einer selbst gewählten Klause, die halb Verließ und halb Bohemebude war, jeden entsetzte, aber ihm entsprach. Keiner meiner Eltern verzieh mir eigentlich je so ganz meinen Misserfolg.«

Friedrich Uhl, als Sohn eines Gutsverwalters und seiner aus angesehener jüdischer Familie stammenden Frau im schlesischen Teschen geboren, hatte in Wien Karriere gemacht. Im Sturmjahr 1848 war der von revolutionären Idealen beseelte Philosophiestudent auf den Barrikaden gestanden und hatte für die Freiheit und gegen den Druck des Metternich'schen Regimes gekämpft. Seine anfeuernden Gedichte wurden sogar vertont und bei entsprechenden Aktionen gesungen. Später wird der begabte junge Mann Redakteur der »Presse« und Mitbegründer des Journalistenvereins »Concordia«, daneben schreibt er Romane, merkt aber rasch, dass er davon nicht leben kann, und konzentriert sich auf die Kritik. Er wechselt über zur »Neuen Freien Presse« und wird schließlich Chefredakteur des Regierungsblattes »Wiener Zeitung«. Als solcher ist der mittlerweile zum k. k. Regierungsrat und Hofrat avancierte Liberale ein Vertrauter Kaiser Franz Josephs. Sein Herz aber gehört der Kunst, vor allem dem Theater. Mit Max Burckhard, dem mutigen Erneuerer des schon etwas verstaubten Burgtheaters, verbindet ihn die Überzeugung, dass Theater nicht allein aus der Tradition leben kann, sondern die Menschen der Gegenwart mit dem, was sie bewegt, auf die Bühne stellen muss. Nur dann bleibt es lebendig und fesselt das Publikum. Burckhard setzt die revolutionären Dramen Henrik Ibsens und Gerhart Hauptmanns auf den Spielplan, die frühen Stücke Hugo von Hofmannsthal sowie Arthur Schnitzlers »Liebelei«. Er scheut auch nicht davor zurück, Raimund und Anzengruber im Musentempel des Burgtheaters aufzuführen. Ein unermüdlicher Mitstreiter bei seinen Intentionen ist der Kritiker Uhl. »... weil Friedrich Schiller gelebt hat, muss Ibsen nicht gleich ein Tor oder ein Verbrecher oder ein konfuser Kopf sein, den man nicht versteht«, schreibt er. Als Freund des Burgtheaterdirektors und vieler Schauspieler, insbesondere von Schauspielerinnen, ist Uhl einer der Wegbereiter der modernen Dramatik auf Wiener Bühnen.

Seine Frau Marie hatte Friedrich Uhl 1863 geheiratet, als er bereits etabliert und sie achtzehn Jahre alt war. Maries Eltern, der steinreiche Notar Dr. Cornelius Reischl, der sich sein Vermögen durch Grundstückspekulationen erworben hatte, und seine Frau, eine einst »viel gefeierte Wiener Schönheit ... mit kornblumenblauen Augen und pechschwarzem Haar«, residieren auf ihrem herrschaftlichen Gut in Dornach in der Nähe von Grein im oberösterreichischen Strudengau. Von den achtundzwanzig Kühen im Stall hat jede ihre eigene Magd. Wenn der Notar seiner Leidenschaft, der Jagd, nachgeht, dann begleitet ihn einer von seinen vierzehn Hunden. Natürlich erschauern die Dorfbewohner vor so viel Reichtum – »Phäakenland« nennt es seine Tochter Frida Strindberg. Uhls tüchtige Frau liebt ihre Rolle als Gutsherrin und die zahlreichen Knechte und Mägde haben sich dem strengen Regiment widerspruchslos zu fügen, ebenso ihre Töchter, die Zwillinge Marie und Melanie.

Sie sind aus anderem Holz geschnitzt als die Mutter. Die Dinge dieser Welt interessieren sie weit weniger als die Religionen dieser Welt. Besonders Marie, die sich zwar ihr Leben lang zur katholischen Kirche bekennt, beschäftigt sich viel mit Judentum, Buddhismus und Geheimlehren. Auch nach ihrer Heirat mit dem lebenslustigen und kunstbegeisterten Friedrich Uhl gibt sie sich lieber mystischen Betrachtungen hin als an seiner Seite in der Haupt- und Residenzstadt einen Salon zu führen und gesellschaftlich eine Rolle zu spielen. Der temperamentvolle, vitale Uhl und die fromme Marie passen einfach nicht zusammen. Daran ändert auch die Geburt der Tochter Marie nichts, die ein Jahr nach der Hochzeit zur Welt kommt. Und als acht Jahre später die Frucht des ehelichen Experiments, die zweite Tochter, Maria Friderike Cornelia, genannt Frida, geboren wird, ohne dass sich die beiderseitigen Gefühle sonderlich erwärmt hätten, steht der Entschluss zur Trennung fest. Denn Friedrich Uhl liebt bereits eine andere.

Der Journalist, Kritiker und Freund der Künstler lebt ab nun sein Leben in Wien, seine Frau das ihre in frommer Zurückgezogenheit im Schoß der Familie in Dornach. Eine Scheidung kommt natürlich nicht in Frage. Friedrich Uhl ist zwar liberal, aber als Vertrauter des Kaisers ängstlich auf seinen Ruf bedacht, und für seine Frau als Katholikin ist die Ehe ein Sakrament und somit unauflöslich. Das Ehepaar verkehrt brieflich miteinander, befleißigt sich, wenn sich eine Begegnung nicht vermeiden lässt, eines ausgesucht höflichen Umgangs, geht sich aber tunlichst aus dem Weg. »Außer seiner Haremswirtschaft und dass er mich absolut nicht liebt, kann ich ihm nichts vorwerfen«, schreibt Marie Uhl. Das Haus seiner Schwiegereltern betritt ihr Mann nie. Entspannung findet er in der repräsentativen Villa in Mondsee, die kurz nach der Geburt Fridas fertig wird. Dorthin zieht er sich im Sommer zurück, dort hortet der leidenschaftliche Sammler kostbare Möbel, Bilder, Teppiche, Statuen und wertvolles Porzellan, dort trifft er auch jährlich für kurze Zeit mit seiner Frau zusammen.

Über das Schicksal der beiden Töchter scheint sich weder der Vater noch die Mutter den Kopf zu zerbrechen. Die ältere Marie wird nach der Trennung der Eltern in eine Klosterschule gesteckt und Frida bleibt allein mit einer Amme in Mondsee zurück. Später wird sie die elternlose Kindheit in der geliebten Landschaft des Salzkammerguts zur seligsten Zeit ihres Lebens verklären: »Meine erste Erinnerung ist das Sonnenlachen. Bald glitzerte es silbern auf blauem See, bald wiegte es sich auf rosigen Apfelblüten, bald tanzte es um mich herum mit den Schmetterlingen um die Wette, wenn ich im sattgrünen Grase lag. Dann wieder kuschelte es im goldbraunen Holz des altertümlichen Saales, in dem Vaters Bibliothek untergebracht war. Stundenlang kuschelte es da mit mir, ganz still, ganz weltverloren. Und ehe ich noch zehn Jahre alt war, kannte ich die Klassiker auswendig und verstand sie auf meine Art. Das sollte mir späterhin in der Schule nützen; ich habe bei der Sonne spielend gelernt, was andere in nüchternen Stuben bis an ihr Lebensende mühselig buchstabieren.«

Als Marie siebzehn Jahre alt ist, verheiratet der Vater sie mit dem fünfunddreißigjährigen Architekten und Bildhauer Rudolf Weyr – eine glänzende Partie für das blutjunge Mädchen, die der Patriarch Uhl allerdings mit einem Trick zu Stande gebracht hat. Marie und Weyr waren des Öfteren allein, ohne die obligate Begleitung einer Anstandsdame, durch Wiesen und Wälder gestreift, und dem jungen Mädchen war der renommierte Künstler durchaus nicht gleichgültig gewesen. Das bedeutete aber noch lange nicht, dass sie ihn auch heiraten wollte, wie der Vater es wünschte. Da griff Uhl zu einem Trick, behauptete erbost, seine Tochter habe sich kompromittiert, als sie ohne Anstandsdame mit ihrem Verehrer spazieren ging, und nun bliebe ihr nichts anderes mehr übrig, als ihn auch zu heiraten. Dieses Manöver hatte Uhl freilich in Absprache mit seinem zukünftigen Schwiegersohn in Szene gesetzt, doch dem überrumpelten Mädchen blieb keine Wahl. Marie wurde »in die Ehe gezwungen«, wie es ihre Schwester Frida beurteilt. Allerdings verläuft diese Ehe – zumindest in den ersten Jahren – harmonischer als die der Eltern und die kurze Ehe der Schwester.

Im selben Jahr, da Friedrich Uhl seine ältere Tochter mit dem Bildhauer Weyr vermählte, steckte er die jüngere in eine Klosterschule und war überzeugt, so seine Familienverhältnisse geordnet zu haben. Die fromme Mutter hatte sich seinen Anordnungen gefügt, wie sie sich auch dem Reglement ihrer Eltern in Dornach fügt.

Bei den Englischen Fräulein in St. Zeno in Bad Reichenhall ist das neunjährige, bisher in totaler Freiheit aufgewachsene Mädchen todunglücklich. Doch bald zeigt Frida, dass sie einen eigenen Kopf hat. Wenn sie schon ins Internat muss, dann bitte dort, wo sie auch Sprachen lernen kann. Der Vater hat nichts dagegen und sie wechselt ins Sacré Coeur nach Paris und nach drei Jahren nach London, wo sie am Konvent der Dominikanerinnen ihre Ausbildung abschließt. »Bis zum neunzehnten Lebensjahre beinahe habe ich den Segen der Klostererziehung genossen. Als ich heraus kam, wusste ich nicht, dass Seide kostspieliger ist als Baumwolle. Kaviar seltener als Weizenbrot. Es ist noch immer schwer für mich. Die Weltfremdheit hängt mir an. Sie zieht mich am Schnürchen hoch in die Wolken. Das hatte man bei meiner glänzenden Erziehung nicht bedacht.«

Nachdem sie ihre Ausbildung abgeschlossen hat, besinnt sich Friedrich Uhl seiner klugen Tochter und holt sie zu sich nach Wien. So wie er über das Schicksal Maries entschieden hat, so will er jetzt Fridas Zukunft bestimmen. Natürlich wünscht er sich auch für sie einen passenden Ehemann, da aber keiner in Sicht ist, darf sie, bis sich ein solcher zeigt, einen Beruf ausüben, und zwar den seinen. Sie soll Journalistin werden. Frida, nie so fügsam wie ihre ältere Schwester, hätte sich mit Sicherheit gegen diese väterliche Bevormundung aufgebäumt, wenn das »Schreiben« nicht schon immer ihr heimlicher Wunsch gewesen wäre. Die Stellung des Vaters, der als Kritiker hofiert wird und regen Umgang mit Künstlern und Intellektuellen pflegt, imponiert ihr. Von ihren Fähigkeiten und ihrem Talent ist sie überzeugt. Der Vater ist es auch. Die Kritik eines Buches, die er ihr abverlangt hat, ist zu seiner Zufriedenheit ausgefallen. Sie darf Bücher für sein Blatt rezensieren und Theateraufführungen kritisieren. Er schätzt ihren Sinn für Qualität, ihre Gabe, zu formulieren, und als sie sich für höhere Aufgaben qualifiziert hat, schickt er das begabte Mädchen nach München – als Korrespondentin der »Wiener Zeitung«.

Damit die Tochter nicht ganz der väterlichen Aufsicht entschwindet, wird sie bei einer befreundeten Familie untergebracht. Frida ist von ihrer Aufgabe begeistert, wirft sich mit Enthusiasmus ins literarische Leben Münchens und genießt den Umgang mit Schriftstellern, Künstlern und der Boheme, freilich im gesitteten Rahmen, den die wachsame Familie vorgibt. Als sie jedoch erfährt, dass der Dramatiker Heinrich Sudermann in Berlin weilt, um die Premiere seines Stückes »Heimat« vorzubereiten, schert sie sich weder um die ihre Tugend hütende Familie in München noch um den alten Vater in Wien, sondern fährt kurz entschlossen nach Berlin.

Frida kennt den Autor Sudermann. Im vergangenen Sommer war er nach Mondsee gekommen, um mit dem allen modernen Strömungen aufgeschlossenen Theaterkritiker Uhl sein neuestes Werk zu diskutieren und Ratschläge einzuholen. Viel leidenschaftlicher aber als der erfahrene Kritiker hat seine eben aus der klösterlichen Zucht entlassene Tochter Frida das Stück mit dem Autor diskutiert. Es handelt von weiblicher Selbstbestimmung und dem Recht einer Frau und Künstlerin, ihr Leben selbst zu gestalten. Davon hat Frida Uhl im Kloster nie etwas gehört. Es waren aufregende Spaziergänge am Ufer des Mondsees gewesen und aufregende Gespräche. Sie war geschmeichelt von der Aufmerksamkeit, die der fünfunddreißigjährige Autor ihren Ansichten schenkte, und er war bezaubert von der Intelligenz seiner Gesprächspartnerin und dem Charme ihrer Jugend. Kein Wunder, dass Frida sich verliebte, zum ersten Mal in ihrem Leben, mit dem ganzen Überschwang eines schwärmerischen jungen Mädchens, wobei nicht ganz klar ist, was sie mehr faszinierte – der Mensch Heinrich Sudermann oder der Dramatiker, dessen Ruhm sich abzuzeichnen begann. Jetzt, da sie ihn in Berlin weiß, will sie ihn wieder sehen und fährt ihm einfach nach. Sie fährt ihren Tugendwächtern davon in die Freiheit, in die Stadt, »in der es auf allen Gebieten kreiste, brodelte und lärmte. Aber mir war's recht, denn ich war jung. Das Leben brandete!«

Wie sehr es um seine Tochter brandete, merkt Vater Uhl an einem Morgen im März 1893, als er wie gewöhnlich in seiner Wiener Redaktionsstube sitzt und die wichtigsten Zeitungen und Zeitschriften überfliegt. Eine Notiz in der »Deutschen Zeitung« schreckt ihn auf: »... August Strindberg begibt sich demnächst nach Wien, um der Aufführung seiner ›Gläubiger‹ beizuwohnen. Es dürfte die Wiener interessieren, zu hören, dass sich Strindberg mit Fräulein Frida Uhl, der Tochter des Regierungsrates Friedrich Uhl in Wien, verlobt hat.«

August Strindberg, 1849 in Stockholm geboren, lebt seit September 1892 in Berlin. Dort ist der revolutionäre Erneuerer des Dramas, der sich mit den Stücken »Der Vater«, »Fräulein Julie«, »Gläubiger«, »Meister Olof« und »Frau Margit« zwar einen Namen, aber kein Vermögen gemacht hat, hoch angesehen. Auf der Berliner »Freien Bühne«, die auch Ibsen und Hauptmann zum Durchbruch verholfen hatte, waren der »Vater« und »Fräulein Julie« gespielt worden und hatten auch in Deutschland seinen Ruf als gesellschaftskritischer, moderner Autor begründet. Er ist der gefeierte Mittelpunkt eines Künstlerkreises, der sich regelmäßig in dem berühmt-berüchtigten »Schwarzen Ferkel« trifft. In diesem Lokal, dessen ungewöhnlicher Name von einem über der Eingangstür hängenden schwarzen Weinschlauch stammt, der an ein Ferkel erinnert, schenkt der Wirt 900 verschiedene Alkoholika aus – vom schwedischen Punsch bis zum japanischen Reiswein. Die Zechgelage sind verschrien, dauern tage- und nächtelang. Zu den Stammgästen zählen vor allem Skandinavier, Künstler, die sich aus der spießbürgerlichen Enge ihrer Heimatländer in das vergleichsweise freisinnige Berlin geflüchtet hatten. Einer davon ist der norwegische Maler Edvard Munch, der mit seinen expressionistischen Bildern einen Kunstskandal entfacht. Um ihn schart sich die so genannte Kristiana Boheme, junge Leute, die in der Freiheit der Kunst und in der Freiheit der Liebe ihr Ideal sehen, das sie realisieren wollen. Skandinavische Literaten frequentieren das »Ferkel« ebenso häufig wie deutsche Dichter. Auch der Arzt Carl Ludwig Schleich, der schwedische Naturwissenschaftler Bengt Lidforss und der polnische Medizinstudent und Literat Stanislaw Przbyszewski, genannt Stachus, Knut Hamsun, Paul Scheerbart, Max Dauthendey und Max Halbe sind Stammgäste.

Sind es zunächst nur Männer, die im »Ferkel« verkehren, so besuchen bald auch Frauen das anrüchige Lokal. Eine davon, die geheimnisvoll-morbide Norwegerin Dagny Juel, Aspasia genannt, ist die Geliebte Edvard Munchs. Auf zahlreichen Gemälden hat er sie immer wieder gemalt – als geheimnisvolle Madonna oder als Sünderin. In diesen Rollen verkörpert sie jenes ambivalente Frauenbild, das in den Köpfen vieler Zeitgenossen sein Unwesen treibt und das auch Strindbergs Beziehungen zu Frauen so schwierig macht. Die junge Journalistin Uhl hat mit Schaudern von dem Lokal gehört, betreten aber würde die wohl erzogene Hofratstochter es nie.

Beklemmend hat Strindberg die Atmosphäre des Lokals geschildert: »Die berühmte Kneipe ›Zum schwarzen Ferkel‹ neben den Linden ist der Stammsitz des Künstler- und Literatenkreises, eine Galerie verdammter Seelen, wenn es je eine gab. Es ist nicht einer unter ihnen, der nicht die Sklavenkugel des Missgeschickes mit sich zerrt; die Flüche strömen und die Lästerungen hageln hier. Oft hält des Nachts der Vorübergehende den Schritt an. Aus dem mit Flaschen garnierten Schaufenster dringt Heulen und Toben in die Stille der Straße. Dann hastet der Horcher weiter fort und sagt sich: ›Welche Mördergrube!‹«

Strindberg durchzecht die Nächte in dieser »Mördergrube«, diskutiert und polemisiert und sucht Vergessen im Alkohol. Denn zu vergessen hat er viel. In seiner Heimat ist er verfemt. Man hat ihm den Prozess gemacht, weil er angeklagt war, in seiner Novellensammlung »Heiraten« Gott zu lästern, und boykottiert seine Werke. Die Ehe mit der schönen Baronin Siri von Essen, mit der er drei Kinder hat, ist nach fünfzehn Jahren in die Brüche gegangen, den Unterhalt für die Familie kann er nicht bezahlen. Dass er sich in Berlin aufhält, verdankt er seinem Freund, dem schwedischen Schriftsteller Ola Hannson, der in Deutschland lebt. Verzweifelt hatte er ihm geschrieben: »Die ganze Kunst ist, gerade jetzt hier weg zu kommen. Aber ich habe Schulden, die ich nicht so lassen kann, ohne dass die Zeitungen nach mir suchen ... Aber wie kommt man aus dieser Hölle? Hätte ich 200 Mark Reisegeld, würde ich fliehen ... Kannst du nicht irgendeine Möglichkeit sehen, mich hier nur wegzureißen, um mein psychisches Leben zu retten ...?«

Ola Hansson, vor allem seiner tüchtigen Frau Laura Marholm

war es tatsächlich gelungen, die Reise Strindbergs nach Berlin zu finanzieren und ihm in ihrer Nähe in Friedrichshafen auch eine Bleibe zu verschaffen. Doch Laura Marholms Fürsorge und Betriebsamkeit gingen dem dünnhäutigen Dichter bald auf die Nerven. Er fühlte sich kontrolliert und verfolgt, erklärte das einst rettende Friedrichshafen kurzerhand zur »Friedrichshölle« und mietete sich in der Mansarde eines Berliner Hotels ein.

Frida Uhl war nach Berlin gekommen, um Heinrich Sudermann, den Schwarm vom vergangenen Sommer, wieder zu sehen. Die Premiere seines Dramas »Heimat« im Januar 1893 bot den willkommenen Anlass. Der verheiratete Autor hat aber jetzt anderes im Kopf als das verliebte junge Mädchen. Auch schreckt er vor einer Beziehung mit der Tochter des von ihm geschätzten Kritikers Uhl zurück, eine Liaison mit ihr wäre ihm viel zu heikel. Was er Frida bieten kann, ist Freundschaft, nicht Liebe. Das aber akzeptiert sie nicht: »Vor die Wahl gestellt, seine Frau unglücklich zu machen oder selbst unglücklich zu werden, entschied ich mich jählings für ein Drittes – ich ging.« Die Affäre endet, ehe sie begonnen hat.

Natürlich ist Frida traurig und enttäuscht, ihr Sommertraum ist ausgeträumt. In dieser Stimmung begegnet sie August Strindberg – einem anderen Dichter. Auch er ist enttäuscht, sogar verbittert. Seine Ehe mit Siri von Essen ist zu Ende, endgültig. »Man stellte mich vor die Wahl, ein Weib zu töten oder von ihr getötet zu werden. Ich wählte ein Drittes – ich ging.«

Frida Uhl und August Strindberg begegnen einander am Abend der Premierenfeier von Sudermanns Drama »Heimat«. Frida hat zwar als Korrespondentin und Kritikerin die Aufführung besucht, jetzt aber, bei der lauten Festivität, zieht sie sich in einen abgeschiedenen Raum zurück. Sie will allein sein mit ihren Gedanken, mit ihren Erinnerungen an die Episode des vergangenen Sommers. Allein sein will auch der Dramatiker Strindberg, den der Trubel des Festes nervös macht. Zu viele Gedanken schwirren ihm im Kopf herum. Seine finanzielle Lage ist verzweifelt. Das Stück »Gläubiger«, das siebzig Mal en suite über die Bühne geht, ist zwar ein enormer Erfolg, doch die 30000 Mark, die man ihm versprochen hat, erhält er nie. Seine Schulden werden immer drückender. Soll er ein Fotoatelier errichten und mit dieser neuen Kunst sein Geld verdienen?

Oder soll er versuchen, seine expressionistischen Ölbilder zu verkaufen? Darüber will er nachdenken, und zwar in Ruhe. Er flüchtet sich in ein leer geglaubtes Zimmer – und stößt auf Frida Uhl.

Zuerst ist er ungehalten, bald aber froh, in der jungen Frau eine dankbare Zuhörerin gefunden zu haben, der er von seinen Sorgen berichten kann. Er erzählt der andächtig Lauschenden von seiner gescheiterten Ehe, von seiner Verzweiflung über die Trennung von seinen Kindern, setzt ihr seine naturwissenschaftlichen Theorien auseinander, seine Ansichten von Kunst und Leben, öffnet ihr sein Herz und redet die halbe Nacht. Frida Uhl hört zu, geduldig und stolz, dass ein so berühmter Mann ihr sein Vertrauen schenkt.

Ein paar Tage später sieht sie Strindberg auf der Straße – er geht achtlos an ihr vorüber. Er hat sie nicht erkannt. Im Haus eines Freundes treffen sie einander wieder. Sie überspielt die Tatsache, dass Strindberg sich nicht an sie erinnern kann, spürt sein neu erwachtes Interesse an ihr und lädt ihn kurz entschlossen in ihre Wohnung ein. Er ist verblüfft über die ungewöhnliche Initiative der jungen Dame, aber natürlich nimmt er die Einladung an. Anfangs machen sie höflich Konversation – die wohl erzogene einundzwanzigjährige Hofratstochter und der vierundvierzigjährige Dramatiker. Als ihn Frida dann in ihren Plan einweiht, Schriftstellerin zu werden, und sich über die Gesellschaft beklagt, die Frauen an ihrer Entfaltung hindert, fühlt sich der welterfahrene Dichter zum Widerspruch bemüßigt. Väterlich rät er ab, warnt er sie »vor den Folgen einer Lebensführung, die den Regeln der gegenwärtigen Gesellschaft widerspricht«. Da wirft sie ihm zornig Vorurteile vor, was ihn, der ja gerade wegen seiner Gesellschaftskritik angeprangert wird, begreiflicherweise ärgert. Völlig aus der Fassung aber bringt ihn die junge Frau, als sie aus einer Vase eine Rose nimmt, vor ihm niederkniet und sie ihm überreicht. Er geht – und lässt die Rose liegen. Am übernächsten Tag schreibt er einen Brief: »... Ich muss Ihnen für eine unvergesslichen Abend danken; ich muss Ihnen sagen, dass ich die Rose nicht vergessen habe, sondern sie mit Absicht zurückließ, um eine Ausrede zu haben, sie tags drauf zu holen ...«

Frida Uhl, die auch in Berlin als Korrespondentin für ihren Vater arbeitet, berichtet nach Wien: »Seine Nerven sind ja wahnsinnig – überreizt – aber ein erhabener Wahnsinn bleibt es immerhin. Er wurde merkwürdig rasch vertraut – so rasch, dass ich glaube, er wusste nicht mehr, was er sagte. Jedenfalls erzählte er mir die intimsten Seiten seines Lebens und Charakters – in einem Tone, als träume er vor sich hin – dass es mir schließlich unheimlich wurde.« Dass gerade das Unheimliche an dem Dichter, dem der Ruf des »Weiberfeindes« anhaftet, sie fasziniert, erzählt sie dem Vater nicht.

Sie treffen einander nun öfter, spazieren und flanieren durch Berlin, diskutieren und besuchen die Nationalgalerie, wo Böcklins »Toteninsel« Strindberg zu einem Traum inspiriert. »Der Tod ist nur das Tor zu einer neuen Daseinsform des Menschen, der auf der Toteninsel Frieden und Befreiung von dem quälenden Zwiespalt und dem Dunkel seiner irdischen Seele findet. Jenseits der Zypressen auf der weißen Felseninsel hausen die Seligen, erlöst vom Tierischen, vom Fleisch und von der Fleischlichkeit …«, vertraut er seiner Begleiterin an. »Sie lieben Ihren schönen Traum und nicht das Bild«, antwortet Frida. »Ich trenne Wirklichkeit und Traum nicht«, sagt Strindberg.

Kurz darauf besuchen beide ein Lokal, in dem Frida Uhl gut bekannt ist. In ihrem Leopardenpelz, den ihr der Vater geschenkt hat, wirkt sie viel älter, viel reifer, als sie ist. »Im Lokal nimmt sie den Pelz ab und stand mit einem Schlag als die junge Schönheit da. Ein moosgrünes, einfaches Tuchkleid, dicht ansitzend, zeigte die Figur einer Achtzehnjährigen … Er konnte vor dieser Zauberei seine Bewegung nicht verbergen, sondern fuhr mit den Augen über ihre ganze Gestalt, als wolle er mit einem Scheinwerfer einen verborgenen Feind entdecken. Eros! ›Jetzt bin ich verloren!‹, dachte er; und von diesem Augenblick an war er es.« So hat Strindberg in seinem autobiografischen Roman »Entzweit« jenen Moment festgehalten, der ihm zum Schicksal wurde.

Frida Uhl spürt natürlich sofort, dass sie ihn erobert hat. Sie ist geschmeichelt, denn auch sie hat sich verliebt – und Sudermann ist vergessen. Sie schildert die Situation ähnlich: »Ich habe nicht erst lange Toilette gemacht, nur ein Spitzentuch um den Kopf geschlungen und den Leoparden um die Schultern geworfen. Als ich herausschlüpfe, stehe ich in dem dunkelgrünen Prinzesskleid da … Ich merke, wie Strindbergs Blicke an mir entlanggleiten. Verdienst des Kleides! Es sitzt mir auf dem Leib wie eine Schlangenhaut und ringelt sich in spitzer Schleppe hinter mir her … Sein Gesicht ist leicht

August Strindberg

gerötet. Seine Augen lachen mich an. Etwas seltsam demütig Bittendes ist plötzlich über ihn gekommen. So wenig also braucht's, um die unüberbrückbare Kluft zwischen dem Ewigen und dem Mädchen auszufüllen? Nichts weiter als ein grünes Kleid und eine Schleppe ...« Und Strindberg bekennt in dem Roman »Kloster«, in dem er ebenfalls seine Beziehung zu Frida analysiert: »Die Furcht überfiel ihn, sie hatte seine Seele in der Tasche ihres Kleides, konnte sie in die Flut oder in den Rinnstein schleudern; darum hasste er sie zu gleicher Zeit.«

Diese Begegnung, die sich in die Erinnerung beider eingebrannt hat, zeigt bereits die ganze Tragik, die das weitere Zusammenleben des Paares bestimmen wird. Strindberg hat Angst vor einer Leidenschaft, die ihn so sehr fesselt, dass er glaubt, dadurch sein Ich zu verlieren. Der Dämon dieser Angst lässt seine Liebe in Hass umschlagen. Immer wieder wird seine Seele schwanken zwischen der Sehnsucht nach Freundschaft und dem Gift des Misstrauens, zwischen leidenschaftlicher Liebe und brennendem Hass.

Strindberg, der »Weiberhasser«, übt auf Frauen und natürlich auch auf die junge, unerfahrene Frida Uhl eine geradezu magische Anziehungskraft aus. Wie viele seiner Generation schwankt er in seinem Frauenbild zwischen den Fiktionen Venus und Madonna. In der Frau sucht er das Ideal der Reinheit, das er verehren und anbeten will, sobald aber eine Frau, die er mit leidenschaftlicher Sinnlichkeit begehrt, seine Geliebte wird, verliert sie ihren Nimbus und zerstört sein Phantom. Stets hat er Angst, von seinen Gefühlen überwältigt zu werden. Er fürchtet die Frau, die ihm als das Unvollkommene erscheint, fürchtet, dass sie über sein Selbst Macht gewinnt und triumphiert. Diese Furcht, ausgeliefert zu sein, was er als Erniedrigung und Unterwerfung empfindet, verfolgt ihn, lässt ihn auch dort Lüge und Verrat wittern, wo es keinen Grund gibt. Gleichzeitig ist der Frauenhasser ein leidenschaftlich Liebender, der sich in die Ehe stürzt, weil er darin Befreiung von seinen Obsessionen sucht. Freundschaft zwischen den Geschlechtern ist für Strindberg nur innerhalb dieser Institution möglich. »... aber nur solange das Weib sein ganzes Interesse der Familie widmet, für die der Mann arbeitet. Sobald sie sich einer Sache widmet, die außerhalb der Familie liegt, ist der Vertrag gebrochen; dann haben Mann und Weib verschiedene Interessen und es ist aus mit der Freundschaft«, schreibt er im Roman »Der Sohn einer Magd«. Eine emanzipierte Frau ist für ihn eine Verräterin an den Gesetzen der Natur.

Wie soll da die Verbindung mit einer selbstbewussten, nach Emanzipation ringenden Frau, wie Frida Uhl es ist, gelingen? Wie viele Intellektuelle ist Strindberg von dem Wiener Philosophen Otto Weininger beeinflusst, der seine Thesen von der Minderwertigkeit der Frau in seinem Buch »Geschlecht und Charakter« formuliert hat. Nach Weiningers Selbstmord schrieb Strindberg in seinem Nachruf: »Unabhängig von Neigung und Geschmack, Ansichten und dergleichen, findet man, wenn das Weib einen Mann liebt, so hasst sie ihn; hasst ihn, weil sie sich an ihn gebunden und sich ihm unterlegen fühlt. Es ist kein konstanter Strom in ihrer Liebe, sondern eine ewige Umpolarisierung und ein ewiger Stromwechsel, und darin zeigt sich das Negative, Passive in ihrem Wesen, im Gegensatz zu dem Positiven, Aktiven des Mannes.« Weininger sei die »Entdeckung des Wesens und der Natur des Weibes« zu verdanken, meint Strindberg, eine Entdeckung freilich, die dem Philosophen das Leben kostete. – Die Liebe als Kampf, als »Maskerade des Urhasses« ist das Grundthema in Strindbergs Leben und ist das Grundthema seiner Dramatik.

Jener Abend, der dem Dichter und der jungen Journalistin zum Schicksal wird, endet gleichsam symbolisch. Wohlmeinend hat Frida im Lokal die Rechnung für das Abendessen bezahlt, was ihr empfindsamer Begleiter als ungeheure Anmaßung empfindet. Wutentbrannt wirft er dem Kellner ein Bündel Banknoten hin und verschwindet.

Frida versteht diesen Ausbruch nicht, sie hat es nur gut gemeint, jetzt ist sie fassungslos. Zweifel beschleichen sie, dann aber obsiegt wieder ihre Verliebtheit. In dieser Verwirrung der Gefühle schreckt ein Brief ihres Vaters sie auf. Er hat von einer Liebesgeschichte seiner Tochter im fernen Berlin gehört und verlangt ihre sofortige Abreise. Er ist besorgt um ihren Ruf – und um seinen eigenen. Er glaubt an eine Affäre Fridas mit Heinrich Sudermann, der aber ist längst abgereist, und von der Rolle, die August Strindberg im Leben seiner Tochter zu spielen beginnt, ahnt er nichts. Im Grunde sieht Uhl ihre Berufstätigkeit nur als Zwischenstation, bis ein Ehemann in Sicht ist, und zwar einer, der ihm genehm ist. Eine Liebesgeschichte, auch wenn es bloß eine kolportierte sein sollte, würde seine Pläne durchkreuzen. Marie Weyr, auch als verheiratete Frau immer noch eine gehorsame Tochter, teilt die Empörung des Vaters und rät der Schwester, das »vergiftete Berlin« schleunigst zu verlassen. Frida soll wieder zurück nach München gehen – oder zur Mutter nach Dornach. Das aufmüpfige Mädchen denkt aber nicht daran. Sie will nicht nach München und schon gar nicht in die provinzielle Abgeschiedenheit nach Dornach.

Das Verhältnis Fridas zu ihrer Mutter war immer schon gespannt. Als Kind in Mondsee war sie der Amme überlassen worden, anschließend hatte man sie in diverse Klosterschulen gesteckt. Mütterliche Wärme hat sie nie gespürt. Trotz ihrer klösterlichen Erziehung, vielleicht sogar deswegen, orientiert sie sich an den liberalen Ideen und an der Lebensführung ihres Vaters, den sie um seine gesellschaftlichen Kontakte beneidet. Wie er will auch sie in der Welt der Literatur und des Theaters reüssieren. Das Leben, das sie zu führen begonnen hat, und ihre Arbeit, die sie liebt, erscheinen ihr als ein erster Schritt einer viel versprechenden Karriere. Dass Frauen aber noch lange nicht die Chancen offen stehen, die Männern selbstverständlich sind, ahnt sie nicht. Sie wird es noch zur Genüge erfahren.

Frida weigert sich Berlin zu verlassen. Ein Leben in ländlicher Einsamkeit, noch dazu unter der Fuchtel der frommen Mutter, wäre nach dem aufregenden Leben in München und Berlin eine Verbannung. An das Gut im oberösterreichischen Mühlviertel kann sie außerdem nur mit Grauen denken. Das »Phäakenland« an der Donau »erfüllt mich trotz seiner Schönheit mit einer unerklärlichen Angst wie ein drohendes Verhängnis, ein lebendiges Grab, das auf mich lauert. Mir graut vor der breiten Flussschlange. Vielleicht hat mir Großvater als Kind zu viele Sagen erzählt, von Blut, Leid und Verhängnis. Mir graut vor diesem reichen Hause ...«

Frida Uhl bleibt also in Berlin und alle ihre Gedanken kreisen einzig darum, wie sie den beleidigten Strindberg versöhnen kann – was ihr auch spielend gelingt. Denn Strindberg ist ja, wie er gesteht, von Eros verwundet und bereits »verloren«. »Dass Sie mich lieben sollten«, schreibt er ihr, »habe ich nicht verlangt, nur dass Sie mir erlauben, Sie zu lieben. Ist das zu viel? Lassen Sie mich Sie treffen heute, noch vor Nacht, sonst muss ich wahnsinnig werden.«

Natürlich treffen sie einander weiterhin und bei einem dieser Rendezvous verabschiedet sich Frida von ihrem Begleiter spontan mit einem Kuss. Diese Kühnheit verwirrt den Dichter, gibt ihm aber, wie er bekennt, die Gewissheit, dass sie ihn liebt. »Er fühlte sich wieder jung und bereit einen neuen Frühling zu erleben«, beschreibt er die wach geküsste Aufbruchsstimmung und macht ihr in dieser Euphorie einen Heiratsantrag. Damit bringt er Frida völlig aus der Fassung.

Das junge Mädchen, vor kurzem erst den Zwängen katholischer Klosterschulen entkommen, ist überrascht – und ratlos. Das Leben als unabhängige Journalistin gefällt ihr. Sie will selbstständig sein, sich ihren Lebensunterhalt selbst verdienen. Das literarische Leben, in dem sie eben begonnen hat eine Rolle zu spielen, entspricht ihrem Talent und ihrem Temperament. Das alles soll sie plötzlich aufgeben? Bürgerliche Konventionen verachtet sie und vor einer endgültigen Bindung schreckt sie zurück. Strindbergs Freundin zu sein, das könnte sie sich vorstellen. Aber seine Frau? »Soll das Spontanste, das es gibt, ein Kuss, über ein Schicksal entscheiden – Wie kann eine flüchtige Minute ein ganzes Leben ketten wollen? Es kann, es darf nicht sein. Gestern – war gestern«, antwortet sie dem verliebten Strindberg. Die Situation ist absurd: Die katholisch erzogene Hofratstochter wehrt sich gegen die Ehe und der von der Ehe zutiefst enttäuschte Freidenker strebt sie an.

Frida Uhl lehnt seinen Antrag ab. Er liebe nicht sie, schreibt sie ihm, sondern nur das erhebende Gefühl des Verliebtseins; seine Liebe zur ihr sei »nur eine Illusion«, behauptet sie selbstherrlich. »Sie lieben die Liebe, Sie lieben den Traum in Ihrem eigenen Herzen, Sie suchen die Verwirklichung Ihres Traumes und – so täuschen Sie sich selber.« Auch sei sie »unfähig, etwas zu empfinden, was auch nur im Entferntesten einer heftigen Leidenschaft gleicht«, lässt sie ihn wissen und fährt dann, wie der Vater es wünscht, gehorsam nach München.

Der nächste Brief Strindbergs ist deutlich: »Sagst du ›nein‹, so bleibt dir die Ehre, dass August Strindberg dich zur Frau gewollt hat, und du wirst einmal sagen können: ›Strindberg wollte mich, aber ich habe abgelehnt.‹ Das sichert dir deinen Platz in der Literaturgeschichte ... Sagst du aber ›ja‹, so will ich dir ein guter Mann sein, der dich liebt und dir treu ist.«

Frida weiß, dass sie sich jetzt entscheiden muss. Doch dazu ist sie nicht fähig. Sie delegiert die Entscheidung und antwortet: »... Horch, ich sage dir alles, damit Sie selbst entscheiden, ob Sie es wagen, das Leben mit einer solchen Verrückten in Angriff zu nehmen. Das wird Ihnen noch *viel* Sorgen bereiten ... Ich bin zu allen Gegensätzen fähig, zur wahnsinnigsten Leidenschaft und zur Kaltblütigkeit eines Frosches, zur Knauserei und zur Verschwendungssucht ... Richten Sie, sprechen Sie Ihr Urteil, wie Sie glauben.«

Strindberg weiß, was er will, und es kommt zur Verlobung, die zunächst jedoch geheim bleiben soll. Er lebt weiterhin in Berlin, während sie in München ihre Kontakte nützt, um das Werk ihres heimlich Verlobten bei Verlegern und Theaterdirektoren unterzubringen. Da aber wittert der misstrauische Dichter bereits Bevormundung. Zornig schreibt er: »... Von heute an verbiete ich dir jede Beschäftigung mit meinen Geschäften, jede! ... Ich liebe meine Liebe, weil du meine Liebe bist. Du aber liebst meine derangierten Verhältnisse, weil sie dir die Oberhand in diesem Kampf der Geschlechter um die Erhaltung der Persönlichkeit geben. Du hast mir ein Seidennetz über den Kopf geworfen und ich zapple schon darin ... Was weißt du, kleines Ding, von dem, was sich unter der Maske der Gefühle in einer Menschenseele abspielt? Die Mächte der Finsternis treiben ihr hassenswertes Spiel.« – Sie treiben wahrlich ihr hassenswertes Spiel, die Dämonen der Angst und des Misstrauens, die den Dichter schon von allem Anfang seiner Beziehung zu Frida verfolgen, und sie lassen ahnen, welchen Verstrickungen und Verletzungen diese Verbindung ausgesetzt sein wird.

Strindberg hat seine Verlobung nicht, wie vereinbart, geheim gehalten und die Nachricht, dass sich der »Weiberhasser« neuerlich zu verehelichen gedenke, verbreitet sich in Berlin wie ein Lauffeuer. Hermann Bahr gibt die Meldung weiter an die »Deutsche Zeitung« und Friedrich Uhl liest dann an einem Märzmorgen in Wien: »Es wird die Wiener interessieren ...«

Die erste Reaktion des erzürnten Vaters ist ein Brief, den Marie Weyr an die jüngere Schwester schreibt: »Ich bin beauftragt, dir von Papa zu sagen, dass er dir, gottlob, die Verlobung nicht zu erlauben braucht, da du um seine Erlaubnis nicht erst lange gefragt hast, dass er dich aber bitten lässt, nicht noch mehr Skandal und Schande über ihn zu bringen. Er stellt es dir frei, ob du die Brautzeit bei Mama in Dornach verbringen willst oder bei deinem Bräutigam in Berlin, der damit die Verantwortung über dich in Berlin übernimmt. Ich würde dir raten, sofort nach Berlin zu reisen und Strindberg zu veranlassen, dass er unserem Vater schreibt und um dich anhält, da es Papa wirklich nicht um uns verdient hat, so gekränkt zu werden.«

Frida setzt sich in den Zug und fährt nach Berlin. Doch am

Bahnhof erwartet sie nicht der Verlobte, sondern ein gemeinsamer Freund. Von ihm erfährt sie, welcher Verstrickung der Bräutigam während ihrer Abwesenheit erlegen ist. Edvard Munchs Geliebte Dagny Juel, die geheimnisvolle Aspasia aus dem »Schwarzen Ferkel«, hatte Munch verlassen und sich Strindberg in die Arme geworfen. Strindberg habe die Affäre jedoch beendet, erzählt der Freund, indem er Aspasia mit einem Zechkumpanen verkuppelte. Frida verzeiht ihrem Verlobten die Affäre und August Strindberg leistet der Konvention Genüge, indem er schriftlich bei Friedrich Uhl um die Hand der Tochter anhält. Die Hochzeit soll so rasch wie möglich stattfinden, und zwar auf Helgoland. Da Frida katholisch ist, ihr Verlobter aber protestantisch und noch dazu geschieden, kommt eine kirchliche Trauung ohnehin nicht in Betracht. Auch ist auf Helgoland kein sechswöchiges Aufgebot erforderlich, was von Vorteil scheint.

Marie Weyr reist als Abgesandte der Familie mit der Mitgift im Gepäck nach Berlin und erfährt zu ihrer Verblüffung, dass es keine Hochzeit geben wird. Der Bräutigam, der seine Braut kurz zuvor betrogen hatte, wittert jetzt seinerseits Verrat, wenn auch in der Vergangenheit seiner Verlobten. Er beschuldigt Frida, mit Sudermann ein Verhältnis gehabt zu haben, auch soll sie einem Maler mit entblößtem Rücken Modell gestanden haben, was er als Skandal empfindet. Sie ist empört, weist die Vorwürfe zurück und löst die Verlobung. »Ich bin zu deiner Hochzeit gekommen und nicht zu deiner Scheidung«, erklärt da die resolute Marie Weyr und ihrem Geschick gelingt es, das Paar zu versöhnen. Strindberg hat seine zukünftige Schwägerin, die er scherzhaft seine Schwiegermutter nennt, ebenso bezaubert, wie er seine wirkliche Schwiegermutter bezaubern wird. Aber noch ist es nicht so weit.

Marie Weyr hat sich trotz ihrer Bezauberung den klaren Blick bewahrt: »Er ist rein, als ob das Talent in ihm nicht wüsste, wo überall hinaus«, schreibt sie dem Gatten nach Wien. Sie fühlt die Gefährdung des genial Begabten und scheint die Problematik dieser Ehe zu ahnen. »Aber keine Spur von gesundem fröhlichem Schaffen, eher ein Drang, wie wenn es einen Verbrecher zum Morde treibt. Unheimlich, höchst unheimlich. Ich begreife Frida nicht, dass sie die Courage hat, sich einem solchen Menschen anzuvertrauen ...

Frida in ihrer gottgewollten Blödheit sieht den Himmel auf Erden in ihm.«

Die Hochzeit Frida Uhls mit August Strindberg findet am 2. Mai 1893 auf Helgoland statt. Und die nächsten drei Wochen werden für die junge Frau tatsächlich so etwas wie der Himmel auf Erden – vielleicht das einzige Mal in ihrem Leben.

Nach den Flitterwochen fährt das junge Paar nach London, wo die englische Erstaufführung von Strindbergs Drama »Vater« stattfinden soll. Doch dazu kommt es nicht. Strindberg, der die englische Sprache nur mangelhaft beherrscht, ist unglücklich. Er fühlt sich seiner Frau unterlegen, die London kennt und liebt und jetzt ehrgeizig versucht, sein Werk in Verlagen und an Theatern unterzubringen. Misstrauisch verfolgt er ihre Verhandlungen mit Agenten, Verlegern und Übersetzern und quält sie mit seiner krankhaften Eifersucht. Doch allen Anstrengungen zum Trotz bleiben Fridas eifrige Bemühungen erfolglos und die Schulden, die Strindberg noch von Berlin her hat, wachsen ihm über den Kopf. Mit den Unterhaltszahlungen für seine Familie in Schweden ist er im Rückstand. Das einzige Einkommen des Paares sind Fridas Honorare, die nach wie vor für die »Wiener Zeitung« schreibt. Diese Abhängigkeit aber kann ihr Mann nicht ertragen. Enttäuscht verlässt er London, sucht Zuflucht bei Freunden aus dem »Ferkel«-Kreis auf der Insel Rügen. Enttäuscht ist er auch von der Literatur, mit der er jetzt nichts mehr zu tun haben will. Er widmet sich der Naturwissenschaft, die ihn immer schon interessiert hat. Voller Eifer experimentiert und studiert er: »Lese. Grüble. Koche! Lebe in Dämpfen von Schwefel, Schwefelkohlenstoff, Äther, Terpentin ...«

Aber seine Versuche, Schwefel herzustellen und Gold zu machen, was zumindest seine finanziellen Probleme mit einem Schlag gelöst hätte, scheitern und die Schulden häufen sich. Das Vertrauen in das Verhandlungsgeschick seiner jungen Frau, die sich in London immer noch um die Verbreitung seines Werks kümmert, hat er schon längst verloren. Sie aber ist gekränkt, weil er ihr misstraut. So hat sie sich die Ehe mit dem Dichter nicht vorgestellt. Sie fleht ihn an, zu ihr nach London zurückzukehren, und stellt ihn schließlich vor die Entscheidung: »Überlege ein für alle Mal: Liebst du mich, oder nicht ... Wenn *nein*, nein! Mein Gott, sag es nur. Ich werde mich nicht rächen. Ich werde aus der Rolle gefallen sein, zu der mich das Schicksal bestimmt zu haben schien. Sag es. Unsere Wege werden sich nicht mehr kreuzen. Wenn mir das Herz bricht – mein Gott, es ist schon gebrochen.«

Nun ist Strindberg verzweifelt. Er liebt seine junge Frau, aber so kann es nicht weitergehen. Als er damals in seiner Verliebtheit sie um ihre Hand bat, hatte er die wirtschaftlichen Voraussetzungen einer neuen Familiengründung nicht bedacht. Wovon sollen sie beide jetzt leben? In seiner Not wendet er sich an seine Schwägerin Marie Weyr und beichtet ihr die finanzielle Misere. Diese fühlt sich als Kassandra bestätigt, ist aber bereit zu helfen. Sie wendet sich an ihre Mutter und ersucht sie, Strindberg in die Villa nach Mondsee einzuladen. Marie Uhl, in der Hoffnung, endlich einmal mütterliche Gefühle ausleben zu können, was sie bei den eigenen Kindern versäumt hat, tut es überschwänglich: »Lieber, geliebter August Strindberg, komm nun in unser wie auch in *dein* Heim ...«, schreibt sie dem Schwiegersohn. »Dein neuer Papa hat Sehnsucht nach deinem Genie, ich nach deinem so blutig zerschlagenen Herzen ...« Das Reisegeld legt sie bei.

Anfangs herrscht in der Villa in Mondsee eitel Harmonie. Friedrich Uhl und August Strindberg sind einander auf Anhieb sympathisch, schätzen einer des anderen Arbeit. An Marie Uhl fesselt den Dichter die religiöse Gesinnung. Als Mystikerin sieht sie überall die leitende Hand der Vorsehung, was Strindberg so interpretiert, dass der Mensch für seine Handlungen nicht voll verantwortlich ist. Er lehnt zwar ihre fanatische Frömmigkeit ab, doch die Kraft ihres Glaubens imponiert ihm. An seine junge Frau in London, nach der er sich sehnt, schreibt er zärtliche Briefe, bittet sie inständigst, doch zu ihm und zu den Eltern nach Mondsee zu kommen. Jetzt liest er zum ersten Mal ein Feuilleton, das seine Frau geschrieben hat, und ist erstaunt über ihr schriftstellerisches Talent. »In meinen ruhigen Minuten mache ich mir Vorwürfe ... dass ich dich als Person und deine Karriere zu wenig ernst genommen habe. Aber ich kannte den Wert deines Talents nicht, weil ich noch nie ein Wort von dir gelesen habe. Jetzt, wo ich einige deiner Artikel mit deinem Stil voll Geist und Farbe gelesen habe, wird mir bewusst, dass du jemand bist und ich dich zu Unrecht belächelt habe.« In seinen Erinnerungen klingt es anders. Da wirft er ihr Routine vor. »Diese Weltklugheit, dieser Stil, der auf einen alten Mann mit kahlem Kopf und Brille schließen ließ, statt einem schönen lachenden Mädchen, das auf dem Sofa liegt und Konfekt nascht wie eine Odaliske.«

Keine Frage, eine Odaliske, eine weiße Sklavin im Sultansharem, wäre fügsamer, vor allem aber keine Konkurrenz. Vom Inhalt eines anderen Artikels ist er schockiert, denn Frida polemisiert darin gegen die moderne skandinavische Literatur – ganz gegen ihre mündlich geäußerte Überzeugung. Er wittert Doppelzüngigkeit und Opportunismus und beides ist seiner Natur fremd. Er ist empört und fühlt sich in seinem Misstrauen bestätigt. Wie hätte er erst reagiert, wenn er auch jenen Artikel in der »Wiener Abendpost« gelesen hätte, in dem sie geschrieben hat, dass ein unüberwindlicher Faktor, nämlich die »Allmutter Natur«, sich der Emanzipation der Frau entgegen stemme, sie zum »Windmühlenkampfe eines Don Quichotte« stemple? »Das Weib, das sich der Fortpflanzung entzieht«, wird nie ein ganzer voller Mensch sein, »da es den Gesetzen der Natur zuwider handelt.« Mit dieser Ansicht würde sie ja ganz auf Linie ihres Gatten liegen, aber sicher nicht auf der eigenen. Ist Frida Strindberg eine Opportunistin, wenn sie sich der Blattlinie fügt? Was hat sie bewogen, diesen Artikel, der ihrer Überzeugung und Lebensführung widerspricht, zu schreiben? Vermutlich war sie aus wirtschaftlicher Notwendigkeit gezwungen, sich zu beugen. Von ihrem Mann kommt kein Beitrag zum Lebensunterhalt.

Derselbe Brief, in dem Strindberg das Talent seiner Frau lobt, mündet in haltlose Anschuldigungen, beweist wieder einmal die Ambivalenz seiner Gefühle, die das Leben mit ihm so sehr erschweren. »Du liebst mich, solange ich der Kleine und Unglückliche bin, und du hasst mich und verabscheust mich, wenn du den Herrn und Mann bei mir merkst. Du hasst die Herren und du verachtest die Herren. Dein Fleisch begehrt den Mann, und deine Seele stößt ihn zurück. Du bist eine Amazone.«

Hier, wie auch sonst immer wieder, spricht aus seinen Worten pure Angst – Angst vor der emanzipierten, intelligenten Frau. Er projiziert seine eigene Haltung: Er ist es, der sie klein und unterwürfig sehen will. Er ist es, der in ihr die sinnliche Frau begehrt, während sein Verstand, seine Seele sie zurückstoßen. Er droht sogar mit Scheidung, sollte sie sich nicht fügen und in absehbarer Zeit zu ihm nach Mondsee kommen. Aber Frida Strindberg gehorcht nicht. Sie ist in London beschäftigt, will ihrem Mann unbedingt beweisen, dass sie für sein Werk etwas erreichen kann. Auch fürchtet sie, im Elternhaus wieder als Kind behandelt zu werden.

Nun aber wird es Friedrich Uhl zu bunt. Ostentativ fordert er die Tochter auf zu ihrem Ehemann zu kommen, denn in Mondsee beginnt man bereits zu munkeln und allerlei zu vermuten, warum die junge Frau nicht da ist, und Uhl fürchtet nichts so sehr wie einen Skandal. Auch hat sich die anfängliche Harmonie zwischen dem Ehepaar Uhl und seinem Schwiegersohn verflüchtigt. Friedrich Uhl hat zwar vor Jahren seine Familie verlassen, sich seinen finanziellen Verpflichtungen aber nie entzogen. Es dauert daher nicht lange und er schneidet dem Schwiegersohn gegenüber das leidige Geldproblem an. Zum Krach kommt es, als er Strindberg vorschlägt, um des täglichen Brotes willen für Zeitungen zu schreiben, wie er, Uhl, es schließlich auch tun musste. Damit kränkt er den sensiblen Dichter zutiefst. »Der Alte war selbst in seiner Jugend Romanschriftsteller und Poet gewesen, hatte es aber aufgeben müssen um seine Familie zu versorgen. Er besaß also das Recht, zu sagen: Wie ich habe tun müssen«, schreibt Strindberg in »Entzweit«. Einzig von der Schwiegermutter fühlt er sich verstanden. Das fällt umso leichter, als sie der Ansicht ist, dass ihre Tochter viel zu viel Eigensinn habe, der einmal gebrochen werden müsse. Sie selbst hat sich ja stets gefügt – in die Trennung, die ihr Mann nach Fridas Geburt verfügte, und in das Reglement ihrer Eltern, als sie zu ihnen zurückkehrte. Die aufsässige Tochter muss ihr wie ein Kuckucksei erscheinen. Als zu allem Ungemach noch ein Brief Fridas eintrifft, in dem sie den Vater bittet, die ausständigen Unterhaltszahlungen an Strindbergs Familie zu bezahlen, kommt es zum Eklat. Bei Nacht und Nebel verlässt August Strindberg das Haus und reist ab nach Berlin. »Ich war nicht bös, nur verzweifelt, zerrissen von den Begebenheiten der letzten Monate. Und nun bitte ich dich alles zu verzeihen ...«, schreibt er der Schwiegermutter. Als Frida am nächsten Tag in Mondsee eintrifft, ist er bereits abgereist. Sie folgt ihm nach Berlin.

Nach dreimonatiger Trennung ist das Ehepaar wieder vereint. »›Wenn man mich fragen würde‹, sagte er, ›warum wir uns gezankt haben, ich wäre nicht im Stande, es zu sagen‹. – ›Ich auch nicht! Darum wollen wir uns nie, nie mehr trennen. Wir wollen uns nicht mehr verlassen ... sonst wird es wieder so schlimm.‹ ... Aber ... hier tauchte eine Erinnerung auf an Helgoland und da eine andere an London, wo sie nicht eine Minute getrennt gewesen waren und wo alles gerade deswegen so schlimm geworden war. Doch er nahm es nicht so genau, er wollte nicht kleinlich sein.«

So sieht es der Dichter Jahre später, als er im Roman »Kloster« die Schatten über seiner jungen Ehe beschreibt. Wie kann es weitergehen? Frida hat alle jene Eigenschaften, die er im Grunde an einer Frau fürchtet und daher hasst: Sie ist intellektuell, emanzipiert und selbstständig. Das kann nicht gut gehen.

Im September 1893 wird Strindbergs Buch »Beichte eines Toren« beschlagnahmt. Der keine Details scheuende, schonungslose Bericht über seine Ehe mit Siri von Essen enthalte unsittliche Passagen, lautet der Vorwurf. Nun ist auch in Deutschland sein Ruf als ernsthafter Schriftsteller ruiniert. In der öffentlichen Meinung gilt er als Autor obszöner und anstößiger Schriften, die kein Verlag zu publizieren, dessen Stücke keine seriöse Bühne aufzuführen wagt. Wie es weitergehen soll, weiß er nicht. Da trifft auch Frida – so empfindet es die junge Frau – ein Schlag: Sie ist schwanger. Wie sollen sie in dieser verzweifelten Situation ein Kind ernähren?

Frida denkt an Abtreibung. Darauf reagiert Strindberg mit blanker Wut. Er, der in der Mutterschaft die natürliche Bestimmung der Frau, ja eine heilige Aufgabe sieht, der den frühen Tod seiner Mutter nie überwunden hat und im Grunde in jeder Frau, die seinen Weg kreuzt, die verlorene Mutter sucht, lässt sich zu Handgreiflichkeiten hinreißen. Frida verlässt die gemeinsame Wohnung und flüchtet zur ihrer Schwester nach Wien. Sie spricht von Scheidung, doch dem diplomatischen Talent Marie Weyrs gelingt es, das Ehepaar wieder zu versöhnen. Jetzt sucht man einen Wohnsitz, wo die Lebenshaltungskosten niedriger sind als in Berlin, und findet ihn in der mährischen Hauptstadt Brünn.

Frida Strindberg hat sich mit ihrer Schwangerschaft abgefunden und spielt Hausmütterchen, während ihr Mann an seiner naturwissenschaftlichen Streitschrift »Antibarbarus« arbeitet. Doch die Idylle trügt. Von diesem Buch, in dem er als Laie gegen die herkömmlichen »schulischen« Regeln der Chemie zu Felde zieht, erhofft er sich eine wissenschaftliche Revolution. Aber niemand will es publizieren. Dazu kommt, dass auch in Brünn die wirtschaftlichen Sorgen des Ehepaares nicht geringer werden. Einkünfte sind nicht zu erwarten, und der Winter steht vor der Tür. Wieder ist die Lage so verzweifelt und so verfahren, dass nichts anderes übrig bleibt, als Fridas Familie erneut um Hilfe zu bitten. Auf dem Gut in Dornach finden Strindberg und seine Frau Zuflucht.

Zunächst kommt man dem Ehepaar liebenswürdig und großzügig entgegen. Im Herrenhaus wird eine ganze Etage als Wohnung zur Verfügung gestellt, Strindberg erhält sogar einen eigenen Raum für seine chemischen Versuche. Er experimentiert, schreibt und befasst sich mit der noch jungen Kunst der Fotografie. Auch mit Fridas Großvater, dem alten Reischl, versteht er sich am Anfang gut. Doch in die Harmonie platzt eine amtliche Vorladung. Der Schriftsteller soll sich in dem nahe gelegenen Städtchen Grein, wo Reischl als Anwalt und Notar tätig war, vor Gericht verantworten. Es geht um sein angeblich unsittliches Buch »Beichte eines Toren«. Strindberg weigert sich. Als Schwede, so glaubt er, brauche er nicht vor einem österreichischen Gericht zu erscheinen. Das kann der Jurist Reischl, der penible Beamte und angesehene Bürger, nicht akzeptieren. Seine Sympathien für den Dichter, der ohne geregeltes Einkommen jetzt auf seine Kosten lebt, halten sich ohnedies in Grenzen, und es kommt, wie es kommen muss. Mit einem, der mit dem Gesetz in Konflikt ist, will der Alte nicht unter einem Dach leben. Einzig Fridas wegen, die hochschwanger ist, also »Schonzeit« hat, wie sich der Großvater waidmännisch ausdrückt, wirft er die beiden unangepassten Bohemiens nicht ganz aus dem Haus. Er weist ihnen das so genannte Häusel zu, einen kleinen, mit Stroh gedeckten Bau in der Nähe des Herrenhauses. Noch dient er einem Esel als Unterkunft, aber Strindberg und seine Frau sind entzückt von der sonnigen Lage mit Blick auf die Donau und beginnen zu adaptieren und zu renovieren. Aus dem anschließenden Grundstück machen sie einen Garten, pflanzen Blumen und Gemüse. Jetzt sind sie froh, dem gestrengen Auge des Notars entkommen zu sein, und machen ihr »Häusel« zu einem Domizil, in dem sie in Ruhe ihr Kind erwarten können. Zunächst aber fährt Strindberg nach Berlin, wo er die

Drucklegung des »Antibarbarus« betreiben will. In Berlin will er sich auch dem Gericht stellen und sein inkriminiertes Buch verteidigen.

Die Kampfschrift »Antibarbarus« erscheint, doch die wissenschaftliche Revolution, die sich der Verfasser erwartet hat, findet nicht statt. Strindbergs Thesen werden ignoriert oder als Spinnereien eines Unbefugten abgetan. Erst Jahrzehnte später wird vieles von dem, was der Dichter intuitiv vorweggenommen hat, als wissenschaftliche Erkenntnis anerkannt sein.

Enttäuscht und frustriert kehrt er nach Dornach zurück. Dort findet er Trost in der Landschaft am Strom, in den Auwäldern, die er über alles liebt und täglich durchstreift, und in dem Garten hinter dem Haus. Er arbeitet im Laboratorium, das er sich im »Häusel« eingerichtet hat, und beginnt mit Pflanzen zu experimentieren. Aber all das ist eine brotlose Kunst. Die Hilfe der Verwandten garantiert wohl das Nötigste zum Leben, mehr jedoch nicht. Strindberg leidet unter dieser Abhängigkeit. Da trifft wie ein Hoffnungsstrahl ein Brief Knut Hamsuns aus Paris ein. Albert Langen, ein junger Mann aus reichem Haus, der sich für schöne Literatur interessiert, habe in Paris einen Verlag gegründet, schreibt Hamsun, und sei auf der Suche nach Talenten. Sofort schickt Strindberg seine Werke nach Paris.

Frida ist während ihrer Schwangerschaft häuslich geworden. Sie liebt den Garten hinter dem Haus, pflanzt Blumen, freut sich auf das Kind und ist glücklich. Am 26. Mai 1894 kommt es zur Welt. Sechzehn qualvolle Stunden hat die Geburt gedauert, aber nun, da das Mädchen endlich geboren ist, kränkelt es, weint und schreit Tag und Nacht. Weil es nicht getauft ist, meint die bigotte Verwandtschaft. Da es keinen protestantischen Pfarrer gibt, spendet die Hebamme auf Drängen der frommen Großmutter die katholische Nottaufe. Nach langen Diskussionen hat man sich auf den Namen Kerstin geeinigt.

Das Kind, um das sich jetzt alles dreht, macht den dünnhäutigen Vater nervös. Seine Ruhe, zu arbeiten, ist dahin. Großmutter, Amme, Hebamme und Magd halten das einst so beschauliche »Häusel« besetzt und liegen der jungen Mutter mit Ratschlägen in den Ohren, wobei einer das Gegenteil vom anderen empfiehlt. Strindbergs Nerven sind gespannt, zu sagen hat er ohnehin nichts. Er, ein Schriftsteller von europäischem Rang, lebt jetzt zwischen nassen Windeln und Wickelkissen, zwischen Kinderbrei und Kochgeschirr, droht in häuslichem Ungemach zu ersticken. Seinem Jugendfreund Leopold Littmansson, der sich in Paris angesiedelt hat, schreibt er, dass er der Enge von Dornach entfliehen will, zumindest so lange, als dort die »Weiberwirtschaft« anhält.

Der triumphale Erfolg der Erstaufführung der »Gläubiger« am Pariser Théâtre de l'Œvre kommt seiner Fluchttendenz entgegen. Auch der Verleger Albert Langen meldet sich. Er will Strindbergs Buch »Plädoyer eines Irren« herausbringen. »Ich bin auf dem Sprung, wenn ich merke, dass man mir die Flügel antastet!«, schreibt Strindberg. »Und ich bin immer bereit, meine Zelte abzubrechen, wenn es um mich herum mulmig wird! Und das wird es jetzt.«

Frida spürt, dass ihr der Ehemann entgleitet. Es kommt zu Auseinandersetzungen, denen leidenschaftliche Versöhnungen folgen. In ihrem Buch »Lieb, Leid und Zeit« hat sie die Situation analysiert: »Jeder hütet wild sein Stück Unsterblichkeit – er sein Schaffen und ich mein Kind. Und jeder hadert eifersüchtig. Ich mit dem Geiste, der ihn uns entfremdet, er mit dem eigenen Jungen, das ihm das Weib geraubt.«

Das Leben mit dem Exzentriker wird für die junge Mutter immer beschwerlicher, sein Verfolgungswahn und sein Misstrauen machen ein Zusammensein schier unerträglich. »Elende Creatur« beschimpft er sie und nennt sie »Feindin«. Als er sie bezichtigt, Briefe zu unterschlagen, und glaubt, seine von Chemikalien verätzten Hände wären vom Aussatz befallen, ist ihre Kraft erschöpft. Mit der kleinen Tochter flüchtet sie ans andere Ufer der Donau, nach Ardagger. »Du behandelst mich nicht wie deine Frau – nicht einmal wie deine Magd, deinen Hund. Ich *kann* nicht mehr ...«, schreibt sie ihm. »Ich bin elend, namenlos elend geworden und hab dir nicht helfen können. Darum hab ich beschlossen, von dir zu gehen und *nichts* ändert mehr meinen Beschluss. Bleibt mir das Kind, bin ich bereit alles andere zu leiden. ... So kannst du mich klagen auf böswilliges Verlassen: *denn ich kehre nicht mehr zurück als deine Frau.*« Aber Frida liebt ihren Mann, und als sie schließlich doch zu ihm zurückkehrt, weint er vor Freude.

Die nächsten Wochen verlaufen friedlich, doch die Welt, Paris, lockt den unruhig gewordenen Dichter, der Wunsch, wieder im Kreis von Künstlern und Intellektuellen zu sein und Großstadtluft zu atmen, wird heftiger. Der Direktor der Pariser Sternwarte hat Strindbergs Studien über das Mondlicht mit großem Interesse gelesen und lädt ihn zu einem Vortrag ein. Am Theater werden seine Stücke aufgeführt und der Verleger Langen plant eine Gesamtausgabe seiner Werke.

Frida verfolgt die Ambitionen ihres Mannes mit Argwohn, fühlt sich zurückgesetzt und im Stich gelassen. »›Du weißt, dass dieses Leben mich tötet! Ich habe kein Buch mehr gelesen, seit das Kind zur Welt kam, und ich habe seit einem Jahr nichts mehr geschrieben. Ich reise mit dir nach Paris‹«, lässt Strindberg sie im autobiografischen Roman »Kloster« sagen. »Die ehrgeizige und emanzipierte Frau trat wieder hervor, denn zuweilen gebärdete sie sich als die ihm überlegene Schriftstellerin«, schreibt er und fährt triumphierend fort: »Doch zum Glück hatte sie nicht die Möglichkeit, zu reisen: Die Alten waren dagegen, und sie musste sich darein finden, dass er sie verließ ...«

Strindberg lässt sich zunächst in Versailles nieder, dann stellt ihm Albert Langens Freund Willi Grétor eine luxuriös eingerichtete Wohnung in der Nähe des Bois de Boulogne zur Verfügung. Er stürzt sich in das pulsierende Leben, genießt nach der ländlichen Einsamkeit die Großstadt, die wieder gewonnene Freiheit und die lang entbehrte Anerkennung als Schriftsteller. Bis ihn die Sehnsucht nach Frau und Kind und nach der geliebten Landschaft am Donaustrom übermannt. Er beginnt zu malen und malt sich seine Sehnsucht von der Seele. Seine Frau, die eigentlich ein Großstadtmensch ist, die sich zur Schriftstellerin berufen fühlt und auflebt, wenn sie Theaterluft atmet und in den Salons über literarische Neuerscheinungen diskutieren kann, sitzt inzwischen einsam im »Häusel« in Dornach, fühlt sich abgeschoben und hat Angst, in der Einschicht zu verkümmern. Paris kennt und liebt sie seit ihrer Studienzeit – und sie hat Sehnsucht nach ihrem Mann. Sie will zu ihm. Doch davon rät er ab. »Die Illusion ist kostspielig«, schreibt er ihr nach Hause, »und berühmte Männer schwätzen dich hier tagelang müd, anstatt dass du ihre guten Bücher ruhig daheim liest. Du erwartest dir hier belebende Anregungen? Nicht eine! ... Hier erwartet uns ein schmutziger, feuchter Herbst, Straßenlärm, Zug- und Tramwaypferde, brüllende Verkäufer, Wagengerassel, Drehorgeln, falsches Geld, schlechter Tabak, gefälschte Milch ...« Er wimmelt sie ab, will auch nicht, dass seine Frau als Berichterstatterin für österreichische Zeitungen arbeitet: »... wenn du Berichterstatterin für Zeitungen wirst, so musst du das Haus, das Kind, deine Wirtschaft und mich hintansetzen, und bist du erst in eine Gesellschaft anregender, interessanter Menschen geraten, wirst du deinen schönen Geschmack am Heim verlieren, denn seine Mühen und Sorgen werden dir Abscheu vor der Haus- und Kinderwirtschaft einflößen.« Viel lieber wäre ihm, lässt er sie unverblümt wissen, wenn sie statt zeitraubender Theaterbesuche in Paris zu Hause im »Häusl« in Dornach bliebe und Bücher rezensierte. »Die Emanzipation ist hier unbekannt«, teilt er ihr mit, und dann schreibt er den furchtbaren Satz: »Emanzipation und Prostitution ist ein und dasselbe.«

Frida Strindberg aber lässt sich nicht beirren. Mit dem Reisegeld, das ihr der Großvater zugesteckt hat, fährt sie nach Paris und lässt das Kind in der Obhut einer Amme zurück. Sie weint vor Rührung, als sie in der Wohnung am Bois de Bologne ein Bild mit einer Donaulandschaft sieht, das ihr Mann gemalt hat. Sie fallen sich in die Arme, lieben einander und sind glücklich.

Frida genießt Paris und sie genießt die Bewunderung, die ihr Albert Langen, sein Freund Willi Grétor und dessen junger Sekretär Frank Wedekind entgegenbringen. Doch als Langen sie als Übersetzerin engagiert, erwacht in Strindberg wieder einmal der Dämon der Eifersucht. Wie schon so oft, schlägt seine Liebe in Hass um. »Sie ist bösartig; sie stiehlt meine Gedanken und sie schreibt Bücher. Sie ist ein Teufel!« Doch, auch wie so oft, schlägt sein Hass wieder in Liebe um. Das Paar versöhnt sich und Frida lebt auf. Die geistigen Anregungen, die sie so lange vermisst hat, stärken ihr Selbstgefühl. »Oh, wie hier das Leben schäumt! Voll Rausch, voll Süße, geistiges, vergeistigtes Genießen mit aller Sinnenkraft und Glut«, schreibt sie ihrer Schwester Marie. Da trifft ein Brief aus Dornach ein und reißt sie aus allen Himmeln – Kerstins Amme teilt mit, sie sei von Großmutter Reischl beleidigt worden und werde das Haus verlassen. Noch am selben Abend reist Frida Strindberg nach Dornach zu ihrem Kind. Es ist ein Tag im November des Jahres 1894. An diesem Abend sehen Frida und August Strindberg einander zum letzten Mal.

Frida lebt in Oberösterreich ganz für ihr Kind, August in Paris ganz für die Wissenschaft. Briefe wechseln hin und her. Als Frida ihm zum sechsundvierzigsten Geburtstag ein Bild Kerstins schickt, adressiert er die Antwort nicht an sie, sondern an die kleine Tochter: »Liebes Kind, Kerstin, du weißt, wann mein Geburtstag ist, sendest mir Freude zu, als ob du auch das schon wüsstest, dass mein Leben nicht allzu froh ist ... Ich bin in schlechte Gesellschaft geraten und habe das Gefühl, dass ich es besser bei dir hätte ... Und nun sollst du deine Mama grüßen und küssen und sie bitten, dass sie nicht ihren armen Dichter, den sie unbedacht genug war zu heiraten, vergesse – für dich, kleine Rivalin! Dein Vater August. Genannt Strindberg, wie du.«

Frida Strindberg ist zu selbstständig, zu temperamentvoll und lebenshungrig, als dass sie sich auf die Dauer den Regeln ihrer Familie in Dornach unterwerfen könnte. Sie will wieder nach Paris, diesmal mit dem Kind. Sie übersetzt, um mit eigenem Geld zu reisen zu können. In Strindberg aber regt sich wieder der Argwohn. Die Kontakte seiner Frau mit dem Verleger Langen waren ihm ein Dorn im Auge. Nun fürchtet er, sie könnten wieder aufleben. »Eine verheiratete Frau, die sich mit jungen Männern verabredet, ist nicht mehr länger eine anständige Frau, das ist die Wahrheit«, schreibt er ihr. In seiner Eifersucht bezichtigt er sie des Ehebruchs, ja sogar einer lesbischen Beziehung, und geht so weit, dass er wiederholt, was Fridas Mutter über ihre Tochter gesagt hat, nämlich dass sie »zum Untergang geboren« sei. Frida Strindberg kann zwar alle Vorwürfe widerlegen, doch sie kann nicht mehr kämpfen, ihre Kraft ist erschöpft. »Morgen wirst du mir alles wieder vergeben, alle sieben Todsünden wirst du mir vergeben, auch wenn ich nicht eine davon begangen habe. Das ist das Schlimmste, denn damit bleiben sie alle an mir kleben.«

Die Situation wird vollends unerträglich, als bei Friedrich Uhl in Wien ein Anwaltsschreiben eintrifft, in dem er aufgefordert wird, die ausstehenden Alimente seines Schwiegersohnes zu bezahlen. Wutentbrannt schreibt er seiner Frau nach Dornach: »Ehe man Kinder in die Welt setzt, muss man wissen, dass man sie auch ernähren kann. ... Ich habe mich niemals meiner Vaterpflicht entzogen, aber ich habe nicht die Pflicht, auch noch die Kinder anderer Väter zu versorgen. ... Frida hat mich vor ihrer Eheschließung nicht um Rat gefragt, und August hat mir, als er um ihre Hand anhielt, seine Werke aufgezählt, aber nicht seine Kinder ...« Sein Schwiegersohn sieht es anders: »Meine göttliche Sorglosigkeit hat mich in eine Ehe gelockt, in der ich wie ein Bettler behandelt worden bin und wo es so weit kam, dass meine Kinder mich verfluchen.« Jetzt reicht Frida Strindberg die Scheidung ein.

»Der Scheidungsprozess wickelte sich sehr langsam ab«, schreibt Strindberg zwei Jahre später im Roman »Inferno«, »wurde von Zeit zu Zeit durch einen Liebesbrief, einen Aufschrei der Sehnsucht, Versprechungen der Versöhnung unterbrochen. Und schließlich ein schroffes Lebewohl auf immer. Ich liebe sie, sie liebt mich und wir hassen einander mit dem wilden Hass einer Liebe, die sich durch die Trennung steigert.« Und Frida Strindberg stellt fest: »Es ist unmöglich, mit August Strindberg zu leben, aber noch unmöglicher ohne ihn.« In einem Brief, in dem sie ihn mit dem distanzierten Sie anspricht, schreibt sie ihm: »Lieber sterben als wieder Ihre Frau werden. Sie würden mir die Seele töten, die jetzt erst wieder beginnt, in der Ruhe und in der Liebe meines Kindes aufzuleben ...«

Im Oktober 1895 wird Strindberg in Berlin im Prozess um den Roman »Plädoyer eines Irren«, der ursprünglich unter dem Titel »Beichte eines Toren« erschienen ist, freigesprochen. Er nimmt es kaum zur Kenntnis. Was ihn jetzt beschäftigt, ja bedrängt, ist ein innerer Wandel seines Wesens. Sein Zustand schwankt zwischen Gesundheit und Krankheit, Genie und Irrsinn. Anerkennung und Erfolg können die schweren Nervenkrisen, Obsessionen und Halluzinationen, die ihn jetzt heimsuchen, nicht mehr aufwiegen. In seinen Angstvorstellungen sieht er in den harmlosesten Begebenheiten des Alltags Vorbedeutungen, fühlt sich verfolgt, glaubt, dass man ihm nach dem Leben trachte. Seine seelischen Qualen deutet er als Bestrafung für begangene Sünden. Im »Okkulten Tagebuch« hält er seine esoterischen Erlebnisse fest. Anfang Mai 1896 wendet er sich wieder an Frida. Er will seine Tochter Kerstin sehen. Und wieder beschimpft er sie: »Sie sind von einem Dämon besessen. Ihre Mutter hat das geahnt, als sie Sie Otterngezücht nannte.« Am Höhepunkt seiner Krise flüchtet er aus Paris nach Schweden und von Schweden nach Österreich. Seine Frau hat ihm geschrieben, dass er seine Tochter jederzeit besuchen könne. Und seine Schwiegermutter hat ihn eingeladen.

August Strindberg kommt, wohnt abwechselnd in Saxen, einem Dorf in der Nähe von Dornach, wo jetzt auch die Schwiegermutter mit ihrer Enkelin Kerstin lebt, und im Nachbarort Klam bei Marie Uhls Zwillingsschwester Melanie. Seine Frau sieht er nicht. Sie pendelt zwischen Wien und München. Mit den Schwestern, die sich rührend seiner annehmen, versteht er sich gut. Als sie ihm zur Lektüre die Werke seines Landsmanns Emanuel Swedenborg empfehlen, mit dessen philosophisch-theologischen Schriften er sich bereits in Paris beschäftigt hat, empfindet er das als einen Akt der Vorsehung. Swedenborgs Beschreibung der Hölle gleicht, wie er in »Inferno« schreibt, der Landschaft von Klam: »– das kesselförmige Tal, die mit Fichten bestandenen Hügel, die düsteren Wälder, die Schlucht mit dem Bach ...« Die Hölle ist für Strindberg kein Ort im Jenseits, sondern im Diesseits. Nicht Gott, sondern die Menschen haben sie geschaffen. Der Hohlweg durch die Schlucht von Saxen nach Klam erscheint ihm als ein Gang durch das Inferno, das er, der Sünder, durchwandert. Aus dieser Hölle rettet ihn die Liebe seiner kleinen Tochter. Wie Dantes Beatrice führt ihn Kerstin aus dem Dunkel ans Licht. Der Gottesleugner wird gläubig und läutert sich zum »konfessionslosen Christen«.

Nach sechs Wochen verlässt Strindberg Österreich und kehrt nach Schweden zurück. Von dort korrespondiert er regelmäßig mit seiner Schwiegermutter und schreibt Kerstin liebevolle Briefe. Seiner Frau schreibt er nicht. Doch in allen seinen Briefen an Marie Uhl erkundigt er sich immer wieder nach dem Befinden Fridas. Stets klingt Besorgnis um sie durch, sogar eine zaghafte Hoffnung auf Versöhnung und die Sehnsucht nach seiner Tochter. Fridas Großmutter Marie Reischl und Fridas Vater Friedrich Uhl aber befürchten Erbschleicherei und wollen den Eindringling unter allen Umständen von der Familie fern halten. Es gelingt ihnen auch. Die Ehe zwischen August und Frida Strindberg wird am 5. Februar 1897 nach österreichischem Recht für ungültig erklärt.

In Schweden wendet sich Strindberg wieder der Dichtung zu.

Sein Dramenzyklus »Nach Damaskus« entsteht, ebenso seine historischen Dramen. Im Sommer 1900 ist er in der Lage, Geld nach Dornach zu schicken, um für alle von ihm verursachten Unkosten aufzukommen. Im Sommer 1901 heiratet er seine dritte Frau, die junge Schauspielerin Harriet Bosse. Noch einmal schreibt er seiner Tochter, »die mich damals als meine Beatrice durch das Inferno geführt«, versichert ihr, dass er sie nie vergessen werde. Dann bricht der Briefwechsel abrupt ab. Das kann Kerstin nicht verstehen. Warum schweigt ihr Vater, der sie so liebevoll betreut hat, der sie auf seinen Spaziergängen mitgenommen hat, der ihr Märchen erzählt und zärtliche Briefe geschrieben hat, als sie weder lesen noch schreiben konnte?

Sowohl Frida als auch Marie Uhl wenden sich wiederholt mit der Bitte an ihn, das Kind nicht entgelten zu lassen, was er seiner Frau vorwirft, und seiner Tochter wenigstens einen Brief zu schicken. Strindberg lehnt ab. Als die Dreizehnjährige nach langer Pause es wagt, ihrem Vater zu schreiben, erhält sie zur Antwort: »Das Leben hat uns getrennt – warum? Kann ich nicht sagen. Es ist so. Und ich lebe so allein wie du!« Und in seinem letzten Brief an sie heißt es: »... ich bin so befremdet für alles, was Österreich betrifft mehr als befremdet. Es ist mir wie ein altes Märchen, unglaublich und doch wahr einmal ... aber ich bin ja ein Dichter, und das Leben ist mir nur Material für Dramen, am meisten Tragödien! ... Leb wohl! Und betrachte mich nur als ein Souvenir.« August Strindberg stirbt am 14. Mai 1912 in Stockholm.

Im Sommer 1896 lebt Frida wieder in München. Die Stadt pulsiert, ist aufregend und modern. Alles, was jung und hoffnungsvoll ist und in der Kunst etwas erreichen will, versammelt sich in München, schreibt der Dramatiker Max Halbe. 1895 hat er in München das »Intime Theater« für experimentelle Stücke gegründet und der Verleger Albert Langen hat den Sitz seines Verlages nach München verlegt. Mit ihm war auch Frank Wedekind in die Stadt an der Isar gekommen. Gemeinsam gründen sie nach französischem Vorbild die satirische Zeitschrift »Simplicissimus«, in der die revolutionär gesinnten jungen Schriftsteller und Grafiker gegen Kaiser und Klerus, gegen Philistertum und Beamtentum zu Felde ziehen.

Wedekind hat mit seinem Drama »Frühlingserwachen« eine leidenschaftliche Anklage gegen die verlogene Prüderie der bürgerlichen Erziehung verfasst und in seinem Stück »Erdgeist«, das in der »Büchse der Pandora« seine Fortsetzung findet, den Sexus als wild elementare Kraft, die sich gegen die Gesellschaft aufbäumt, dramatisiert. Jetzt ist der Bürgerschreck und Bänkelsänger einer der wichtigsten Beiträger des »Simplicissimus«, der mit scharfem Witz das aktuelle Zeitgeschehen kommentiert und die Bürger provoziert. Mit Frauenrechten und Emanzipation hat er ebenso wenig im Sinn wie August Strindberg. Und von schreibenden Frauen hält er gar nichts.

Frida Strindberg, die schon in Paris von Wedekinds unkonventioneller Persönlichkeit beeindruckt war, ist fasziniert von dem Exzentriker, als sie ihm wieder begegnet. Das Abenteuerliche und Provokative des jungen Genies reizt sie, übt auf die ehemalige Klosterschülerin eine geradezu unheilvolle Attraktion aus. Es scheint, als würden alle Beziehungen Frida Strindbergs nach einem bestimmten Muster verlaufen, einem Muster, das in ihrer Kindheit geprägt wurde.

Als der Vater die Familie verließ, verließ er auch seine Tochter. Es ist die Tragik des verlassenen Kindes, die Tragik der Frida Strindberg, in menschlichen Beziehungen stets nach Unerreichbarem zu streben. Je mehr sich das Objekt ihrer Sehnsucht entzieht, desto heftiger und selbstzerstörerischer wird sie um Liebe und Zuneigung von Männern kämpfen, die ihr beides auf Dauer nicht zu geben vermögen. Viele Jahre später wird sie ihrer erwachsenen Tochter Kerstin schreiben: »Seit meiner Jugend habe ich am meisten dort geliebt, wo ich am schlechtesten behandelt wurde, und ich habe mich nie um jene gekümmert, die für mich gut gewesen wären, vielmehr habe ich mich wie eine Sklavin – oft sogar ohne wirkliche Liebe – an jene geklammert, die schlecht für mich waren.« Darin liege das Unglück ihres Lebens, schreibt sie, denn eine Persönlichkeit reife nicht unter Tränen, sondern in Harmonie.

In Frida Strindberg begegnet Wedekind einer Frau, die sich nicht mehr väterlichen Vorschriften fügt und nach der Trennung von ihrem Mann auch sonst keine Rücksichten zu nehmen braucht. Als Dramatiker schätzt er die kompetente Kritikerin und Journalistin vor allem aber ihre Beziehungen zum Theater und ihr Organisationstalent, und das will er nützen. »Wenn mir jemand aus meiner zehnjährigen Arbeit endlich blankes Gold münzen kann, so ist es Frida«, sagt er hoffnungsvoll. Als sich die Münchner Theaterszene aber dann doch nicht so fortschrittlich erweist, wie er es sich erwartet, bricht er seine Zelte ab und geht nach Berlin. Frida Strindberg geht mit ihm. Sie ist schwanger. Offiziell gilt sie als seine Braut, aber Wedekind bekennt in einem Brief an einen Freund, ein doppeltes Spiel zu treiben. »... Aber wer von uns tut das nicht?«, fragt er zynisch.

Als Frida am 21. August 1897 in München einen Sohn zur Welt bringt, schreibt Wedekind seiner Mutter, dass er nie daran gedacht habe, die Geliebte zu heiraten, schon deshalb nicht, weil sie nicht reich sei. Er sei auch nie mit ihr verlobt gewesen und habe genug von ihr, sie übrigens auch von ihm. Aber die Affäre Wedekind ist noch nicht zu Ende.

Frida nennt ihren Sohn Max Friedrich, wobei sie mit dem Namen Max ihre Dankbarkeit gegenüber Max Halbe ausdrückt, der ihr in dieser schweren Zeit eine seelische Stütze ist. Nach dem Gesetz trägt das Kind den Nachnamen Strindberg, da nach der Annullierung der Ehe noch keine neun Monate vergangen sind und das Kind daher als ehelich gilt. Jahre später lässt Wedekind in seinem Schauspiel »Oaha« in der Figur der Wanda auch Frida Strindberg auftreten und legt ihr die Worte in den Mund, sie »sei eine Frau, der nie ein Mann genügt hat, der nie einer genügen wird! Eine Frau, der die Liebe der ganzen Welt nicht zu viel wäre. Eine Frau, die alles erträgt und ewig unersättlich bleibt.« – Wie weit Wedekind hier seiner Männerfantasie freien Lauf gelassen hat, um damit vielleicht sein schlechtes Gewissen der Mutter seines Sohnes gegenüber zu beruhigen, bleibe dahingestellt.

In München schließt Frida Strindberg, die sich mit Essays und Kritiken mühsam über Wasser hält, Freundschaft mit Franziska zu Reventlow, der wilden Gräfin, die als »Königin von Schwabing« ein ungebundenes Leben führt und sich zur freien Liebe bekennt. Beide Frauen kämpfen um ihren Lebensunterhalt, betreiben sogar einmal ein Milchgeschäft, über das Reventlow die Erzählung »Das gräfliche Milchgeschäft« publiziert. Was aber der Aristokratin erlaubt ist, ist der geborenen Hofratstochter noch lange nicht erlaubt. Franziska zu Reventlow bleibt auch nach dem Bruch mit ihrer Familie immer noch die Adelige, der man mehr Freiheiten zugesteht als einer Bürgerlichen, auch wenn sie den Namen Strindberg trägt. Und das bekommt sie zu spüren.

Während Frida sich in München mit ihrem Sohn durchs Leben schlägt, erringt Wedekind in Leipzig mit der Aufführung von »Erdgeist« seinen ersten großen Erfolg. Da ihm Frida mit ihren Verbindungen in München nützlich sein kann, denkt er an Versöhnung und besucht sieben Monate nach der Geburt von Max Friedrich erstmals Mutter und Kind. Frida verzeiht ihm, ist nach wie vor geblendet von seinem Charme, den er spielen lässt, wenn er sie braucht, und hilft ihm, wo und wie sie kann. Sie erträgt seine Ambivalenz, seine Eskapaden und sie lässt sich von ihm demütigen. Das Kapitel Frank Wedekind geht für sie erst zu Ende, als er nach der Münchner Premiere von »Erdgeist« polizeilich gesucht wird – nicht wegen der Freizügigkeit seines Stücks, sondern weil er in einem satirischen Gedicht Kaiser Wilhelm II. verspottet hat. Jetzt ist ihm der Boden zu heiß geworden und er setzt sich in die Schweiz ab. Nach einer durchzechten Nacht bringt ihn Frida zur Bahn und bleibt allein zurück – mit ihrem Sohn Max Friedrich und Donald Wedekind, Franks schwermütigem Bruder, um den sie sich kümmert.

1898 lebt Frida Strindberg in London. Max Friedrich wächst bei Marie Uhl gemeinsam mit seiner Halbschwester Kerstin auf. Ihrer Familie ist sie entfremdet, einzig mit Marie Weyr hält sie Kontakt. In London erneuert Frida die Verbindungen, die sie vor Jahren als junge Ehefrau geknüpft hat. William Heinemann, den sie damals zum Missfallen Strindbergs des Öfteren zum Lunch getroffen hat, engagiert sie als seine literarische Agentin. Nun ist sie beruflich wieder in ihrem Element, sie hat im literarischen Leben erneut Fuß gefasst.

Einer ihrer Freunde aus der Berliner Zeit, der dänische Schriftsteller Holger Drachmann, hält sich ebenfalls in London auf und weiht sie in seine Absicht ein, nach dem Vorbild des Pariser Cabarets Chat Noir diese Kunstform auch in Deutschland zu etablieren, und zwar in Berlin. Er plant ein modernes deutsches Kabarett, in dem »das Unanständige ... zum einzig Anständigen« gekrönt werden soll. Der Baron Ernst von Wolzogen hebt 1901 das erste deutsche Kabarett aus der Taufe und Frida Strindberg ist mit dabei. Wolzogen nennt das Programm »Buntes Theater«, das Ensemble »Überbrettl«. »Und es kam der epochale Abend, an welchem Hanns Heinz Ewers auf meinem Nudelbrett am Alexanderplatz öffentlich Popo sagte! Berlin war hingerissen und der mit Schmissen bedeckte schlanke Rheinländer zum königlichen Löwen des großen Tiergartens gekrönt.«

Der skandalumwitterte Ewers, der sich als Nachfolger von Edgar Allan Poe und Oscar Wilde sieht, als Satiriker scharfzüngig das Spießbürgertum attackiert und dabei kaum ein Tabu auslässt, wird Frida Strindbergs neuer Liebhaber. Seine Alkoholexzesse und Experimente mit Drogen können sie nach ihren bisherigen Erfahrungen nicht erschüttern. Wohl aber erschüttert diese Verbindung den Baron Wolzogen. »Ich warnte die Strindbergin als aufrichtiger Freund, aber ihr Verhängnis musste sich erfüllen, denn nach Wedekind gab es nur noch eine Steigerung: eben Hanns Heinz Ewers.«

Wolzogen, der von Frida Strindbergs Charme einst bezaubert war, spricht in seinen Erinnerungen »vom traurigen Schicksal einer liebenswürdigen und liebesbedürftigen Frau, die als ein Opfer ihrer literarisch-erotischen Neugierde zu Grunde ging«. Die Literatin, die er »Großstadtsumpfpflanze« tituliert, entspricht eben auch den Vorstellungen des sonst so freizügigen Barons nicht, der »schlichte bürgerliche Verhältnisse und eine gesunde Liebe« für sie angemessen hält. Trotz der anfänglichen Popularität des Kabaretts »Überbrettl« gerät das Unternehmen bald in eine finanzielle Krise, worauf Wolzogen aus dem Unternehmen aussteigt. Ewers, der an dem Debakel mitschuldig ist, verlässt Berlin.

Enttäuscht, verletzt und von Selbstvorwürfen gequält landet Frida Strindberg in Dornach. Ihren Kindern ist sie entfremdet, das Verhältnis zur Mutter war nie harmonisch, den trotz aller Spannungen geliebten und bewunderten Vater hat sie enttäuscht. Wenn er ihr auch berufliche Aktivitäten zugestanden hat, so war es von ihm doch immer nur als Brücke gedacht, bis sie in den Hafen einer bürgerlich-respektablen Ehe einlaufen würde wie seine ältere Tochter. Dass auch Maries Ehe nicht glücklich ist, weiß er noch nicht.

Eines Tages stöbert Frida im »Häusel« in Erinnerungen und stößt zufällig auf ein Paket von Briefen. Es sind Briefe von Strindbergs Hand, die er nach der Trennung von ihr an seine Schwiegermutter geschrieben hat. Frida hat nie etwas davon erfahren. Erschüttert liest sie, wie sehr Strindberg in all diesen Jahren um sie besorgt gewesen war, liest zwischen den Zeilen auch von seiner Hoffnung auf Aussöhnung, spürt Anteilnahme und Zärtlichkeit. Warum nur hat ihre Mutter darüber geschwiegen? Warum hat sie ihn über alle Missgeschicke, die ihrer Tochter nach der Trennung widerfahren sind, informiert? Frida weiß es nicht, kann keinen Grund dafür finden. Sie zermartert sich den Kopf und findet keine Antwort. Die unheilvolle Allianz, die ihre Mutter hinter ihrem Rücken mit Strindberg geschlossen hat, empfindet sie als Verrat an ihrem Lebensglück. Und das wird sie der Mutter nie verzeihen.

Völlig verzweifelt schreibt Frida einen Brief an ihren einstigen Mann: »August, ich habe dich das letzte Mal in diesem Leben in Paris (vor 8 Jahren!!) gesehn, als die Bäume in Luxembourg (erinnerst du dich) Gold hervorbrachten ... Ich bin eines Tages auf den Dachboden im ›Häusel‹ gestiegen. An diesem Tag habe ich geglaubt, ich werde verrückt, und habe mit meiner Stirn auf die Steinplatte geschlagen. Ich habe die Briefe gesehen, das erste und einzige Mal gesehen, die du während unserer Trennung an Mutter geschrieben hast. Ich glaubte mich aus deinem Herzen und deinem Leben verbannt ... Und folglich hielt ich mich verflucht, gehasst – verloren, *verloren*. Zu erfahren, dass du mich geliebt hast, mir Verzeihung, Versöhnung angeboten hast ..., das nicht *gewusst* zu haben und *jetzt* zu erfahren ... Was für eine Qual! – Was für ein Trost! ... Ich habe dich vor 8 Jahren verlassen ... Deine Briefe haben mich glauben lassen, dass ich verabscheut werde ... Ach, wärst du zurückgekommen ...« Sie weiß, dass August Strindberg inzwischen mit Harriet Bosse verheiratet ist, und schreibt: »Sag jener, die deine Frau ist, dass ich sie segne, wenn sie dich glücklich macht! Und sag ihr – was ich gelitten habe, um dich zu verlassen, nachdem ich dich verkannt habe.« ... Und sie schließt mit der Bitte: »*Verzeih*! Verzeih der, die du vergessen hast.« August Strindberg hat nie geantwortet.

Im April 1903 stirbt Marie Weyr an einer Abtreibung. Friedrich Uhl, jetzt fünfundsiebzig Jahre alt und seit dreißig Jahren Chefredakteur der »Wiener Zeitung«, fällt einer Intrige zum Opfer und wird seines Postens enthoben, bleibt aber führender Theaterkritiker.

Er macht seine Tochter Frida mit dem jungen Talent Arthur Schnitzler bekannt, der ihr den Zugang zur literarischen Szene Wiens öffnet.

Wien erlebt um 1900 wahrscheinlich die kreativste Phase seiner Geschichte. Kaum jemals zuvor ist das Aufgebot an jungen Talenten – in der Literatur, in der bildenden Kunst und in der Musik – so groß. Gegensätze und Spannungen, Aufbruchstimmung und Widerstand prägen den Geist der Stadt, die an der Wende zu einer neuen Zeit steht. Hermann Bahr, Hugo von Hofmannsthal, Karl Kraus, Peter Altenberg und Arthur Schnitzler sind die Vertreter der modernen Literatur. In den Literatencafés »Griensteidl« und »Central« wird diskutiert und kritisiert, entsteht die für Wien typische Kaffeehausliteratur. Als 1899 der progressive »Wiener Verlag« gegründet wird, erschließt sich für Frida Strindberg mit ihren vielen Verbindungen und Kontakten, vor allem zu den Verlegern Albert Langen in München und William Heinemann in London, ein reiches Betätigungsfeld. Das ehrgeizigste Projekt des jungen Verlages, der 1903 Schnitzlers Skandal erregendes Stück »Der Reigen« publiziert, ist die erste vollständige Ausgabe der Werke Oscar Wildes in deutscher Sprache. »Salome« und »A House of Pomegranates« erscheinen in Frida Strindbergs Übersetzung.

Sie arbeitet erfolgreich als Journalistin und Kritikerin, literarische Agentin und Herausgeberin, Anregerin, Organisatorin, PR-Dame und Muse. Sie interveniert, spricht vor, stellt Verbindungen zu Verlegern und Kritikern her und kümmert sich unermüdlich um Talente, von denen sie meint, dass sie ihrer Unterstützung bedürfen. So kommen auch Richard Schaukal und Peter Altenberg in den Genuss ihrer Fürsprache und Fürsorge. Mit Karl Kraus, der ihr Urteil schätzt und Strindberg wie auch Wedekind bewundert, steht sie in regem Kontakt. Auf ihre Anregung hin organisiert Kraus im November 1904 in Wien eine Privataufführung von Wedekinds »Büchse der Pandora«, in der Wedekind als Jack the Ripper auftritt und Karl Kraus eine Nebenrolle spielt. Die Aufführung ist »einer der bedeutungsvollsten Zeitpunkte in der Entwicklung meiner literarischen Tätigkeit«, schreibt Wedekind in seinem Dankschreiben an Karl Kraus. Bei Frida Strindberg bedankt er sich nicht.

So erfolgreich die Kritikerin und Journalistin in ihren beruflichen

Ambitionen ist – in ihrem Privatleben hat sie wenig Glück. Die Kreise, in denen sie sich bewegt, bewundern und verehren Tänzerinnen, Schauspielerinnen, Sängerinnen, jene »amphibischen Wesen«, wie Stefan Zweig sie nennt, die »halb außerhalb, halb innerhalb der Gesellschaft stehen«. Für Liebeleien wiederum sind »süße Mädel« zuständig. Nicht von ungefähr stellt Schnitzler im »Reigen« die Dirne, das Stubenmädchen, die junge Frau, das süße Mädel und die Schauspielerin auf die Bühne. Für eine Frau wie Frida Strindberg, eine ehrgeizige und fähige »working woman«, die emanzipiert ihr Leben lebt, die geschieden ist und zwei Kinder hat, ist da kein Platz. In seinem Fragment »Das Wort« hat Schnitzler in der wenig schmeichelhaft gezeichneten Figur der Frau Flatterer wahrscheinlich Frida Strindberg porträtiert. Er stellt sie als oberflächliche, typische Vertreterin der Gesellschaft auf die Bühne – und gerade das war Frida Strindberg nicht. Aber schreibende Frauen sind nicht nach Schnitzlers Geschmack. »Es gibt noch etwas Unausstehlicheres als Autoren: – Autorinnen«, schreibt er einmal.

Eine unglückliche Beziehung Frida Strindbergs mit dem Schriftsteller Werner von Oestéren, einer schillernden Persönlichkeit, endet mit einem Skandal. Der illegitime Spross eines ungarischen Magnaten führt in Wien mit Frida als Gefährtin ein großes Haus. Geschickt versteht er es, ihre Beziehungen zu literarischen Kreisen zu nutzen und auszunutzen. Sie fühlt es, ist unglücklich und greift immer öfter zu Beruhigungsmitteln, schlittert in die Abhängigkeit von Medikamenten, wahrscheinlich auch von Drogen – der Genuss von Kokain ist in Künstlerkreisen nichts Ungewöhnliches. Es kommt zu Auseinandersetzungen, wechselseitigen Schuldzuweisungen und unerquicklichen Szenen. Schließlich droht von Oestérens Rechtsanwalt, publik zu machen, dass Frida Strindberg ihren Liebhaber mit einem Revolver bedrohte. Der Vorfall wird auch publik – allerdings erst Jahre später, als Frida Strindberg abermals vor den Trümmern einer Beziehung steht und einen Liebhaber mit der Waffe bedroht

Friedrich Uhl, der seine letzten Lebenstage in seiner Villa in Mondsee verbracht hat, stirbt 1906 und hinterlässt seiner nunmehr einzigen Tochter ein Vermögen. Zum ersten Mal in ihrem Leben ist Frida Strindberg ohne finanzielle Sorgen. Sie gibt das Geld mit vollen Händen aus, mietet sich eine elegante Wohnung und kleidet sich exquisit. Die charmante und gebildete Frau hat nun Zutritt zu Kreisen, die ihr sonst verschlossen geblieben wären. Sie blüht auf und genießt ihre gesellschaftlich Akzeptanz. Eine ihrer Freundinnen, die sie mit ihrem Esprit bezaubert, ist Katharina Schratt, Kaiser Franz Josephs »gnädige Frau«. Durch sie wird sie mit Fürst Karl Fugger-Babenhausen bekannt, geht mit ihm eine Liaison ein, doch auch diese Beziehung scheitert und endet mit einem Skandal. Genüsslich berichtet das »Neue Wiener Journal« im Januar 1908 unter der Schlagzeile »Frida Strindberg – flüchtig«: »Gegen Frau Strindberg, die aus Wien flüchtig und gegenwärtig unbekannten Aufenthaltes ist, wurden mehrere Strafanzeigen erstattet, und zwar wegen Erpressung, gefährlicher Drohung, Veruntreuung, Betrugs und Krida.« Laut Anzeige Fugger-Babenhausens sei Frida Strindberg in der Neujahrsnacht höchst erregt im Hotel Bristol erschienen und habe Drohungen gegen ihn ausgestoßen. Als er den Raum verlassen wollte, habe sich aus ihrem Revolver ein Schuss gelöst. Die Polizei habe jedoch nicht zweifelsfrei feststellen können, ob der Schuss gegen den Fürsten oder gegen die Beschuldigte selbst gezielt gewesen sei. Der Artikel greift dann die Jahre zurückliegende Affäre Oestéren auf, als es dem Bedrohten nur mit Mühe gelungen war, der Täterin die Waffe zu entwinden. Erst Jahre später wird sich herausstellen, dass die anderen in dem Zeitungsartikel angeführten Delikte großteils aus der Luft gegriffen sind und von Oestéren lanciert wurden.

An einem nebeligen Abend im Herbst des Jahres 1913 läuft Kerstin Strindberg durch die Straßen Stockholms – und einer Frau in die Arme, deren Züge ihr seltsam vertraut erscheinen. Es ist Frida Strindberg. Vier Jahre haben Mutter und Tochter einander nicht gesehen. Kerstin war nach Schweden gereist, um nach dem Tod des Vaters Kontakt mit der Verwandtschaft aufzunehmen, und Frida war, nicht ahnend, dass sie die Tochter dort treffen würde, nach Schweden gereist, um deren Erbe zu regeln. Dreimal treffen sie einander noch, dann beordert ein Telegramm Frida Strindberg nach London. Jahre werden vergehen, bis Kerstin ihre Mutter wieder sieht.

Frida Strindberg war nach dem Skandal in Wien nach London

geflohen. Ihr Ruf in Wien war ruiniert, als Ausweg war ihr nur die Flucht geblieben. In England wollte sie neu anfangen, ein neues Leben beginnen, nicht wieder in ihre alten Fehler und Obsessionen verfallen. Sie knüpft an die Kontakte jener Zeit an, als sie als jung vermählte Frau mit Feuereifer für das Werk Strindbergs gekämpft hatte. Auch weiß man in den literarischen Zirkeln Londons über ihre Verdienste um das Werk Oscar Wildes Bescheid, was ihr den Zugang zu Künstlern und zur Kunstszene erleichtert. Mit ihrem untrüglichen Sinn für Qualität gelingt es ihr bald, sich eine wichtige Position im Kunsthandel zu erobern. Aber wieder verläuft ihr Leben nach demselben Muster – wie erfolgreich sie auch beruflich agiert, ihr Privatleben ist desaströs. Wieder verliebt sie sich in einen Mann, für den sie nichts weiter bedeutet als ein Abenteuer.

August John, dreißig Jahre alt und blendend aussehend, gilt als der talentierteste Maler Englands. Nach einem Unfall mit Kopfverletzung hat sich seine Persönlichkeit allerdings radikal verändert. Der Vater von sechs Kindern ist Alkoholiker und führt mit seiner Frau und zahlreichen Geliebten das unstete Leben eines Bohemiens. Frida Strindberg ist von seinen Bildern begeistert und seiner exzentrischen Persönlichkeit verfallen. Das alte Spiel beginnt von neuem: Sie will erzwingen, was nicht zu erzwingen ist – seine Liebe. Sie kauft und verkauft seine Bilder, doch John braucht ihre Förderung nicht, er ist bekannt genug und durchschaut ihre Aktivitäten als ein Mittel, ihn binden zu wollen. Ihre Eifersucht, ihre besitzergreifende Fürsorge und die Vorwürfe, die sie ihm wegen seines Lebenswandels macht, treiben ihn in die Flucht. Die »verrückte Österreicherin«, wie er sie nennt, lässt sich nicht abschütteln. Wieder dieselbe unheilvolle Konsequenz: Je mehr sich der Geliebte entzieht, desto heftiger klammert sie sich an ihn. Sie verfolgt ihn bis nach Paris, wo sie im Hotel einen Selbstmordversuch unternimmt.

Diese Leidenschaft habe sie vernichtet, wird sie später schreiben. »Ich war jahrelang tot.« Wie auch immer, Frida Strindbergs Aktivität ist ungebrochen. Wenn eine Aufgabe, bei der sie alle ihre Fähigkeiten und Talente einsetzen kann, sie reizt, verfügt sie über unglaubliche Energien, wie groß der seelischer Kummer auch sein mag. Es scheint, als wäre jede ihrer unglücklichen Affären der Humus für neue Pläne. Wie ein Phönix aus der Asche schöpft sie gerade dann Kraft, wenn es gilt, Vergangenes zu vergessen. Dann stürzt sie sich in das Abenteuer neuer Projekte. Ihr ehrgeizigstes und erfolgreichstes Unternehmen ist die Gründung des legendären Nachtklubs »Cave of the Golden Calf« in Londons Vergnügungsviertel Soho. Englands erster moderner Nachtklub, der Treffpunkt der englischen Intellektuellen in der Zeit vor dem Ersten Weltkrieg, ist ein Werk Frida Strindbergs, ist ihrer Initiative und ihrer Begabung, die richtigen Leute für ihren Plan zu begeistern, zu verdanken.

Für Ausstattung und Dekoration der Räume des Klubs konnte sie Englands führende Künstler, allen voran den Maler, Essayisten und Kritiker Percy Wyndham Lewis, einen der dynamischsten Vertreter moderner englischer Kunst, gewinnen. Das »Cave« in Soho ist Kabarett, Restaurant und Nachtklub zugleich, wo Londons Avantgarde bei Ragtime und Zigeunermusik bis in die frühen Morgenstunden tanzt, trinkt und diskutiert. Frida Strindberg organisiert auch Lesungen, Theater- und Opernaufführungen. In dem eleganten Etablissement versammeln sich die »Jüngsten und Besten unserer Zeitgenossen und Futuristen«, urteilt ein Besucher. Zu den Gästen zählen Ezra Pound, der von Frida Strindbergs unermüdlicher Energie beeindruckt ist, und James Joyce, der sie in »Finnegans Wake« erwähnt. In der zeitgenössischen englischen Literatur finden sich zahlreiche positive Anspielungen an das Etablissement, und anders als Wedekind und Schnitzler zollen Ezra Pound und Wyndham Lewis in ihrer Publikation »Blast« der Gründerin, »Madame Strindberg«, öffentliche Anerkennung. Lange Dauer ist dem ehrgeizigen Unternehmen jedoch nicht beschieden. Finanzielle Unregelmäßigkeiten und Betrügereien des Personals sind der Untergang des »Cave«, das wie eine schillernde Seifenblase in Londons Szenerie aufstieg und platzte, noch bevor der Weltkrieg seine Schatten über England warf.

Bei Kriegsausbruch verlässt Frida Strindberg London und geht nach Amerika. Ihre Heimat Österreich befindet sich im Kriegszustand und in England gilt sie, obwohl sie durch ihre Heirat Schwedin ist, als Person aus dem Feindesland. Wieder einmal stets sie vor der Situation, sich eine Existenz neu aufbauen zu müssen. Sie ist jetzt zweiundvierzig Jahre alt, aber Mut, Energien und Begeisterungsfähigkeit sind ungebrochen. Freunde haben ihr vom Interesse

Amerikas an den progressiven Strömungen in der Kultur Europas berichtet. Nun will sie die Amerikaner mit dem vertraut machen, was sie am besten kennt – mit August Strindberg und seinem Werk. Eine Agentur bezahlt ihr die Überfahrt nach New York und organisiert Vortragsreisen durch die Vereinigten Staaten. Ihr wienerischer Charme, ihr Humor, ihre Schlagfertigkeit kommen gut an und geschickt lenkt sie ihre Ausführungen auf das, was die prüden Amerikaner besonders interessiert – auf Strindberg und die Frauen. Strindberg, wie ihn keiner kennt, das ist das Thema der Insiderin und sie hat damit Erfolg. Bereits im Januar 1915 kann die »New York Times« Fridas Plan ankündigen, einige Dramen des skandinavischen Dichters auf die Bühne zu bringen. Unter ihrer Leitung wird das Stück »Ostern« mit beachtlichem Erfolg aufgeführt.

Das neue Medium des Films bietet der unermüdlich tätigen Literatin eine weitere Möglichkeit, ihre Talente zu erproben. Unter dem Pseudonym »Marie Eve« schreibt sie höchst erfolgreiche Drehbücher. Bald ist Frida Strindberg auch in den Künstlerkreisen New Yorks eine bekannte und anerkannte Figur, und jetzt kann sie ihre Verbindungen nutzen, um schließlich das zu tun, was ihr immer schon eine Herzensangelegenheit war: Schriftsteller, von deren Qualität sie überzeugt ist, zu fördern. Ihr Engagement gilt nun der modernen russischen Literatur, für die sie Übersetzer und Verleger sucht. Kontakt zu ihrer Heimat hat sie nicht. Es scheint, als suche sie zu vergessen, aus ihrem Bewusstsein zu drängen, was doch nicht zu verdrängen ist. Doch als 1920 ein Brief ihrer Tochter Kerstin sie auf Umwegen in New York erreicht, hat die Vergangenheit sie eingeholt.

Kerstin ist jetzt sechsundzwanzig Jahre alt, Mutter eines Sohnes, und lebt mit ihrem Mann, dem Verleger Ernst Sulzbach, in München. Nur durch Zufall hat sie erfahren, wo sich ihre Mutter aufhält, und sich dann an sie gewandt. Frida Strindberg antwortet umgehend und versucht eine Rechtfertigung. »Meine Mutter hat dich mir gestohlen, dich mir von klein auf entfremdet«, schreibt sie der Tochter. Versäumtes aber lässt sich nicht nachholen und Vergangenes nicht zurückholen.

1924 verlässt Frida Strindberg New York und reist in die Heimat. Doch was sie sich erhofft hat, eine Annäherung an die Tochter, findet nicht statt. Kann, nach all dem, was in den Jahren zuvor geschehen – oder vielmehr nicht geschehen – ist, auch nicht stattfinden. Kerstin ist eine erwachsene Frau, die ihren eigenen Weg geht. Ratschläge, wie gut gemeint auch immer, kommen zu spät. Mutter und Tochter sind einander fremd geworden.

In den folgenden Jahren pendelt Frida Strindberg zwischen Berlin und Wien, unstet und rastlos wie immer. Erst als Marie Uhl stirbt, wird die elterliche Villa in Mondsee zum ständigen Wohnsitz. Ihrer Mutter, die jahrelang hinter ihrem Rücken mit Strindberg korrespondiert und ihr seine Bereitschaft zur Versöhnung verschwiegen hatte, die sie »Otterngezücht« nannte und ihr, wie Frida es sieht, die Kinder entfremdete, hat sie nie verziehen. Marie Uhl wiederum hat den emanzipatorischen Bestrebungen der Tochter die Schuld am Scheitern der Ehe gegeben. Dieser Bruch war nicht zu heilen gewesen.

Nach Jahren der Wanderschaft, in der geliebten Landschaft des Salzkammergutes, wo sie die glücklichsten Jahre ihrer Kindheit zugebracht hat, scheint Frida Strindberg endlich zur Ruhe zu kommen. In der Abgeschiedenheit Mondsees gibt sie sich ihren Erinnerungen hin, sieht sie sich wieder als die lebenshungrige junge Frau, die sie war, als sie August Strindberg begegnete. Sie schreibt nieder, wie ihre Liebe zu ihm begann und wie sie endete. Er habe ihre Existenz auf »eine höhere Ebene« gehoben, sagt sie einer schwedischen Tageszeitung, denn: »Wer einmal den Taumel des Fliegens gespürt hat, kann nie mehr darauf verzichten.«

1932 schickt sie das Manuskript ihres Buches »Lieb, Leid und Zeit – eine unvergessliche Ehe« an den schwedischen Verleger Strindbergs. Nach der schwedischen Ausgabe erscheint die deutsche, eine englische und eine dänische Übersetzung folgen. Das umfangreiche Werk mit zahlreichen unveröffentlichten Briefen wird ein Riesenerfolg. Thomas Mann schreibt ihr, wie sehr ihn die Lektüre gefesselt habe.

Das Buch ist ein leidenschaftliches Bekenntnis ihrer Liebe zu August Strindberg, gleichzeitig eine scharfsinnige Analyse aller Missverständnisse und Qualen dieser Verbindung, der konventionelles Glück versagt blieb. Am Schluss zitiert sie die Frage eines Freundes, ob sie Strindberg noch einmal heiraten würde, und ihre Antwort darauf: »Ich würde ihn wieder heiraten, ohne mich zu besinnen, ohne zu zaudern. Um jeden Preis.«

Die letzten Lebensjahre der einst so geselligen und aktiven Frau sind einsam. Zu ihren Kindern, die vor der Diktatur des Naziregimes Zuflucht in Schweden gefunden haben, hat sie kaum Kontakt. Max Friedrich, Wedekinds Sohn, ist Journalist und Fotograf. Unter dem Pseudonym Frederick Uhlson publiziert er das viel beachtete Buch »Under jorden i Berlin« (Untergrund in Berlin), in dem er das Schicksal der Juden in der NS-Zeit beschreibt. Kerstin, von ihrem Mann geschieden, lebt mit ihrem halbjüdischen Sohn in Stockholm. Eine tiefe Freundschaft mit der Wiener Schauspielerin Lina Loos bildet das Band zur österreichischen Heimat, die Kerstin Strindberg wieder besucht. Sie stirbt am 30. April 1956 und wird an der Seite ihres Vaters in Stockholm begraben.

Frida Strindberg hat den Tod der Tochter und das Ende des Krieges nicht mehr erlebt. Von den Schrecken des Dritten Reiches nur am Rande berührt, lebt sie der Vergangenheit, eingesponnen in ihre Erinnerungen. Sie stirbt nach einem Sturz am 28. Juni 1943 im Salzburger Landeskrankenhaus und wird in Mondsee begraben.

Der Nachwelt ist sie als »Femme fatale« in Erinnerung geblieben, als leidenschaftliche Frau, die ihr ganzes Leben danach trachtete, »geniale Männer zu verfolgen«, wie ein Biograf August Strindbergs sie charakterisiert, ohne ihr Lebenswerk auch nur annähernd zu würdigen. Ein anderer formuliert, »ihr hemmungsloses Temperament, ihr zügelloser Freiheitsdrang« hätten sie zu »einer aus der Bahn bürgerlichen Daseins geschleuderten Frau« gemacht, und übersieht dabei geflissentlich, dass sie die Bahn bürgerlichen Daseins ganz bewusst verlassen hat. Nur so konnte sie in den verschiedensten beruflichen Sparten reüssieren, die Frauen erst viel später und nach hartnäckigen Kämpfen für sich eroberten.

Frida Strindberg hat in der Kultur Europas und auch Amerikas ihre Spuren hinterlassen, aber sie hat, wie sie in ihrem Buch schreibt, als Frau bitter dafür bezahlt: »Ich war keine Heilige, keine Märtyrerin, keine Philosophin, keine Weise – nicht einmal ein ruhiges, kluges und immer gütiges Menschenkind. Ich lebte nur dem Gefühle nach und mein Gefühl war grausam verwundet worden.«

»Venus im Pelz«

Wanda von Sacher-Masoch

»Doktor! Ein Dämon raßt in mir! Ich weiß nicht, ist es Liebe oder Hass was mich zwingt Sie zu meinen Füßen zu sehen, vergehend in Lust und Weh! – Sterben möchte ich Sie sehen vor Verlangen, o, während ich dies schreibe, bebt mein Herz in der Erwartung – Sie sollen sehen was ein Weib kann wenn sie berücken will! ... Aber schenken Sie mir nicht ihr Herz, hüten Sie sich! Ich würde es zertreten, denn ich lege keinen Werth auf Ihre Liebe – Sie lieben Pelze, ja Sie sollen einen finden glänzend schön und flaumenweich, Sie sollen Reize finden, die Sie auf den Knien anbeten und nicht zu berühren wagen werden ... Wenn Sie diese Zeilen gelesen, verbrennen Sie dieselben, Sie dürfen sie nur einmal lesen, denn ich habe alle diese wahnsinnigen Gedanken hingeschrieben die mich erfassen, wenn ich an Sie denke –«

Die Absenderin dieses Briefes ist eine sechsundzwanzigjährige Frau, die 1845 geborene Angelika Aurora Rümelin, die sich in Graz als Trafikantin und Näherin ihren Lebensunterhalt verdient. Die ungewöhnliche Einladung ergeht an den sechsunddreißigjährigen Dr. Leopold von Sacher-Masoch, Dozent für Geschichte an der Universität Graz und renommierter Schriftsteller. Mit diesem Brief, den Aurora Rümelin im April 1872 schreibt, beginnt sie ein gefährliches Spiel, von dem keiner wissen kann, wie es enden wird, nicht die Briefschreiberin und nicht der Empfänger.

Angelika Aurora Rümelin wurde in Graz als Tochter eines Militärbeamten geboren, wie sie in ihrer Autobiografie »Meine Lebensbeichte« berichten wird. Der Vater hat die Familie verlassen, die Mutter müht sich ab, ihre drei Kinder und sich selbst mit dem Verkauf von Sodawasser und Tabakwaren in einem kleinen Laden durchzubringen. Doch es reicht nicht einmal für das Notwendigste. Mit Näharbeiten für vornehme Damen muss sie das Budget aufbessern, aber vornehme Damen zahlen schlecht und der tägliche Kampf gegen die Armut zermürbt die Frau. Aurora, die nach der Grundschule in Graz eine Nähschule besucht hat, muss der Mutter beim Nähen eleganter Toiletten und beim Bedienen der Kunden in der Trafik helfen.

Das Mädchen ist intelligent und hat Fantasie. Wenn Aurora für fremde Damen näht und sich die Finger zersticht, dann malt sie sich ein anderes Schicksal aus als das der verhärmten und verbitterten

Mutter. Die Romane, die sie nachts verschlingt, gaukeln ihr eine andere, eine glänzende Zukunft vor. Dann träumt sie davon, die luxuriösen Roben, an denen sie sticht und stickt bis zum Überdruss, einmal selbst tragen zu können. Bücher, wird sie später als Schriftstellerin schreiben, lenkten ihre Gedanken vom eigenen Leben ab. Doch die Traumwelt der Lektüre ist kein Ersatz für gelebtes Leben. Das hübsche Mädchen beginnt zu flirten und hält Ausschau nach einem gut situierten Herrn, wenn es im Geschäft der Mutter Kunden bedient. Aurora gefällt den Männern, merkt aber bald, dass sich unter den diversen Bekanntschaften keiner findet, der sich zum Ehemann eignen würde. Denn nur mit einer guten Partie könnte sie der Tristesse der häuslichen Verhältnisse entkommen. Was ihr vorschwebt, ist eine bürgerliche Existenz, eine gesellschaftliche Stellung, die ihr erlaubt, nähen zu lassen statt selbst zu nähen.

»Vor ihrer Ehe war die Beichtende[1] nichts als eine unternehmungslustige Nähmamsell, eine eroberungsdurstige Trafikjungfer gewesen, die sich wohl nach den Genüssen der großen galanten Welt gesehnt, von diesen schließlich aber doch so gut wie nichts kennen gelernt hatte«, schreibt Freiherr Carl Felix von Schlichtegroll, der Biograf von Aurora Rümelins späterem Ehemann, dem Dichter Leopold von Sacher-Masoch.

Die Ehe ist für »höhere Töchter« die einzige Möglichkeit zur Absicherung des Lebensunterhalts, ausgenommen vielleicht der miserabel bezahlte Beruf einer Lehrerin oder einer Gouvernante, sollte sich der erhoffte Ehemann nicht einstellen. Ausbildung und Bildung für eine andere Berufsausübung sind nicht vorgesehen, auch gar nicht erwünscht. Ein bisschen in Fremdsprachen parlieren, Klavier spielen, vielleicht auch ein wenig singen oder malen – damit erschöpft sich das Bildungsangebot für Mädchen aus gehobenen Kreisen. Schließlich soll die Ehefrau dem Mann gefallen, ihn unterhalten und zerstreuen, aber beileibe nicht geistig überanstrengen oder womöglich gar eigene Ideen entwickeln. Da aber Aurora Rümelin keine »höhere Tochter« war, blieb ihr selbst dieses Angebot verwehrt. Mädchen wie sie müssen sich mit der gesetzlich vorgeschrie-

[1] Anspielung auf den Titel von Wanda von Sacher-Masochs Autobiografie »Meine Lebensbeichte«.

benen Schulpflicht begnügen. Dass es damit nicht allzu weit her ist, beweist der Kampf mit der Orthografie in Aurora Rümelins Briefen.

Von der Welt, die ihr die Romane vorgaukeln, beflügelt, beschließt die immerhin schon sechsundzwanzig Jahre alte lebenshungrige »Nähmamsell«, aus der Enge der mütterlichen Nähstube auszubrechen. Freundinnen in ihrem Alter sind schon längst verheiratet, lange warten kann sie nicht mehr. Sie will mit Schriftstellern in Kontakt treten. Männer, die Bücher schreiben, meint sie, würden – anders als die hemdsärmeligen Kunden im Laden der Mutter – ihr Streben nach »Höherem« verstehen und auch seelische Regungen empfindsam wahrnehmen. Der Erste, an den sie sich heranwagt und brieflich um Bekanntschaft bittet, ist der ebenfalls in Graz ansässige Peter Rosegger. Der aber kann mit der überspannten Briefschreiberin wenig anfangen und bricht nach zwei Briefen die Korrespondenz ab. Aurora Rümelin gibt freilich nicht so leicht auf. Als Nächstes versucht sie es bei dem Schriftsteller Leopold von Sacher-Masoch. Er ist in Graz bereits eine Berühmtheit, seine Romane »Venus im Pelz« und »Die geschiedene Frau« werden teils als skandalös verdammt, teils als literarische Sensation gewertet, jedenfalls ist der Dichter im Gespräch.

Sacher-Masoch stammt aus Lemberg, der Hauptstadt des österreichischen Kronlandes Galizien. Dort wurde er 1836 als Sohn des Polizeipräsidenten Leopold von Sacher und der Charlotte von Masoch[2], einer ruthenischen Adeligen, geboren. Als Kind spricht er nur Russisch, die Sprache seiner Amme. Ihr habe er nicht nur die Nahrung, sondern auch die Seele zu verdanken, wird er sich dankbar erinnern. Sie erzählt dem Kind die Sagen und Märchen ihrer Heimat, singt ihm die schwermütigen Lieder der Ruthenen vor und legt ihm die Liebe zu den Menschen des Ostens ins Herz, die der Dichter später in seinen besten Werken so einfühlsam und kenntnisreich schildern wird.

1848 wird der Polizeipräsident nach Prag versetzt und jetzt erst lernt sein zwölfjähriger Sohn Deutsch. In Prag, das ihm zur geistigen Heimat wird, besucht Leopold das Gymnasium und beginnt

[2] Daher der Doppelname des Schriftstellers: Sacher-Masoch.

das Studium der Geschichte und der Philosophie. 1853 übersiedelt die Familie nach Graz, wo der begabte Student seine Studien an der Universität fortsetzt und als Neunzehnjähriger zum Doktor der Rechtswissenschaften promoviert. Bereits ein Jahr später publiziert er das Geschichtswerk »Der Aufstand in Gent unter Kaiser Karl V.«, das ihm die Anerkennung der Historiker sichert. Er lehrt als Privatdozent für deutsche Geschichte an der Universität Graz, verfasst historische Werke, so die Biografie »Kaunitz« und den dreibändigen Roman »Der letzte König der Magyaren«, wendet sich aber dann ganz der Belletristik zu und findet schließlich sein Hauptthema – den Kampf der Geschlechter. »Er verließ den Staub der Hörsäle, um sich der Kunst in die Arme zu werfen«, schreibt sein Biograf Schlichtegroll.

1858 veröffentlicht Sacher-Masoch »Eine galizische Geschichte«, die in der zweiten Auflage den Titel »Graf Donski« erhält. War die erste Auflage noch anonym erschienen, so erscheint die zweite bereits unter seinem Namen. Er behandelt darin den Polenaufstand von 1846 in Galizien, an dessen Niederwerfung sein Vater maßgeblich beteiligt war. In den beiden Frauengestalten Wanda und Marie sind bereits zwei Typen von Weiblichkeit zu erkennen, die in den späteren Werken Sacher-Masochs eine dominierende Rolle spielen werden: Wanda kann als die literarische Vorform des Typs der grausamen, despotischen Frau interpretiert werden, der sich der Mann lustvoll unterwirft, und Marie als das Ideal der engelgleichen guten Frau.

Man kann davon ausgehen, dass der jugendliche Dichter davon träumt, diesen Fantasiegestalten auch im wirklichen Leben zu begegnen, dann allerdings verschmolzen in einer Person, in einer Frau. Was ihm vorschwebt, was er sich ausmalt, ist eine Synthese der beiden Typen, also ein Phantom. Keine Frau aus Fleisch und Blut wird diesem Wunsch je entsprechen können, und es wird die Tragik seiner Ehe sein, dass er versuchen wird, seine Fantasien real umzusetzen. Fantasien und gelebtes Leben sind aber nur höchst selten kompatibel.

1864 schreibt Sacher-Masoch den Roman »Don Juan von Kolomea«, der als sein bestes Werk gilt. In Frankreich wird die atmosphärisch dichte, in Galizien spielende Geschichte, in der die Fragwürdigkeit der bürgerlichen Ehe thematisiert wird, in der »Revue des deux Mondes« veröffentlicht und als literarische Sensation gewertet. Über die Entstehung berichtet der Autor: »Aber ebenso grimmig wie Kürnberger[3] alles von mir Geschriebene verwarf, ebenso andächtig lauschte er, wenn ich ihm von meiner kleinrussischen Heimat erzählte, von der unermesslichen Steppe, den himmelanragenden Karpaten und ihren schwarzen Seen, dem podolischen Getreidemeer, unseren Landedelleuten, unseren Damen in der pelzbesetzten Kazabaika[4], unseren Juden mit den fettglänzenden Löckchen, und insbesondere von meinen lieben galizischen Bauern ... Ich setzte mich also noch denselben Abend nieder und vierzehn Tage später las ich Kürnberger den ›Don Juan von Kolomea‹ vor.«

Der Roman »Die geschiedene Frau. Passionsgeschichte eines Idealisten«, in dem Sacher-Masoch seine Affäre mit der wesentlich älteren Anna von Kottowitz, der Gattin eines Grazer Arztes und Mutter zweier Kinder, literarisch verwertet, macht ihn einem größeren Lesepublikum bekannt. Er erzählt darin die Geschichte einer Liebe zwischen einem Dichter mit hohen Idealen und einer eitlen, selbstsüchtigen Frau, die ihn zerstört. In der Handlung zeigt sich bereits der Zusammenhang von Realität und dichterischer Erfindung, der fortan eine beherrschende Rolle im Leben und im Werk des Autors spielen wird. Die literarische Figur der grausamen Frau, der er sich unterwerfen kann – allerdings nach den Spielregeln, die er festsetzt –, wird als Phantom auch das Leben des Dichters bestimmen.

Seinem bekanntesten Werk, »Venus im Pelz«, das 1870 erscheint, liegt ebenfalls eine real erlebte Liebesgeschichte zu Grunde, wie ein überliefertes Dokument, der »Vertrag zwischen Frau Fanny von Pistor und Leopold von Sacher-Masoch« beweist: »Herr Leopold von Sacher-Masoch verpflichtet sich bei seinem Ehrenwort der Sklave der Frau von Pistor zu sein, unbedingt jeden ihrer Wünsche und Befehle zu erfüllen und das sechs Monate hindurch ... Bei jedem Vergehen oder Versäumnis oder Majestätsverbrechen darf die

[3] Ferdinand Kürnberger (1821–1879), liberaler Publizist und Kritiker.
[4] Hausjacke.

Herrin (Fanny Pistor) ihren Sklaven (Leopold von Sacher-Masoch) nach ihrem Sinne und Gutdünken strafen. Kurz, ihr Untertan Gregor hat seiner Herrin mit sklavischer Untertänigkeit zu begegnen, ihre Gunstbezeigungen als eine entzückende Gnade hinzunehmen, keine Anforderung an ihre Liebe, kein Recht als ihr Geliebter geltend zu machen. Fanny Pistor dagegen verspricht, so oft als tunlich Pelze zu tragen, und besonders wenn sie grausam ist. ... Zur Bekräftigung dieses Vertrages der Beteiligten Unterschrift – Begonnen, den 8. Dezember 1869. Fanny Pistor Bagdanow. Leopold Ritter von Sacher-Masoch.«

Eine Fotografie, die der Biograf Schlichtegroll in seinem Buch »Sacher-Masoch und der Masochismus« abbildet, zeigt den Schriftsteller mit andächtigem Blick zu Füßen der Baronin Pistor, die in einen Pelz gehüllt mit aufgestütztem Arm auf einer Ottomane ruht. Mit dieser Dame war Sacher-Masoch 1869, also ein Jahr vor Erscheinen des Romans, nach Italien gereist, wo sich der Schriftsteller tatsächlich als ihr Diener Gregor ausgab. In eine Livree gekleidet verrichtete er Hilfsdienste, verbrachte die Nächte in den ungeheizten Dienstbotenkammern diverser Hotels und wartete geduldig in den Vorzimmern, wenn die Baronin in vornehmen Salons Cercle hielt. Schließlich gesellte sich ein Schauspieler zu dem Paar, worauf sich eine Art Ménage à trois entwickelte, die aber nicht ganz dem Geschmack der Baronin entsprochen haben dürfte. Auch scheint sie das von ihrem »Sklaven« verlangte Tragen schwerer Pelze als ziemlich anstrengend empfunden zu haben. Kurz und gut, sie dürfte des Spiels bald überdrüssig geworden sein. Aber auch Sacher-Masoch hatte von der Komödie bald genug. Als er es gerade noch vermeiden kann, von einem Studienkollegen in seiner Dienerrolle erkannt zu werden, ergreift er die Flucht, setzt sich in den Zug und fährt zurück nach Graz. Die Liaison endet als Enttäuschung – für beide, die Herrin und den »Sklaven«.

Die literarische Variante dieser Affäre ist der Roman »Venus im Pelz«, die Geschichte des galizischen Edelmannes Severin von Kusiemski, der sich in die schöne Wanda von Dunajew verliebt. Sie erwidert seine Liebe und entführt ihn auf ihr einsam gelegenes Schloss. Dort aber verwandelt sich die Geliebte in die grausame Herrin ihres Anbeters. Fast wortwörtlich zitiert Sacher-Masoch den mit der Baronin Pistor geschlossenen Vertrag im Roman – mit den geänderten Namen der literarischen Figuren.

Wanda, die Heldin der Geschichte, quält und misshandelt Severin, bereitet ihm aber, der halb als ihr rechtloser Sklave, halb als ihr Liebhaber fungiert, unbeschreiblichen Genuss. »Lieben, geliebt werden, welch ein Glück! Und doch verblasst der Glanz desselben gegen die qualvolle Seligkeit, ein Weib anzubeten, das uns zu seinem Spielzeug macht, der Sklave einer schönen Tyrannin zu sein, die uns umbarmherzig mit Füßen tritt.« Schließlich geht die grausame Frau so weit, dass sie ihn nicht nur selbst peitscht, sondern auch von ihrem neuen Liebhaber, einem Griechen, peitschen lässt. Letzten Endes jedoch verlässt Severin von Kusiemski die Geliebte, kehrt auf sein Gut zurück und heiratet eine Frau, die er nun seinerseits beherrscht. Ein Gemälde in seiner Wohnung zeigt Wanda von Dunajew, wie sie in der Pose der Venus im Pelz die Peitsche schwingt, und den Geliebten als Sklaven zu ihren Füßen. Auf die Frage eines Freundes, welche Bewandtnis es mit dem Bild habe, erzählt ihm Severin seine Geschichte und zieht den Schluss: »Dass die Frau, wie sie die Natur geschaffen hat und wie sie der Mann gegenwärtig heranzieht, sein Feind ist und nur seine Sklavin oder seine Despotin sein kann, nie aber seine Gefährtin. Dies wird sie erst dann sein können, wenn sie ihm gleich steht an Rechten, wenn sie ihm ebenbürtig ist durch Bildung und Arbeit.« Da dies aber noch Utopie ist, schließt der Roman mit dem zynischen Nachsatz des Helden: »Daher die Moral der Geschichte: Wer sich peitschen lässt, verdient, gepeitscht zu werden.«

Mit dem Lustspiel »Die Verse Friedrichs des Großen« etabliert sich Sacher-Masoch auch als Dramatiker. Sein Interesse für das Schauspiel dehnt er auf Schauspieler, insbesondere aber auf Schauspielerinnen aus. Die Beziehung zu der Komödiantin Clairmont hat die Geburt einer Tochter zur Folge, an eine Ehe mit ihr denkt er aber nicht. Er verlobt sich mit der siebzehnjährigen Jenny Frauenthal, der gut erzogenen Tochter aus angesehener Familie. Doch dürfte das junge Mädchen dem Weiblichkeitsideal des Fünfunddreißigjährigen nicht ganz entsprochen haben, denn er verliebt sich in die Mutter eines Freundes, die ihm unter dem Pseudonym Emilie glühende Liebesbriefe schreibt. Als ihr Sohn in der Briefschreiberin seine Mutter entdeckt und mit einem Skandal droht, sollte sie diese Beziehung nicht sofort abbrechen, ersucht Emilie um Rückgabe ihrer Briefe. Sacher-Masoch willigt ein, stellt aber die Bedingung, die Briefe nur persönlich zu übergeben. Emilie bittet daraufhin eine Freundin, die kompromittierenden Schriftstücke an ihrer Stelle in Empfang zu nehmen. Die Freundin, die sich zu diesem Liebesdienst nur allzu gerne bereit erklärt, ist die Näherin Aurora Rümelin.

Jetzt hat die ehrgeizige junge Frau die beste Gelegenheit, mit einem Dichter, noch dazu mit dem renommierten Leopold von Sacher-Masoch, in Kontakt zu treten. Und diese Chance nutzt sie. Maskiert und verschleiert nimmt sie die Briefe aus seiner Hand entgegen – und der Dichter begegnet jener Frau, die ihm verheißt, das zu sein, was die Baronin Pistor überfordert hatte, was sie nur als kurzes Intermezzo durchhielt und was sich der Dichter daher als literarische Figur erschaffen musste, eine »Venus im Pelz« – in Fleisch und Blut.

Sacher-Masoch ist eine in Graz bekannte und respektierte Persönlichkeit, ein anerkannter, ja schon berühmter Schriftsteller. Aurora Rümelin hat seinen zuletzt erschienenen Roman »Venus im Pelz« genau gelesen und richtig verstanden. Es ist ihr klar geworden, dass sie den Autor nur dann für sich gewinnen kann, wenn sie – zumindest rhetorisch – auf seine »Venus im Pelz«-Fantasien eingeht. Und das tut sie auch – die Verheißungen, die sie ihm in ihrem Briefen macht, sind deutlich genug. Er ist der Mann, in den sie alle ihre Hoffnungen auf einen Aufstieg in die Sphäre bürgerlicher Sicherheit und Wohlhabenheit setzt. Sie simuliert und spielt ihm vor, das zu sein, was er von ihr erwartet – die grausame, despotische Frau. Sie weiß, wie sie des Dichters Interesse entfachen und die Glut des leicht Entflammbaren schüren kann. Sie gibt sich als verheiratete Aristokratin aus, schreibt ihm leidenschaftliche und viel versprechende Briefe unter wechselnden Pseudonymen, nennt sich zum Beispiel Wanda von Dunajew nach der Heldin im Roman, zieht sich dann wieder zurück und übt so den Reiz der Unnahbarkeit aus. Eine Taktik, die ihre Wirkung nicht verfehlt. Er wird ungeduldig, drängt immer heftiger auf eine weitere Begegnung mit der geheimnisvollen Unbekannten und nach etlichem Hin und Her treffen sie einander abends im Schein einer Straßenlaterne – Aurora

Rümelin im geliehenen Pelz und tief verschleiert und Sacher-Masoch, der gelehrte Schriftsteller. Es sind zwei Welten, die aufeinander stoßen: das mittellose Mädchen, das sich seine Kostümierung für das Rendezvous ausleihen musste, und der Aristokrat aus wohlhabendem Haus.

Der Dichter ist von der unbekannten Dame fasziniert, ungeduldig wartet er auf weitere Begegnungen, glaubt sich der Erfüllung seines Traumes nahe. »Sie sagen, dass es in Ihrer Natur liegt, alles, was Ihnen naht, zu beherrschen. Gehen Sie also einen Schritt weiter. Versuchen Sie, in den Stunden geistigen Verkehrs meine bescheidene aufmerksame Schülerin und in jenen der Liebe meine Gebieterin, das wollüstig grausame Weib meiner Fantasie zu sein, mich als ihren Sklaven zu behandeln. Wollen Sie das? Ich erwarte Sie bald, recht bald. Ich sehne mich danach, Ihnen meine Weltanschauung zu entwickeln und von Ihnen gepeitscht zu werden. Vergessen Sie also nicht – im Pelz«, fleht er sie an.

Aurora Rümelin soll also beides sein – Schülerin und Domina. Geschickt versteht es der Erfolgsautor, ihren Ehrgeiz, ebenfalls literarisch tätig zu sein, zu wecken. Die junge Frau, die in der Begegnung mit Sacher-Masoch die Chance ihres Lebens sieht, fügt sich seinen Wünschen. Was sie will, ist jene existenzielle Sicherheit, die sie nur an der Seite eines arrivierten Ehemannes erreichen kann, wie sie glaubt. Das erste Hindernis auf dem Weg dahin ist bald beseitigt: Sacher-Masoch löst seine Verlobung mit Jenny Frauenthal. Und jetzt setzt Aurora Rümelin alles auf eine Karte. Ähnlich dem Vertrag, den sie aus dem Roman »Venus im Pelz« kennt, schickt sie ihrem Anbeter einen Kontrakt, der allerdings in entscheidenden Punkten von seinem Vorbild abweicht: »... So wie Ihr Leib gehört auch Ihre Seele mir, und mögen Sie noch so sehr darunter leiden, so müssen Sie doch Ihre Empfindungen, Ihre Gefühle meiner Herrschaft unterordnen. ... Ich kann Sie jede Stunde entlassen, Sie aber dürfen ohne meinen Willen nie von mir«, heißt es darin, und weiter: »Ihre Ehre gehört mir, wie Ihr Blut, Ihr Geist, Ihre Arbeitskraft, ich bin Ihre Herrin über Leben und Tod ...«

Mit diesen Forderungen ist Aurora Rümelin, alias Wanda von Dunajew, allerdings zu weit gegangen. Sie hat den Bogen überspannt. Was Sacher-Masoch mit der Baronin Fanny Pistor einst als

Leopold Ritter von Sacher-Masoch

Spiel angelegt hat, soll nun mit Wanda Ernst werden. Und davor schreckt er jetzt doch zurück. Einerseits fühlt er die Verlockung, endlich seiner Obsession frönen zu können, anderseits packt ihn die Angst vor dem Verlassenwerden. Er zögert mit der Unterschrift und erklärt in seinem Antwortschreiben die Beweggründe: »Wenn ich Ihnen den Vertrag heute noch nicht sende, so sehen Sie darin nicht das Schwanken eines Unentschlossenen, sondern das ernste Erwägen eines entschlossenen Mannes, der gewohnt ist, was er verspricht, zu halten, und was er eingeht, bis zur äußersten Grenze zu erfüllen ... Während Sie erklären, dass Sie mir niemals die Freiheit wiedergeben werden, behalten Sie sich das Recht vor, mich jede Stunde zu verlassen. ... Ich bitte Sie also, den Vertrag dahin zu ändern, dass ich nur so lange Ihr Sklave bin, als Sie Ihr Schicksal nicht von dem meinigen trennen. ... Unser Vertrag tritt mit dem Tage in Kraft, wo Sie sich von Ihrem Manne trennen.« Er schreibt es in dem Glauben, dass Wanda verheiratet ist.

Auf diesen Brief, der das Datum vom 3. Juli 1872 trägt, reagiert sie, indem sie vorgibt, mit ihrem Mann verreisen zu müssen. Er wiederum verletzt sie, indem er schreibt, dass ihre mit viel Hoffnung auf schriftstellerischen Erfolg geschriebene Novelle schlecht sei. Beider Strategien gehen auf. Sie treffen einander wieder und die nachfolgenden Begegnungen dürften so sehr zur Zufriedenheit des Dichters ausgefallen sein, dass er am 13. Juli selbst einen Vertrag für die zukünftige Beziehung entwirft: »Ich verpflichte mich mit meinem Ehrenworte, der Sklave der Frau Wanda von Dunajew zu sein, ganz so, wie sie es verlangt, und mich allem, was sie über mich verhängt, ohne Widerstand zu unterwerfen. Dr. Leopold von Sacher-Masoch.« – Das Groteske an dieser Vereinbarung ist, dass es eine Wanda von Dunajew in Wirklichkeit gar nicht gibt.

Aurora Rümelin, alias Wanda von Dunajew, wird schwanger. Da trifft es sich gut, dass ein neu gegründetes Wiener Blatt dem Schriftsteller Sacher-Masoch die Mitarbeit anbietet, worauf das Paar – Wanda hat inzwischen gestanden, niemals verheiratet gewesen zu sein – von Graz nach Wien zieht. Die k. k. Haupt- und Residenzstadt ist in diesem Jahr Schauplatz der Wiener Weltausstellung, jenes gigantischen Unternehmens, das mit Vergnügungen, Sensationen und Spektakeln begonnen hat und mit einem Fiasko endet. Über 7,2 Millionen Besucher und 42 000 Aussteller konnten die Organisatoren verbuchen, doch auf die prunkvolle Eröffnung am 1. Mai 1873 folgte am 9. Mai der Börsenkrach, der Schwarze Freitag. Davon wird auch jenes Blatt mitgerissen, das Sacher-Masochs Arbeitgeber ist. Zur selben Zeit grassiert in Wien die Cholera mit nahezu 3000 Toten und eine Blatternepidemie. Nachts rattern die Totenkarren über das Pflaster und die Furcht vor Ansteckung schleicht sich in die Häuser. Zu der Angst, die vor allem die werdende Mutter erfasst, kommen erhebliche finanzielle Schwierigkeiten, mit denen der Schriftsteller und seine Gefährtin zu kämpfen haben. Obwohl Wanda für verschiedene Zeitschriften Feuilletons und Novellen verfasst und so das Haushaltsgeld ein wenig aufbessert, ist der Lebensunterhalt kaum zu finanzieren, die finanzielle Lage lässt beide verzweifeln. In dieser Situation bringt Wanda ihren Sohn zur Welt, doch das Kind stirbt bereits eine Woche nach der Geburt. Nun beschließt das Paar, dem unheimlich gewordenen Wien den Rücken zu kehren. Wanda soll sich in den steirischen Bergen von der schweren Geburt erholen und den psychischen Schock, den sie durch den Tod ihres Kindes erlitten hat, überwinden. Als Wohnort wählt man das idyllische Städtchen Bruck an der Mur in der Steiermark. Auch soll die bis jetzt freie Verbindung endlich legalisiert werden.

Wanda von Dunajew, die in Graz als Aurora Rümelin im Tabakladen der Mutter Kunden aus nicht eben gehobenen Kreisen bedient und sich als »Nähmamsell« mehr schlecht als recht über Wasser gehalten hat, scheut die Begegnung mit dem zukünftigen Schwiegervater. Zu sehr ist sie sich des Standesunterschiedes bewusst, der sie von ihrem vornehmen Verlobten trennt. Sacher-Masochs Vater, der ehemalige Polizeipräsident Leopold von Sacher, empfängt die zukünftige Frau seines Sohnes so, wie es dem Aristokraten ziemt: »Der Herr Hofrat empfing mich sehr höflich, aber kalt«, berichtet sie. »Ich war nicht die Schwiegertochter nach seinem Geschmack, umso mehr, als er ein Mädchen unter der Hand hatte, das ganz so war, wie er sich seine Schwiegertochter wünschte und stets gehofft hatte, dass sie es eines Tages würde. ... Ich konnte wohl begreifen, dass dem Hofrat dieses Mädchen mit seinem weltgewandten sicheren Wesen, den vollendeten Umgangsformen, wie man sie nur in den höheren Kreisen antrifft, eine liebe und hauptsächlich eine standesgemäße Schwiegertochter gewesen wäre. Ich frug Leopold, warum er den Willen des Vaters nicht erfüllt und um die Baronesse geworben habe. Er gab mir zur Antwort: ›Weil ich kalte Pasteten nicht liebe!‹«

Eine kalte Pastete ist Wanda nicht.

Die Hochzeit findet am 12. Oktober 1873 in Graz statt und das Paar zieht sich anschließend wieder nach Bruck an der Mur zurück. Die Schilderungen über den weiteren Verlauf der sich schwierig gestaltenden Beziehung zwischen den Ehepartnern widersprechen einander, je nachdem, wer darüber berichtet. »Die Ehe war für ihn ein Unglück. Tiefer und immer tiefer wurde er in einen wahren

Sumpf hineingezogen, der ihn nicht nur in den Augen aller Freunde und Wohlgesinnten ... unmöglich machte, ... sondern auch körperlich sehr schwächte ...«

So urteilt Hulda Meister, Sacher-Masochs zweite Frau, über die erste Ehe ihres Mannes. Er selbst schildert diese Zeit anders: »Nach manchen ernsten Kämpfen ist mein Leben zu einer Idylle geworden. Das ›Märchen vom Glück‹, das ich geschildert, es ist zu Wahrheit geworden in meiner Ehe. Unlängst sagte mir ein alter Freund, der mich besuchte: ›Ich habe bisher nicht geglaubt, dass es einen zufriedeneren Menschen auf der Welt gibt, aber jetzt glaube ich daran.‹«

Wo liegt die Wahrheit? Wanda von Sacher-Masoch hat später in ihrer Autobiografie unter dem Titel »Lebensbeichte« ihre Perspektive des Zusammenlebens festgehalten, worauf Sachers Biograf Schlichtegroll sich verpflichtet fühlte, in einer Gegendarstellung die Position des Dichters einzunehmen. In seinem Enthüllungsbuch »Wanda ohne Pelz und Maske. Eine Antwort auf ›Wanda‹ von Sacher-Masochs ›Lebensbeichte‹« will er ihren »verlogenen« Schilderungen seine »Wahrheit« entgegenstellen: »Die Schilderung dieser Ehe und der Irrtümer und Verfehlungen beider Gatten in ihr gehört zu den schwierigsten Aufgaben, die dem Berichterstatter gestellt werden können – Auf wessen Seite lag die größere Schuld, auf der der kalt berechnenden Frau oder auf der ebendieses Mannes, der, ein Psychopath, in krankhaftem Wahn und fantastischer Naivität die Realisierung von Unmöglichkeiten für möglich hielt. Er wünschte, dass Wanda ihm untreu werden sollte, um ihn die wollüstige Qual der Eifersucht empfinden zu lassen. Er wollte ›Venus im Pelz‹ erleben, aber doch eigentlich nicht in voller Wirklichkeit; alles sollte Komödie sein, die zwar wie Ernst aussah, aber doch kein Ernst war. Er verlangte gleichsam Untreue ohne Treulosigkeit; er sehnte sich nach einem sein Herzblut trinkenden Vampir, der zugleich ein Engel sein sollte; er wähnte Wasser und Feuer mischen zu können ... Hierin lag die Sacher zuzumessende Schuld. Die Wandas war anderer Art. Mit Lügen hatte sie ihn umgarnt, hatte ihm vorgespiegelt, Kraft und Fähigkeit zu besitzen, ihm das verkörpern zu können und zu wollen, wonach seine kranke Fantasie dürstete. Sie hatte es getan in der Absicht, sich zu lanzieren und weil sie um jeden Preis aus ihrer elenden Lage herauswollte.«

Am 7. September 1874 bringt Wanda von Sacher-Masoch einen Sohn zur Welt. Das Märchen vom Glück ist Wahrheit geworden, schreibt ihr Ehemann. Die Realität ist anders. Sacher-Masoch ist als Schriftsteller arriviert und wird dementsprechend gut honoriert, doch immer öfter bleiben die Tantiemen aus, wirtschaftliche Nöte belasten das Familienleben, haben Hader und Zank zur Folge. Als ein Kritiker an Sacher-Masochs Novellen beanstandet, dass die grausamen Frauengestalten in seinen Novellen einander auffallend ähneln und die Gefahr ermüdender Monotonie drohe, gibt ihm der Schriftsteller Recht, weiß aber sofort, wie wieder Schwung in seine literarische Produktion zu bringen sei. Es bedarf nur der Mithilfe seiner Frau und das gibt er ihr auch unverblümt zu verstehen: »›Alles, was der Mann sagt, ist richtig‹, setzt er ihr auseinander. ›Nur in einem irrt er sich – in der Hauptsache. Wäre diese Frau, wie er meint, in meinem Leben, dann wäre sie *nicht* in meinen Büchern. Sie kommt hinein, weil ich den Geist voll von ihr habe. Sobald ich eine Frau schildern will, ist *sie* es, die mir in die Feder kommt; gegen meinen Willen muss ich immer wieder sie beschreiben ... Dass es die Leser schließlich langweilen wird, das fürchte ich selbst oft, aber was tun?‹« Und dann präsentiert er die Lösung: »›Du könntest mir viel dabei helfen. ... Indem du die Pelze trägst und die Peitsche schwingst.‹« Auf den Einwand seiner Frau, dass sie doch ohnehin Pelze trage, erwidert er: »›Ja, aber mit der Peitsche willst du dich nicht befreunden. Was auf dem Spiele steht – unsere Zukunft – muss dir ebenso viel wert sein als mir. Wenn ich ein Opfer bringe, dann kannst du auch eins bringen. Es ist mir ein Genuss, von meiner Frau malträtiert zu werden; also malträtiere mich und ich gebe dir mein heiligstes Versprechen, mein Ehrenwort, dass von heute an keine grausamen Frauen in meinen Novellen mehr auftreten werden. Gehst du drauf ein?‹«

Es bleibt der Ehefrau gar nichts anderes übrig als darauf einzugehen, auch wenn ihr die verlangten Inszenierungen noch so sehr auf die Nerven fallen. Schließlich steht die materielle Existenz der Familie auf dem Spiel. Auch bezüglich ihrer Kleidung hat sich die Ehefrau den Wünschen des Ehemanns zu fügen, ungeachtet ihrer eigenen Befindlichkeit und der Höhe der Ausgaben für kostspielige Toiletten und Pelze, die das ohnedies knappe Haushaltsbudget sprengen: »Es gehörte zu den Manien meines Mannes, von Zeit zu Zeit Toiletten für mich zu ›dichten‹, die mich zur Verzweiflung brachten, eine Verzweiflung, die ich mich aber wohl hütete, ihn merken zu lassen. So trug ich in jenem Winter ein spinatgrünes Kleid, dazu eine rote Tuchjacke mit schwarzen Samtaufschlägen, wie sie die Postillione tragen, und eine Dragonermütze, gleichfalls von schwarzem Samt und mit Hermelin besetzt.« Dass Wanda im kleinstädtischen Bruck an der Mur damit Aufsehen erregt, ja zum Gespött ihrer Mitbürger wird, verwundert nicht.

Hatte sie anfangs noch geglaubt, ihren Mann von seinen Obsessionen heilen zu können, wenn sie auf seine Forderungen und Wünsche eingeht, so muss sie nun erfahren, dass dem keinesfalls so ist. Er drängt sie, auf die Suche nach einem Liebhaber, einem Dritten, zu gehen, nach dem »Griechen«, wie er es in »Venus im Pelz« literarisch vorexerziert hat. Er will der Sklave des Liebhabers seiner Frau sein, sehnt sich danach, auch von diesem gepeitscht zu werden. »›Du meinst wohl, ich könne Novellen schreiben, wie du Strümpfe strickst? Ich brauche zu meinen Arbeiten Stimmung, Anregung. Was mich anregt, weißt du. Wenn du willst, dass ich für dich und deine Kinder Brot verdiene, dann kannst du doch auch etwas dazu tun ...‹« Und er hält ihr das Beispiel des Dichters Heinrich Stieglitz vor Augen, dessen Frau sich aus dem Fenster stürzte, um der poetischen Schaffenskraft des dichtenden Ehemanns Flügel zu verleihen.

Am 25. November 1875 bringt Wanda ihren dritten Sohn zur Welt. Bereits zwei Tage nach der Geburt konfrontiert Sacher-Masoch die Wöchnerin mit einer Annonce: »Geistreiche Damen, welche Sacher-Masochs Werke gelesen und verstanden haben, werden zu einer Korrespondenz respektive Bekanntschaft aufgefordert. Brief unter ›Venus‹ an die Expedition.« Er verlangt von seiner Frau, darauf zu reagieren, weil er sich endlich den »Griechen« erhofft, und in der Folge entspinnt sich ein Briefwechsel mit potenziellen Anwärtern, wobei Wanda sich aber geschickt den Forderungen ihres Mannes entziehen kann. Der von ihm ersehnte Grieche erscheint nicht.

»Schon wiederholt ist erwähnt, dass Sacher ihr nahe gelegt, ihm die Venus im Pelz zu verwirklichen. Er hatte es sich nun einmal in den Kopf gesetzt, Sklave eines Mannes werden zu wollen, der zugleich Liebhaber seiner Frau sei. Seiner Meinung nach beging diese in solchem Falle keine wirkliche Untreue an ihm, da diese ja nur als Vehikel dienen sollte, ihm seinen fantastischen Wunsch, alle Qualen der Eifersucht fühlen zu dürfen, zu erfüllen. Im Übrigen lag es durchaus nicht in seiner Absicht, seiner Frau irgendwelche Absichten gestatten zu wollen; nur zu Erreichung dieses einen ganz bestimmten Zweckes gestattete er eine Ausnahme. Seither war der gesuchte Grieche jedoch noch nicht gefunden ...« So die Schilderung in Schlichtegrolls Biografie.

Nach einem Aufenthalt in Frohnleiten übersiedelt die Familie schließlich nach Graz. Doch die inneren und die äußeren Umstände sind einem harmonischen Eheleben nicht förderlich. Wanda hat für den Haushalt und die Kinder zu sorgen und fühlt sich für die schöpferische Gestaltungskraft des Ehemanns verantwortlich. Er führt Regie, fordert die Erfüllung seiner Wünsche, ungeachtet der Befindlichkeit seiner Frau. In ihren Aufzeichnungen spricht sie wiederholt davon, wie nervenaufreibend sich der Alltag gestaltete. Wie schwierig es war, den Haushalt zu führen, wenn sie wiederholt weibliche Dienstboten entlassen musste, von denen Sacher-Masoch sich im Spiel überwältigen, gefangen nehmen und auspeitschen ließ. Sie ist es müde, stets etwas darstellen zu müssen, was sie nicht ist. In ihrer »Lebensbeichte« erwähnt sie die Bemerkung eines Barons Staudacher, der ihr eines Tages sagte, wie komisch es sei, dass ihr Mann *sie* seine Herrscherin und *sich selbst* ihren Sklaven nenne, wo es doch umgekehrt sei.

Sacher-Masoch sieht in seiner Frau nicht die eigenständige Persönlichkeit mit eigenen Wünschen und Bedürfnissen, sondern ein bloßes Mittel, seine Bedürfnisse zu stillen. Sie hat ihm zur Verfügung zu stehen, wann immer und wie er es will. Sie ist für ihn Objekt.

Eine unerquickliche Affäre mit einem Verleger, der in der »Grazer Tagespost« einen gehässigen Artikel über den Schriftsteller veröffentlicht hat, veranlasst Sacher-Masoch, Graz den Rücken zu kehren und einer Einladung nach Budapest Folge zu leisten. Daran schließt sich ein Landaufenthalt in der Puszta bei Freunden. »Ich fing wieder an zu schreiben«, berichtet Wanda von Sacher-Masoch.

»Ich verfasste also jede Woche ein Feuilleton für das ›Pester Journal‹, das mir 10 fl. dafür zahlte; auch für ein Berliner und ein Hamburger Blatt schrieb ich von Zeit zu Zeit kleine Geschichten, sodass ich jeden Monat 40 bis 60 fl. verdiente. Ich tat es gern und würde es noch lieber getan haben, hätte ich schreiben können, wie es *mir* gefiel; aber das durfte ich nicht. Meine Arbeit sollte meinem Manne zur Freude und zum Vergnügen werden, deshalb mussten es ›grausame‹ Geschichten sein, die ich schrieb. Um mich in die richtige Stimmung zu bringen, war es nötig, dass ich eine Pelzjacke anzog und eine große Hundepeitsche vor mir auf dem Tisch lag. So saß ich denn bei dreißig Grad Hitze schön warm in meinen Pelz gehüllt und zermarterte mir mein armes Gehirn ...«

Der Beweggrund für Wandas schriftstellerische Tätigkeit lag sicher nicht allein darin, ihrem Manne Freude bereiten zu wollen, sondern in erster Linie in der wirtschaftlich prekären Situation der Familie. Wie sehr sie in ihren Veröffentlichungen mit Sacher-Masochs Ruhm spekuliert bzw. spekulieren muss, um kommerziell erfolgreich zu sein, beweisen Titelblatt und Vorwort der Sammlung »Echter Hermelin. Geschichten aus der vornehmen Welt«, ein Gegenentwurf zu seinen unter dem Titel »Falscher Hermelin« veröffentlichten Geschichten aus der Bühnenwelt. Als Autorin ist auf der Titelseite Wanda von Dunajew angeführt, in Klammer darunter aber steht: »Frau von Sacher-Masoch«. In dem mit »Otto von Kapff« gezeichneten Vorwort heißt es: »Sacher-Masoch's Frau als Schriftstellerin kennen zu lernen, wird für das große Publikum, das die Werke dieses in allen Weltteilen gelesenen und bewunderten Autors sich erobert hat, eine ebenso angenehme als reizende und pikante Überraschung sein. ...« Sacher-Masochs Leben sei eine Reihe von fesselnden Romanen, behauptet der Vorwortschreiber, und unter diesen sei wieder »der originellste und wunderbarste der Roman seiner Ehe, dessen schöne Heldin Frau Wanda ist ...« Sodann folgen die geschönte Biografie der Verfasserin und eine in höchsten Tönen gehaltene Schilderung des häuslichen Glücks – nicht der Autorin, sondern ihres Gatten: »Die Ehe der ›tugendhaften Frau‹ mit dem Dichter des ›Don Juan von Kolomea‹ ist die beste von der Welt, in ihr ist Sacher-Masoch's Märchen vom Glück, der wundervollste Poetentraum, zur schönen Wahrheit, zu lachender Wirklichkeit geworden ...«

Mit keinem Wort wird auf die schriftstellerischen Intentionen der Autorin eingegangen. Was zählt, ist einzig die Befindlichkeit des Ehemanns, wenn »auf dem Diwan neben seinem Schreibtisch ... seine reizende Frau in der pelzbesetzten Kazabaika« ruht, »zu ihren Füßen spielen ihre Kinder auf einem großen Bärenfell, auf dem Kamin schnurrt eine große schwarze Katze und irgendwo singt das Heimchen ...«. Wanda von Sacher-Masoch wird als die »treueste Gattin, die zärtlichste Mutter« gepriesen, zugleich aber ist sie die »sarmatische Amazone, die selbst den Schlitten lenkt, mit ihrem Gatten zu Pferde steigt und mit ihm auf die Jagd geht«. Diese amazonenhaften Eigenschaften müssen natürlich durch den Hinweis auf die hausfraulichen Qualitäten des »echt slawischen Weibes«, als das der Verfasser die in Graz Geborene sieht, relativiert werden: »Frau Wanda's schöne Hand versteht es, die Zügel und die Flinte ebenso sicher und anmutig zu regieren wie die Feder, wie Fächer und – Nähmaschine, und wir dürfen sogar verraten, dass das Haus Sacher-Masoch's durch seine Küche berühmt ist, und es ist dies nicht das geringste Verdienst der geistvollen Schriftstellerin.«

Sacher-Masoch hat davon geträumt, der literarisch gestalteten Figur der »Venus im Pelz« im realen Leben zu begegnen, seine Fantasien auch zu leben. Das aber bleibt Utopie. Was er immer gesucht hat und immer noch sucht, ist die Verschmelzung von zwei Frauentypen: der guten, edlen, gesellschaftlich akzeptierten Frau mit dem dämonischen, grausamen, wilden Weib. Seine Gattin Wanda versucht er dahingehend zu formen, ähnlich dem sagenhaften König Pygmalion, der sich in die von ihm selbst geschaffene Statue einer Jungfrau verliebt hat. Damit aber verlangt er Unmögliches. »Das ist ja das Wunderbare, mit seiner eigenen anständigen, braven Frau zu genießen, was man sonst nur bei leichtsinnigen Weibern oder sogar Dirnen suchen muss« – so schwebt es ihm vor. Doch so geht es nicht, kann es im Alltag einer Ehe nicht gehen.

Wanda ist eine intelligente Frau, die eigene literarischeAmbitionen hat. Darüber hinaus ist sie im Sinne herkömmlicher Rollenfixierung für das Funktionieren des Haushalts verantwortlich. Als Mutter sorgt sie nicht nur für die beiden Söhne Alexander und Demetrius, sondern auch für Sacher-Masochs unehelich geborene Tochter Lina mit der Schauspielerin Clairmont. Neben ihren familiären Pflichten trägt sie die Last der stets wiederkehrenden finanziellen Engpässe und die Mühsal des zu bewältigenden Alltags. Doch trotz dieser Schwierigkeiten spielt sie die ihr vom Ehemann abverlangte Rolle nach seinen Regieanweisungen immer noch, so gut sie es eben vermag. Gleichzeitig aber sowohl Domina als auch liebevolle Gattin, Hausfrau und Mutter zu sein, wie ihr Mann in seiner Egozentrik es wünscht, muss sie überfordern.

Er braucht zudem, so scheint es, noch stärkere Reize, als Wanda sie ihm bei noch so gutem Willen bieten kann. Denn immer heftiger verlangt er jetzt nach dem Dritten: Ein Liebhaber seiner Frau soll die Ehe beleben. Ihr aber widerstrebt es, sich auf Befehl des Gatten einen Geliebten zu suchen. Da gibt er in ihrem Namen Inserate auf, fordert von ihr den Ehebruch als Opfer, das sie seinem Genie, seiner Schaffenskraft schuldig sei: »... das war das Merkwürdigste. Dass das, was er anfangs kaum anzudeuten gewagt, um das er später bat und als ein Opfer meinerseits ansah, sich ihm im Laufe der Jahre immer mehr in etwas verwandelte, das zu tun ich einfach *schuldig* war ... vielleicht noch immer ein Opfer, aber ein Opfer, das zugleich eine Pflicht ist, das eine gewissenhafte Gattin und Mutter bringen muss, wenn ihr am Glück ihres Mannes, der Erhaltung des Familienlebens gelegen ist.«

Doch nach etwa zehn anstrengenden Ehejahren ist die gehorsame Ehefrau des Spiels und der aufwändigen Inszenierungen überdrüssig, ihre Kraft ist verbraucht. Und gerade jetzt, da die Entfremdung zwischen den Ehegatten nicht mehr geleugnet werden kann, trifft das ein, was Sacher-Masoch erwartet, was er sich schon lange gewünscht hat: Ein Dritter taucht auf. Wanda von Sacher-Masoch verliebt sich – doch die Affäre wird anders verlaufen, als ihr Mann es sich vorgestellt hat.

Seit 1881 leben die Sacher-Masochs in Leipzig, wo der Schriftsteller gemeinsam mit dem Verleger Lionel Baumgärtner die internationale Revue »Auf der Höhe« gegründet hat und sie mit ihm herausgibt. Als es mit Baumgärtner zu Differenzen kommt und er es ablehnt, die Revue weiterhin in seinem Verlag erscheinen zu lassen, springt der in Fürth in Bayern geborene Jacob Rosenthal mit finanziellen Mitteln ein. Der Mäzen nennt sich vornehm Armand und entzückt Sacher-Masoch und seine Frau mit seinem gewandten

Auftreten und seinem Charme. Weniger entzückt von ihm ist Hulda Meister, Sacher-Masochs »rechte Hand«. Die weit gereiste und sprachgewandte, aus Preußen stammende Übersetzerin, die sich bei den vielfältigen organisatorischen Arbeiten für die Revue unentbehrlich gemacht hat, wird im Freundeskreis »die kleine Biene« genannt. Sie übersetzt fremdsprachige Beiträge und fungiert auch als Sekretärin des Herausgebers. Die Zeitschrift floriert auf Grund von Sacher-Masochs vielfältigen Kontakten und Verbindungen und er genießt den literarischen Erfolg. Gleichzeitig aber werden die Schatten über seiner Ehe dunkler. Wanda droht ihm zu entgleiten, sich nicht mehr fügen zu wollen, und das gerade jetzt, da Sacher-Masoch vermeint, in Armand endlich den lang erwarteten Dritten erkennen zu können.

Armand soll den Part des »Griechen« spielen, dem sich Sacher-Masoch als Sklave unterwerfen, von dem er sich misshandeln lassen kann. Mit dieser Strategie würde die Ehe wieder Spannung und seine dichterische Kreativität neuen Schwung erhalten – so hofft er. Und in dieser Hoffnung ermuntert, ja drängt er seine Frau, Armands Geliebte zu werden. In ihn verlieben darf sie sich natürlich nicht, denn das würde ja die Ehe gefährden. Diese Rechnung aber geht nicht auf – Wanda verliebt sich nämlich wirklich. Und damit sind die Spielregeln verletzt, ist das Spiel außer Kontrolle geraten.

Während einer Abwesenheit Wandas – sie ist mit Armand, mit dem sie laut ihren Angaben keine intime Beziehung unterhält, verreist, um in Hamburg und Berlin Kontakte für die Revue zu knüpfen – vertritt Hulda Meister in Leipzig die Ehefrau. Freiherr von Schlichtegroll berichtet, Hulda habe einen der Söhne, der sich verletzt hatte, gepflegt und nur aus diesem Grund im Hause des Schriftstellers übernachtet. Laut Wandas biografischen Aufzeichnungen habe »die kleine Biene« jedoch auch die ehelichen Pflichten der abwesenden Gattin erfüllt. Es kommt zum Eklat: »Was ich von der Treue meines Mannes zu halten hatte, wusste ich, aber dass er an diesem verwelkten, lächerlichen, altjüngferlichen Geschöpf Gefallen finden sollte, machte mich lachen.« So das nicht eben schmeichelhafte Urteil der Ehefrau über die Rivalin.

Wanda setzt den Ehemann vor die Tür, lässt alle seine Sachen in ein anderes Zimmer schaffen »und alle Pelzjacken und Peitschen dazu«. Es ist das Ende ihrer Ehe und gleichzeitig eine Befreiung: »*Frei!* Befreit von der zehnjährigen Qual ... wieder mir selbst angehören, ich selbst sein dürfen ... nie wieder eine Pelzjacke anziehen, nie mehr eine Peitsche zur Hand nehmen ... und kein Wort mehr von der ›Venus im Pelz‹ sprechen hören! Wie eine schwere Rüstung, die ich so viele Jahre getragen, die mich eingeengt, mich an jeder natürlichen Bewegung gehemmt, mich zu verkrüppeln gedroht, fiel die Last von mir und ich musste mich einen Augenblick hinsetzen, um die Freude dieses Augenblicks, die Genugtuung, dass ich es getan hatte, ganz und in Ruhe genießen zu können.«

1883 wird Sacher-Masochs fünfzigster Geburtstag und gleichzeitig sein fünfundzwanzigjähriges Jubiläum als Schriftsteller groß gefeiert. Eine Festschrift bringt Grußadressen fast aller literarischen Größen Europas, so von Henrik Ibsen, Émile Zola, Edgar Wallace, Alexander Dumas und Victor Hugo. Die französische Regierung sendet ihm das Kreuz der Ehrenlegion und der Chief Rabbi von London schreibt in seiner Grußadresse, dem Jubilar gebühre der »Ehrenplatz eines christlichen Verherrlichers des Judentums«. Doch die Festesfreude währt nicht lange. Am Tag darauf erscheint Sacher-Masoch bei seiner Frau und droht, mit Alexander, dem älteren Sohn, von Leipzig wegzuziehen, sollte sie sich nicht von Armand trennen. Sie habe die Wahl, sich für ihn oder für den Geliebten zu entscheiden, Armand tolerieren könne er nicht, Gefühle seien in seinen Spielregeln nie vorgesehen gewesen. Wanda aber spielt nicht mehr mit und entscheidet sich für Armand, der ihr all das zu geben scheint, was ihr der Ehemann nicht zu geben vermochte – liebevolle Fürsorge, Verständnis, Respekt. Aus dem, was als Spiel gedacht war, ist Ernst geworden.

Es folgen langwierige Auseinandersetzungen um Geld und den Verbleib der Kinder, wechselseitige Schuldzuweisungen werden mit erbitterter Härte geführt. Sacher-Masoch, der mit Hulda Meister eine Verbindung eingegangen ist, nimmt seinen Lieblingssohn Alexander und seine unehelich geborene Tochter Lina zu sich, während der jüngere Sohn Demetrius bei der Mutter bleibt. Wanda verlässt mit Armand Deutschland und geht mit ihm in die Schweiz, wo sich das Paar in Neuveville am Bieler See niederlässt. Dort erreicht sie ein Telegramm mit der Nachricht, dass Alexander lebensbedrohlich erkrankt ist. Sie reist zu Mann und Kind nach Leipzig, aber der Junge ist nicht zu retten und stirbt an Typhus. Der Verlust des Kindes und der gemeinsame Schmerz scheint vorerst eine Art Versöhnung der Eltern zu Stande zu bringen, doch dann verlangt Sacher-Masoch die Scheidung. Hulda Meister hat ihm eine Tochter geboren. Wanda verweigert die Scheidung, verlässt mit ihrem Gefährten die Schweiz und geht mit ihm nach Paris.

Unter dem Namen Jacques Saint-Cère hat Armand, alias Jacob Rosenthal, das Deutschland diffamierende Buch »L'Allemagne telle qu'elle est« veröffentlicht, das ihn nach dem verlorenen Krieg von 1870/71 mit einem Schlag in Frankreich berühmt macht. In Paris arbeitet er beim »Figaro« und wird nach atemberaubender Karriere einer der angesehensten Journalisten Frankreichs. Jetzt kann er seiner Geliebten jeden nur erdenklichen Luxus bieten. Doch ungetrübtes Glück ist Wanda nicht beschieden. Sacher-Masoch will unter allen Umständen die Scheidung durchsetzen und überhäuft sie mit Briefen, in denen er sie diverser Vergehen beschuldigt. In einem seiner Briefe droht er: »Du vergisst dabei nur, dass die Welt immer geneigter ist, die Frau eher zu verurteilen als den Mann. Sobald du das Geringste gegen mich unternimmst, werde ich nicht die mindeste Rücksicht auf dich nehmen und mich nicht kümmern, was aus dir wird, wenn du zu alt bist, um noch Verehrer zu finden.« – Unverhüllter kann die Situation einer Frau in einer männlich dominierten Gesellschaft wohl kaum ausgedrückt werden. Wenn eine Ehe zerbricht, sucht eine verlogene Moral zuallererst in der Frau den schuldigen Teil. Sie mag zu Grunde gehen, ihr Schicksal interessiert weiter nicht.

Wanda geht auf den Erpressungsversuch ihres Gatten nicht ein und verweigert die Scheidung weiterhin. Nun klagt Sacher-Masoch seine Frau wegen böswilligen Verlassens – und bekommt Recht. Im Sommer 1886 wird das Scheidungsurteil ausgesprochen. Es ist absurd – die Gattin, die von ihrem Mann stets zum Ehebruch gedrängt worden war, wird vor Gericht für schuldig erklärt. Der Kläger ist gesetzlich nicht verpflichtet, einer wegen Ehebruchs von ihm geschiedenen Person künftighin Unterhalt zu gewähren, Sacher-Masoch braucht also keine Alimente zu zahlen. Eine patriarchalische Justiz hat Recht gesprochen.

Die ersehnte Ruhe findet Wanda allerdings auch an Armands Seite in Paris nicht. Er ist leichtsinnig, hat in Leipzig Schulden hinterlassen, führt einen dubiosen Lebenswandel und quält sie mit rasender Eifersucht. Es kommt zu unerquicklichen Szenen, deren Sinnlosigkeit er nachher einsieht und bereut. Dann bittet er sie unter Tränen um Verzeihung. »Wieder machte ich die Erfahrung, dass es nicht wahr ist, dass Mann und Weib in Liebe eins werden. Aus zwei Verschiedenen kann auch mit bestem Willen kein Ganzes werden«, resümiert sie voll Bitterkeit.

Armand will Sacher-Masoch dazu bewegen, ebenfalls nach Paris zu gehen. Bei dem exzellenten Ruf, den der Schriftsteller unter Frankreichs Literaten genießt, müsse es für ihn ein Leichtes sein, auch finanziell zu reüssieren. Wanda soll – so wünscht es Armand – ihren geschiedenen Mann zu diesem Schritt überreden, ihr Sohn wäre schließlich einmal der Nutznießer eines von seinem Vater erworbenen Vermögens.

Was immer auch Armands Beweggründe für diesen Plan gewesen sein mögen, Wanda ist darüber nicht erfreut. Sie möge die Sache nicht von der sentimentalen, sondern von der praktischen Seite her sehen, meint ihr Liebhaber kühl: »Es wird eben eine mariage à trois mehr in Paris geben et puis aprés?« Wieder scheint sie als Frau zum Objekt geworden zu sein, diesmal zu dem des Geliebten.

Sacher-Masoch, der sich im hessischen Lindheim an der Seite Hulda Meisters niedergelassen hat und dem es dabei vielleicht doch etwas zu geruhsam geworden ist, folgt tatsächlich dem Ruf nach Paris, wo die Presse, allen voran der »Figaro«, dem in Frankreich hoch angesehenen Schriftsteller einen begeisterten Empfang bereitet. Wanda und Armand führen ihn in die literarischen Zirkel ein und der in letzter Zeit von der deutschen Kritik nicht eben verwöhnte Schriftsteller genießt die ihm allseits entgegengebrachte Wertschätzung. Hulda Meister hat er hochschwanger in Deutschland zurückgelassen. Vielleicht befürchtet sie in ihrer ländlichen Abgeschiedenheit, der alte Zauber, das alte Spiel zwischen Sacher-Masoch und seiner ehemaligen Frau könnte wieder aufleben – jedenfalls packt sie die Koffer und reist ihm nach. In Paris bringt sie ihre zweite Tochter zur Welt. Letzten Endes aber kehren Sacher-Masoch und Hulda Meister nach Lindheim zurück. Nach der Geburt eines dritten Kindes, eines Sohnes, heiratet Sacher-Masoch Hulda Meister und legitimiert die Kinder. Von seinen Obsessionen scheint er geheilt zu sein, seine dichterische Schaffenskraft ist jedoch erschöpft. Er lebt zurückgezogen in Lindheim, gründet den »Oberhessischen Verein für Volksbildung« und kämpft gegen zunehmende antisemitische Tendenzen. Er stirbt 1895 in Lindheim, noch keine sechzig Jahre alt.

Heute ist Leopold von Sacher-Masoch weniger durch sein literarisches Werk bekannt, das zeitgenössische Kritiker von einem »österreichischem Turgenjew« sprechen ließ, als durch den Begriff »Masochismus«, den der in Wien und Graz tätige Psychiater und Gerichtsmediziner Richard Freiherr von Krafft-Ebing in seinem werk »Psychopathia sexualis« geprägt hat. »Unter Masochismus verstehe ich eine eigentümliche Perversion der psychischen Vita sexualis, welche darin besteht, dass das von derselben ergriffene Individuum in seinem geschlechtlichen Fühlen und Denken von der Vorstellung beherrscht wird, dem Willen einer Person des anderen Geschlechts vollkommen und unbedingt unterworfen zu sein, von dieser Person herrisch behandelt, gedemütigt und selbst misshandelt zu werden. Diese Vorstellung wird mit Wollust betont; der davon Ergriffene schwelgt in Fantasien, in welchen er sich Situationen dieser Art ausmalt; er trachtet oft nach einer Verwirklichung derselben und wird durch diese Perversion seines Geschlechtstriebes nicht selten für die normalen Reize des anderen Geschlechtes mehr oder weniger unempfindlich ...«, schreibt Krafft-Ebing und erklärt, dass ihm für diese Definition die Romane und Novellen Leopold von Sacher-Masochs als Vorbild gedient hätten: »Anlass und Berechtigung, diese sexuelle Anomalie ›Masochismus‹ zu nennen, ergab sich mir daraus, dass der Schriftsteller Sacher-Masoch in seinen Romanen und Novellen diese wissenschaftlich damals noch gar nicht bekannte Perversion zum Gegenstand seiner Darstellungen überaus häufig gemacht hatte.«

Es ist dies eine Vereinnahmung, gegen die sowohl der Schriftsteller selbst als auch seine Frau Wanda Einspruch erhoben. Die literarische Qualität seiner Werke, in denen Sacher-Masoch farbig, lebensnah und voll Sympathie die Welt der einfachen Bauern und Handwerker und der ostjüdischen Chassidim seiner Heimat Galizien schildert, tritt hinter dieser Stigmatisierung völlig in den Hintergrund. Seine Novellen und Romane sind im deutschen Sprachraum mit Ausnahme der »Venus im Pelz« nahezu ebenso vergessen wie sein dramatisches Schaffen. In Frankreich hingegen gilt der Schriftsteller mit seinem Buch »Das Vermächtnis Kains« als ein Klassiker des 19. Jahrhunderts. Das auf sechs Teile mit je sechs Novellen projektierte Werk mit den Themenkreisen Liebe, Eigentum, Staat, Krieg, Arbeit und Tod ist leider unvollständig geblieben.

Sacher-Masochs zweite Frau Hulda Meister rührt an dem Dilemma zwischen Kunst und Kommerz, dem sich fast jeder Künstler gegenübersieht, wenn sie in ihren »Erinnerungen« beklagt, dass »die so genannten pikanten Arbeiten Sacher-Masochs unausgesetzt von neuem verlegt werden«, dass die »meisten Lesenden ›Das Vermächtnis Kains‹ und seine außerordentliche sittliche Tendenz gar nicht kennen und aus dem Teil desselben, der nur als abschreckendes Beispiel dienen soll und kann, eine Lehre konstruieren, und zwar eine unsittliche. Wer trägt die Schuld? Der Autor oder das Publikum? Dieses, das sich seine Lektüre wählt, oder jener, der vom Ruhm allein nicht leben kann und seine Familie erhalten muss?«

Wandas Glück an der Seite Armands in Paris währt nur kurz. Er entpuppt sich, wie sie leidvoll erfahren muss, als »Großer Lügner« und verlässt sie. Im Todesjahr Sacher-Masochs gerät er in eine Erpresseraffäre, wird als Betrüger entlarvt und zu einer Gefängnisstrafe verurteilt. Er stirbt 1898 in Paris.

Wanda lebt fortan in der Schweiz und in Paris, widmet sich der Erziehung ihres Sohnes Demetrius, lebt von Übersetzungen, auch von Werken Sacher-Masochs, und schreibt Erzählungen für deutsche und österreichische Blätter. Der Sammelband »Echter Hermelin. Geschichten aus der vornehmen Welt« enthält Erzählungen, deren Schauplätze zum Teil nach Russland, Frankreich und Polen verlegt sind und die allesamt die »grausame« Frau und ihre Aktionen zum Thema haben. Gleichsam als Einleitung und Erklärung für die nachfolgenden Geschichten kann der erste Text, »Mysterium der Liebe«, gelten, in dem die Autorin in Anlehnung an Darwins »Kampf ums Dasein« das Recht des Stärkeren analysiert. Die Frau, wenn sie liebt, so ihre These, muss als Schwächere auf der Strecke bleiben: »Das Weib darf nicht lieben und nur solange es selbst nicht liebt, wird es jene geheimnisvolle Macht behaupten, mit der es jeden Mann zu seinem Sklaven macht, sodass er bei ihren Fußtritten noch jammert. Sobald es aber liebt, wird es schwach, der rätselhafte Zauber ist gebrochen, und es verfällt dem allgemeinen Schicksal der liebenden Frau, es wird verlassen. ... Das ist das Mysterium der Liebe.«

In der Erzählung »Todeslos« reißt eine Frau, die verwitwete Baronin Karola Hammerstein, das Gesetz des Handelns an sich. »Sie galt für eine Emanzipierte, aber im besten Sinn emanzipiert, sie verwaltete ihre große Besitzung selbst, trieb ernste Studien, baute eine Schule und stiftete ein Armenhaus.« Früher, als Mädchen, war sie »willenlos, eine Maschine in der Hand der Eltern und später in der des Gatten«. Zwei Männer bemühen sich um ihre Gunst. Da sie sich für keinen der beiden entschließen kann, soll ein Duell die Entscheidung bringen, die Angelegenheit »unter Männern« geregelt werden. Die Frau soll dann – als willenloses Objekt – dem Sieger als Preis zufallen. Die Baronin erfährt von dem Plan, versucht ihn zu verhindern und beschließt, als ihr das nicht gelingt: »Wenn einer sterben muss«, urteilt sie, »so soll es jener sein, den ich verschmähe ... Wer ist hier grausam, ich oder Sie beide? Sie wollten mich zwingen, gegen meinen Willen dem zu gehören, der am Leben bleibt. Ohne die Stimme meines Herzens zu fragen, maßen Sie sich an, über meine Zukunft, über mein Glück zu entscheiden ... Bin ich grausam, weil ich den Mann, den ich liebe, mir erhalten wissen will?« Sie nimmt die Pistolen, schießt beide in die Luft und sagt: »Die eine werde ich laden und dem geben, den ich liebe, die ungeladenen dagegen jenem, welcher sterben muss.« Sieger von der Baronin Gnaden ist der ihr ergebene sanftmütige Mann. Vor die Alternative gestellt, Herrin oder Sklavin zu sein, hat sie sich die Heldin der Geschichte dafür entschieden, Herrin zu sein.

»Todeslos« ist jene Erzählung, in der die Autorin sowohl an der damals üblichen oberflächlichen Mädchenerziehung als auch an der patriarchalischen Gesellschaftsordnung am schärfsten Kritik übt. In ihren Romanen und Geschichten, die bereits im Titel die Auseinandersetzung mit dem Werk des Gatten signalisieren, übernimmt Wanda von ihrem Mann zwar das Sujet der grausamen Frau, gibt ihm aber ihre eigene Deutung. Sie ist überzeugt, dass die Feindschaft zwischen den Geschlechtern eine Folge gesellschaftlicher Ungleichheit ist und nur durch Bildung und gleiche Rechte, also durch die Emanzipation der Frau, beendet werden könne.

Noch vor ihrer Hochzeit hat sie den »Roman einer tugendhaften Frau. Ein Gegenstück zur ›geschiedenen‹ Frau von Sacher-Masoch« veröffentlicht. Der Heldin, einer Vertreterin der jungen Generation, legt sie die Worte in den Mund: »Die Frauen sind nur schwach aus Gewohnheit, aus althergebrachter Sitte, welche ihren Ursprung in mehr sinnlichen als sittlichen Motiven hat. Die Erziehung macht sie schwach, der Mangel an ernsthafter Geistesbildung, die fehlenden Lebenserfahrungen, die ihr durch eine ängstliche Erziehung vorenthalten werden und die doch allein den Charakter bilden und die Selbstständigkeit geben. ... Nur von dem Weibe hängt es ab, ob sie die Sklavin des Mannes oder seine ihm gleichgestellte Gefährtin, ja Gebieterin sein wird.«

Die Heldin der Erzählung erstickt jedoch ihre eigene Sinnlichkeit und Liebesfähigkeit, indem sie ihre Liebe zu einem jungen, aber mittellosen Bewerber unterdrückt und sich für eine Versorgungsehe entscheidet. Diesen Verrat an der Liebe bezahlt sie mit Versteinerung: »Kalt und steinern steh ich da; um den Kopf zu behalten, habe ich das Herz gemordet, ich fühle nichts mehr ...«

Der »Venus im Pelz« ihres Gatten stellt Wanda von Sacher-Masoch ihre Sammlung von Erzählungen, »Damen im Pelz«, gegenüber. Der Pelz ist auch in ihren Geschichten das Symbol weiblicher Macht und Herrschaft und die Peitsche das wichtigste Accessoire ihrer Heldinnen – und diese sind grausam. Den Verrat an ihrer Liebe rächen sie mit dem Tod, besonders drastisch in der ersten Erzählung des Bandes, »Die Tierbändigerin«. Herma, eine junge schöne Schwedin, die mit ihrer Menagerie in Bukarest gastiert, wird von ihrem Liebhaber, dem Fürsten Maniasko, betrogen. Nachts lockt sie ihn in die Menagerie und lässt ihn als Strafe für seinen Verrat von den Löwen zerfleischen. Sind es in Wanda von Sacher-Masochs

Erzählungen aber die Frauen, die Liebesverrat begehen, so müssen auch sie zu Grunde gehen, wie etwa die Schlossherrin Barina Asta in der Erzählung »Das Geheimnis der Barina Asta«, die nach dem Mord an ihrem Ehemann zu eisiger Kälte erstarrt, oder Marfa, die Heldin der Erzählung »Das Gespenst von Wranow«, die ihren Gatten von ihrem Liebhaber erschießen lässt und dafür mit dem Tod büßt. Wer immer ein Gebot verletzt, Mann oder Frau, wird bestraft, ungeachtet des Geschlechts, darin liegt die moralische Botschaft der Erzählerin Wanda von Sacher-Masoch.

Im Vorwort zu diesem Buch hat sie geschrieben: »Das gesetzlich von allen Rechten des Mannes ausgeschlossene, durch Sitte und Vorurteile unterjochte Weib ist dessen geheime Feindin und sucht sich, durch List und Verstellungskünste unterstützt, an demselben zu rächen«, und mit der Botschaft geschlossen: »Nur das dem Mann in jeder Beziehung gleichberechtigte und an Bildung ebenbürtige Weib wird dessen treue, ehrliche und mutige Gefährtin im Kampf ums Dasein sein.« Dichterisch versucht sie diese Utopie in der letzten Erzählung des Bandes, »Wawara Pagadin« mit dem Untertitel »Ein russisches Sittenbild« zu gestalten. Die Heldin Wawara Pagadin und ihr Geliebter Semen Pultkowski kämpfen gleichberechtigt für die Revolution. Als Wawara Zeugin wird, wie Semen vom Polizeimeister gedemütigt und misshandelt wird, rächt sie ihren Geliebten und stößt dem Polizeimeister mit einem »eisigen Lächeln« den Dolch in die Brust. Sie hat moralisch »gut« – im Sinne des gesellschaftlichen Fortschritts – gehandelt, daher kann sie nach der Tat ungestraft entkommen.

Wanda von Sacher-Masochs Erzählungen, Novellen, Romane und Lebenserinnerungen sind ebenso weitgehend vergessen wie die ihres Gatten, ausgenommen der Roman »Venus im Pelz«. Mit der Rolle einer Venus im Pelz, die sie spielte, wird Wanda von Sacher-Masoch heute assoziiert, ist sie jenen Kreisen zum Begriff geworden, die einer sexuellen Spielart Geschmack abgewinnen, die Krafft-Ebing in seiner »Psychopathia sexualis« beschrieben hat. Mit ihrem Werk befassen sich allenfalls Literarhistoriker, die sich mit Schriftstellerinnen auseinander setzen, die dem Aufbegehren der Frauen im 19. Jahrhundert dichterischen Ausdruck verliehen.

1906 gibt die Schriftstellerin ihre »Lebensbeichte« heraus. Was sie als Rechtfertigung gedacht hat, gilt in der Literatur über Masochismus als wichtiger Beitrag, da sie darin freimütig die sonst verschwiegenen Probleme der Partnerinnen von Masochisten aufzeigt, vor allem die große Belastung, etwas spielen zu müssen, was man nicht ist. Denn nicht sie hat laut ihren Bekenntnissen geherrscht, sondern ihr Mann. Er war es, der ihr die Inszenierungen aufgezwungen hat, die sie mit Widerwillen erfüllten, und der sie gedrängt hat, die Ehe zu brechen.

Carl Felix von Schlichtegroll hat auf ihre »Lebensbeichte« mit seinem Enthüllungsbuch »Wanda ohne Pelz und Maske« reagiert. Er wirft ihren Erinnerungen Lücken und Lügen vor, gibt ihr die Schuld daran, dass der Dichter immer mehr von seinen Fantasien überwältigt wurde und seine Schaffenskraft letztlich daran zerbrach. Darauf antwortete die Beschuldigte mit ihrem Buch »Masochismus und Masochisten, ein Nachtrag zur Lebensbeichte«, das 1908 erschien. Als Resümee ihrer Lebenserfahrungen plädiert sie darin für freie Liebe und gegen die Institution der Ehe: »Kein Gesetz soll Mann und Frau mehr binden, nichts als ihr Wille, ihre Liebe und Freundschaft zueinander; kein Gesetz soll mehr die Liebe der Frau zur *Pflicht* herabwürdigen, sie zum *Eigentum* des Mannes machen ... und wenn die Bedingungen zu einem harmonischen Zusammenleben nicht mehr vorhanden sind, sich freiwillig trennen, ohne dass sie gezwungen sind, mit ihren intimsten Angelegenheiten von Gerichtshof zu Gerichtshof zu laufen ... Vor allem soll die Frau die Freiheit haben, ihren moralisch gesunkenen Manne, der für sie und die Kinder eine Gefahr ist, verlassen zu können, ohne dass der Strafrichter sie dafür verfolgen kann oder ihre ganze Existenz dadurch in Frage gestellt wird ... frei muss die Liebe sein von *jedem* Zwang, damit sie ... das gibt, was sie allein nur geben kann – edle Menschen.«

Wanda von Sacher-Masochs weiteres Schicksal liegt im Dunkeln. Noch in den Dreißigerjahren des vorigen Jahrhunderts hat sie angeblich in Frankreich publiziert, doch ihre Spuren verlieren sich. Es ist weder ihr Todesjahr bekannt noch ihre letzte Ruhestätte.

Die imaginierte Geliebte

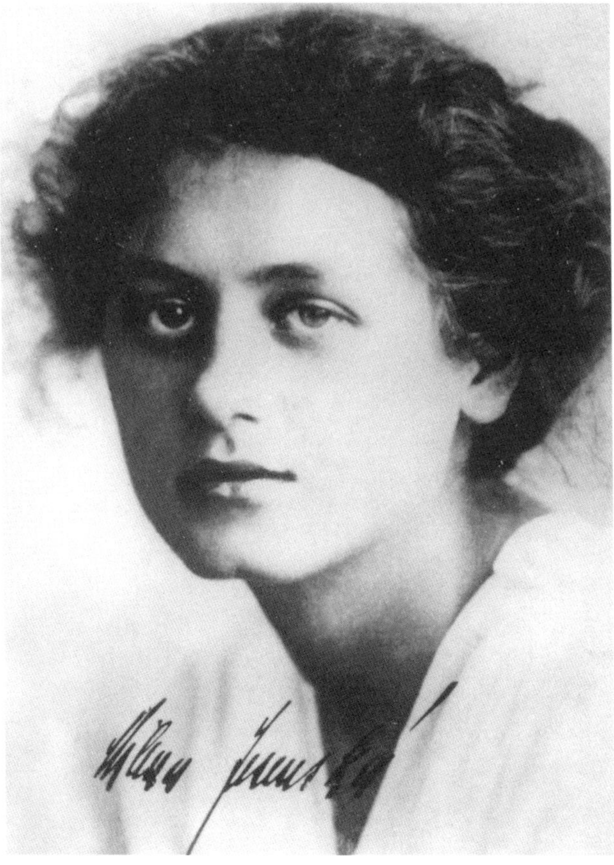

Milena Jesenská

»Briefe schreiben heißt sich vor den Gespenstern entblößen, worauf sie gierig warten. Geschriebene Küsse kommen nicht an ihren Ort, sondern werden von den Gespenstern auf dem Wege ausgetrunken ...«, schreibt Franz Kafka Ende März 1922 an Milena Jesenská.

Diesem Brief waren viele andere vorhergegangen, erschütternde Dokumente einer Leidenschaft, die den Dichter im Innersten trifft – »Liebe ist, dass du mir das Messer bist, mit dem ich in mir wühle.«

Die Frau, die vom Frühjahr1920 bis zum Januar 1921 mit Briefen, Telegrammen und Korrespondenzkarten Kafkas überschüttet wird, ist Journalistin und Übersetzerin, vierundzwanzig Jahre alt, und lebt in Wien. Die geborene Pragerin ist mit Ernst Polak verheiratet, einem Intellektuellen, der als eine der beherrschenden Figuren der Wiener Kaffeehausliteraten täglich in seinem Stammcafé »Herrenhof« mit seinen Freunden diskutiert und debattiert. In diesem Café, nur wenige Häuser von dem traditionsreichen Café »Central« in der Herrengasse entfernt und in den letzten Tagen des Unterganges der österreichisch-ungarischen Monarchie eröffnet, trifft sich, wie Anton Kuh formuliert hat, »alles, was politisch und revolutionär gesinnt war«. Franz Werfel, Egon Erwin Kisch, Franz Blei, Hermann Broch, Karl Kraus, Alfred Polgar und später auch Heimito von Doderer zählen zu den eifrigsten Besuchern.

Ernst Polak und seine Frau Milena, geborene Jesenská, haben einander in Prag kennen gelernt und leben seit ihrer Eheschließung in Wien, wo Polak seine junge Frau in den Kreis der Literaten und Intellektuellen eingeführt hat. Die Schriftstellerin Gina Kaus, eine faszinierende Frau, um deren Gunst die Wiener Boheme wetteifert, und eine gute Freundin Milenas, schreibt in ihren Erinnerungen: »Werfel kannte die Polaks gut, er war mit dem Mann eng befreundet. Er erzählte uns, dass Milena die Tochter eines tschechisch-nationalen und antisemitischen Zahnarztes sei, der so wütend gewesen war, weil sie sich in einen deutschen Juden verliebt hatte, dass er sie, als alle anderen Methoden der Beeinflussung nichts halfen, in eine Irrenanstalt sperrte, wo sie fast ein ganzes Jahr lang festsaß, bis Polak sie heiratete um sie herauszuholen. Zu dieser Zeit war er bereits in eine andere Frau verliebt, die unseligerweise jetzt auch in Wien war. Man konnte es nicht Untreue nennen, denn Milena wusste von jener anderen Frau, als sie Polaks Heiratsangebot annahm, um aus der Irrenanstalt zu kommen, aber das hinderte sie nicht daran, unmäßig eifersüchtig zu sein und zu leiden. ... Wir behandelten sie wie eine Kranke.«

Es ist aber nicht nur diese Geliebte aus Prag, die Milenas Eifersucht erregt. Ernst Polak erprobt nämlich eifrig die Thesen des Arztes und Psychoanalytikers Otto Groß, eines Schülers von Sigmund Freud, wonach totale sexuelle Freizügigkeit die Menschheit von der Unterdrückung durch patriarchalische Herrschaftsstrukturen befreien soll. Das heißt, Polak requiriert die Freizügigkeit für sich und betrügt seine junge Frau nach Strich und Faden. Eine seiner Geliebten teilt sogar für einige Zeit die eheliche Wohnung. Seine Gattin will eine moderne Frau sein, will sich emanzipiert und großzügig erweisen und seine wechselnden Affären tolerieren, ist aber schließlich so verzweifelt, dass sie versucht, sich das Leben zu nehmen. Dann will sie mit gleicher Münze zahlen und beginnt, wie ihre Freundin Gina verrät, ein Verhältnis mit dem Fabrikanten und Schriftsteller Hermann Broch, einem notorischen Frauenhelden. Das aber alarmiert den Ehemann Polak. So weit geht seine Freizügigkeit wieder nicht, dass er seiner Frau erlaubte, was er praktiziert. Eine ganze Nacht verbringt er damit, ihr begreiflich zu machen, um wie viel mehr sie ihm bedeute, als sie ihrem Liebhaber Broch je bedeuten könne. Sie glaubt es, weil sie ihm glauben will. Seine Tiraden fasst sie als Liebesbeweis auf und ist glücklich.

Milena Jesenská wird zwar vom Kreis der Wiener Literaten akzeptiert, doch so wohl wie einst in den Kaffeehäusern im heimatlichen Prag, wo sie umschwärmt und bewundert worden war, fühlt sie sich nicht. Es fehlt ihr der Charme, die Leichtigkeit und die Koketterie der Wienerinnen, die den erotischen Eskapaden, wie sie in den diversen Lokalen angebahnt werden, nicht abgeneigt scheinen. Sie ist aus anderem Holz geschnitzt, ist herb, leidenschaftlich, offen. Franz Xaver Graf Schaffgotsch hat sich Jahre später an sie erinnert: »Sie saß da, unter den Leuten. Sie war jung und sehr hübsch, kräftig und schön gewachsen ... Ich dachte, was hat die da verloren ...«

Die gebürtige Pragerin hat in Wien nicht nur mit Sprachschwierigkeiten zu kämpfen, sondern auch mit finanziellen Nöten. Die großzügige Mitgift, die der Universitätsprofessor Dr. Jan Jesenský seiner einzigen Tochter mitgegeben hat, ist bald verbraucht und der elegante Intellektuelle und Charmeur Polak erörtert mit seinen Freunden im Café lieber die neuesten literarischen Strömungen, als sich mit Trivialitäten wie Haushaltsgeld und Miete abzugeben. Wirtschaften kann ohnehin keiner der beiden.

In Prag hat Milena das Geld mit vollen Händen ausgegeben, jetzt muss die »höhere Tochter« zum ersten Mal in ihrem Leben für sich selbst aufkommen, ist sogar gezwungen, sich mit Gelegenheitsarbeiten über Wasser zu halten. Während Ehemann Ernst Polak im Maßanzug aus feinstem Stoff im Café über Kunst und Literatur diskutiert und bei Prof. Moritz Schlick Philosophie studiert, schleppt sie Koffer auf den Wiener Bahnhöfen. Schließlich nimmt sie eine Stellung als Hausdame bei einem Schauspielerehepaar an, womit sie zwar das Nötigste zum Leben verdient, mehr aber auch nicht. So hat sie sich weder ihre Ehe noch ihr Leben in Wien vorgestellt. Eines Tages nutzt sie die Gelegenheit – und stiehlt. Sie möchte sich endlich wieder einmal so elegant und extravagant kleiden wie früher als junges Mädchen, als sie auf dem Korso in Prag Furore machte, allein schon um den untreuen Ehemann wieder auf sich aufmerksam zu machen. Bei der Gerichtsverhandlung gesteht sie, das Geld für neue Kleider gebraucht zu haben, und gibt offenherzig zu Protokoll: »War ich in erotische Krise.« Nach einer kurzen Gefängnisstrafe ist sie wieder auf freiem Fuß und niemand aus dem Kreis der Freunde trägt ihr das Vergehen nach. Auch Gina Kaus bleibt mit ihr befreundet, obwohl Milena ihr einmal eine Brosche mit ziemlich großen Smaragden gestohlen hat. Sie habe vorerst den Diebstahl geleugnet, erzählt Gina in ihren Memoiren, auf nochmaliges Befragen der Freundin jedoch kurz erklärt: »Das weißt du doch sowieso. Es wäre dir bloß unangenehm gewesen, wenn ich es dir gestanden hätte.«

Gina Kaus ist vielleicht die Einzige im Freundeskreis, die Milenas Wesen wirklich erfasst: »Es gab niemanden, der so wie sie alle Nuancen verstand und sie sogar in grammatikalisch schlechtem Deutsch exakt wiederzugeben wusste. Sie hatte eine Seele.«

Milena Jesenká wurde am 10. August 1896 in Prag geboren. Die Hauptstadt des Königreiches Böhmen und drittgrößte Stadt der österreichisch-ungarischen Monarchie steht an der Wende zu einer neuen Zeit. War früher die Mehrheit der Bevölkerung deutsch, so ziehen als Folge der Industrialisierung immer mehr Tschechen von der Provinz in die Hauptstadt und erreichen schließlich die Mehrheit im Prager Gemeinderat. Die rege Bautätigkeit ist das Zeichen des aufstrebenden tschechischen Bürgertums. Die »Bedientenvölker«, wie Friedrich Hebbel die »Tschechen und Polacken« in einem Gedicht abfällig nennt, »schütteln ihr strupp'ges Karyatidenhaupt«, sie emanzipieren sich. »Böhmen deutscher und slawischer Zunge«, schreibt der böhmische Philosoph Augustin Smetana, »beäugen einander misstrauisch«, bestenfalls ignorieren sie einander, nationalistische Tendenzen auf beiden Seiten verstärken sich. Andererseits geben die nationalen und sozialen Auseinandersetzungen dem geistigen und kulturellen Leben kräftige Impulse. »In Prag vermehren sich die deutschen Lyriker wie die Bisamratten«, spottet in Wien der Böhme Karl Kraus.

Milenas Vater, der stadtbekannte Zahnarzt, Kieferchirurg und Universitätsprofessor Dr. Jan Jesenský , ist ein glühender tschechischer Nationalist, der die Deutschen hasst. Noch mehr aber hasst er die Juden. Er ist stolz darauf, dass einer seiner Vorfahren als Patriot nach der Schlacht am Weißen Berg von den Habsburgern hingerichtet wurde. Die Familie ist angesehen, sein Studium aber musste sich Jan Jesenský – er hat sein Fach auch in Paris und in Berlin studiert – selbst finanzieren, unter anderem mit Kofferschleppen auf Prager Bahnhöfen und diversen Hilfsarbeiten, sogar auch als Kaffeehausgeiger. Seine Frau Milena Hejzlarová stammt aus wohlhabendem bürgerlichem Haus. Als sie die Tochter Milena zur Welt bringt, hat ihr Ehemann eben seine Studien im Ausland beendet und kann sich mit der Mitgift seiner Frau an vornehmer Adresse am unteren Wenzelsplatz eine Zahnarztpraxis einrichten. Außerdem arbeitet er als Assistent an der medizinischen Fakultät der Universität, wo er sich auch habilitiert. Die Vormittage verbringt der Professor in der Regel im Lehrsaal der Universität, die Nachmittage in seiner Praxis, die Abende am Spieltisch, wo er bisweilen horrende Summen verspielt, und die Nächte nicht selten bei einer seiner Geliebten.

Jan Jesenský ist ein Lebemann, elegant und charmant, in seinem Beruf allen Neuerungen aufgeschlossen, zu Hause aber ein konservativer und jähzorniger Patriarch. Seine Frau ist künstlerisch begabt, muss sich aber den Einschränkungen einer konventionellen

Ehe fügen. Von einer Entfaltung ihrer Interessen und Neigungen kann sie höchstens träumen. In ihrer zarten Schönheit gleicht sie den sublimen Frauengestalten der Jugendstilmalerei.

»Meine Mutter hatte grüne Augen und goldbraune Fäden liefen darin in weite unbekannte und undurchdringliche Regionen. Wer weiß, ob sie schön war, die Schönste war sie in jedem Fall«, wird Milena Jesenská über ihre Mutter schreiben. Das Verhältnis der Tochter zum Vater ist schwierig. Er liebt seine Tochter über alles, sie aber fürchtet seinen Zorn. Er schlägt sie, steckt sie sogar einmal in einem Anfall von Jähzorn in eine Truhe mit Schmutzwäsche und wirft den Deckel zu. Umso inniger schließt sich das Mädchen der Mutter an. Bei ihr findet sie Zärtlichkeit und Geborgenheit, die der strenge Vater nicht zu geben vermag. In ihren späteren Feuilletons und Reportagen wird Milena immer wieder Erinnerungen an die Mutter einflechten. Sich selbst wird sie als »sehr blass und zart, mit altklugen, trotzigen Augen im kleinen runden Gesicht« beschreiben. »... Ich war weder ein schönes noch ein gutes Kind, sondern ein ungezogenes. Nur meine Mutter verstand mich ganz.«

1899 kommt Milenas Bruder Jan, zärtlich Jeníček genannt, zur Welt. Der heiß ersehnte Erbe kränkelt jedoch und stirbt noch als Säugling. Der Verlust des Sohnes ist für den Vater, dessen ärztliche Kunst nicht ausreichte, das Kind am Leben zu halten, ein Trauma, das er nie überwinden wird, für die dreijährige Milena ist der Tod des Bruders ein Schock. Noch viele Jahre später wird sie Franz Kafka bitten, das Familiengrab der Mutter aufzusuchen, in dem der kleine Jeníček beigesetzt ist.

Niemand im Hause Jesenský darf den Namen des verstorbenen Kindes erwähnen. Der Vater will den Tod Jans verdrängen. Unbewusst sieht er in der Tochter Milena einen Ersatz und erzieht sie, als wäre sie ein Junge. An den ausgedehnten Sonntagswanderungen, die der Professor sogar in der Prager Tageszeitung »Národní listy« ankündigt, nimmt sie teil, manchmal auch an den Spaziergängen am frühen Morgen, wenn der Professor seine beiden Hunde ausführt. Milena wird ihr Leben lang eine begeisterte Spaziergängerin bleiben. Sie turnt im tschechischen Turnerbund Sokol, schwimmt, spielt Tennis und lernt sogar Ski fahren.

Das intelligente Mädchen gehört zu den bevorzugten Töchtern

der Prager Gesellschaft, die das »Minerva«, das erste humanistische Mädchengymnasium der österreichisch-ungarischen Monarchie, besuchen. Die Matura an dieser Schule, die 1890 von tschechischen Intellektuellen unter erheblichen finanziellen Opfern gegründet worden war, berechtigt zum Universitätsstudium – und der Professor legt auf eine akademische Ausbildung seiner Tochter größten Wert. Darin gleicht er anderen tschechischen Patrioten, die ganz bewusst die Emanzipation der Frau als Mittel im Kampf um die Emanzipation der tschechischen Nation einsetzen. Man will die Übermacht des deutschen kulturellen Einflusses auch mit der Hilfe gebildeter Frauen brechen. Die »Minervistinnen«, wie die Schülerinnen des Gymnasiums genannt werden, bilden später die Elite der modernen Frauen Prags. Die Mädchen sind offener, freier und viel selbstbewusster als andere »höhere« Töchter, was die männliche Jugend teils verunsichert, teils aber auch reizt, wie der Spottvers »Dívko z Minervy, ach nervi mi nervy!«[1] zeigt.

Kaum hat Milenas Schulzeit am Gymnasium begonnen, erkrankt ihre Mutter schwer. Von perniziöser Anämie ist die Rede, auch von einem Rückenmarksleiden flüstert man hinter vorgehaltener Hand und umschreibt damit diskret eine Geschlechtskrankheit. Bürgerliche Ehefrauen sind nicht selten die unschuldigen Opfer praktizierter Doppelmoral und wahrscheinlich ist eine Infektion durch den Gatten auch das tragische Schicksal von Milenas Mutter. Die Affären Jesenskýs sind ja stadtbekannt. Sechs Jahre lang ist die Gattin des Professors zuerst an die Wohnung, dann an den Rollstuhl und letzten Endes ans Bett gefesselt. Jesenský verlangt von seiner Tochter, aus welchen Gründen auch immer, dass sie die Mutter pflegt. Vormittags genießt das intelligente, aufgeweckte Mädchen die fröhliche Atmosphäre in der Schule, wo sie bald zum Mittelpunkt ihrer Klasse wird, aber jeden Nachmittag und oft bis spät in die Nacht sitzt sie am Krankenbett, muss hilflos das langsame Dahinsiechen und Sterben der Mutter miterleben.

Jan Jesenský hat seiner Tochter eine Bürde auferlegt, die das junge Mädchen physisch und psychisch überfordert, zumal er sich kaum um seine Gattin kümmert. Als er eines Tages im Frühling die

[1] Etwa: Ach, die Minerven, wie strapazieren sie meine Nerven.

schwer kranke Frau mit einem Sträußchen Veilchen beschenkt, wenig später die Blumen wieder aus der Vase reißt und damit eine von ihm verehrte Patientin beglückt, ist Milena zutiefst schockiert. In solchen Momenten hasst sie ihren Vater. Immer öfter flüchtet sie aus der bedrückenden Realität des Krankenzimmers in Tagträume – und beginnt zu schreiben. Ihre Gedanken und Gefühle kleidet sie in Gedichte, kleine Erzählungen, Naturschilderungen. Eine Lehrerin nimmt sich des Mädchens an, zu ihr hat Milena Vertrauen. In ihren Briefen an die verehrte Albína Honzáková schreibt sie von guten Vorsätzen, erzählt sie von ihren Interessen und von den Büchern, die sie in den langen Stunden am Krankenbett der Mutter liest, wenn diese schläft. Bei Nietzsche, Maeterlinck, Ibsen, Hamsun und Wilde, besonders aber bei Dostojewski sucht sie Trost und Ablenkung. Vor allem Dostojewskis soziales Engagement und sein Fragen nach dem Sinn von Leid berühren sie, denn auch sie leidet mit der geliebten Mutter mit und fragt sich verzweifelt nach dem Sinn dieses Schicksals und nach dem Sinn des Lebens überhaupt.

Nach sechs qualvoll langen Jahren des Siechtums hat Milena Hejzlarová ausgelitten. Der Tod hat sie erlöst. Die Tochter hat Krankheit, Schmerz und Sterben miterleben müssen und diese Erfahrung hat Spuren hinterlassen, hat den Charakter des jungen Mädchens geprägt. Stets wird sich Milena zu Leidenden und Verfolgten hingezogen fühlen und selbst unter schwierigsten Bedingungen zu helfen versuchen. Das Schicksal wird ihr dazu noch genug Herausforderungen stellen. Aber noch ist es nicht so weit.

Jetzt – Milena ist siebzehn Jahre alt – scheint es, als habe die Tochter mit dem Verlust der Mutter auch ihren seelischen Halt verloren. Jetzt beginnt für sie ein neues Leben. Und jetzt, bewusst oder unbewusst, rächt sie das Leid der Mutter am Vater und hält sich schadlos für all das, was ihr in den vergangenen Jahren an Vergnügen, an Unbeschwertheit, an jugendlicher Leichtigkeit vorenthalten worden war. Mit ihren beiden Freundinnen Staša Procházková und Jarmila Ambrožová flaniert Milena Jesenská durch die Straßen Prags, besucht mit ihnen – ohne standesgemäße Begleitung – Theater und Konzerte, jubelt Operndiven, Tenören und Schauspielern zu. Die »höheren« Töchter huldigen ihren Idolen mit Buketts aus Blumen, die sie in Privatgärten oder in öffentlichen Parkanlagen gestohlen haben, benehmen sich schlichtweg skandalös und schockieren fröhlich die Prager Gesellschaft. Milena, dic die asketische Erziehung durch ihren Vater gründlich satt hat, unternimmt jetzt wahre Fresstouren durch die Konditoreien der Stadt und wird in einem Geschäft sogar bei einem Diebstahl ertappt. Sie gibt das Geld, das dem Vater gehört, mit vollen Händen aus, macht auf seinen Namen Schulden, bis sich Professor Jan Jesenský gezwungen sieht, in der Zeitung zu annoncieren, dass er nicht gedenkt, für die Ausgaben seiner Tochter aufzukommen. Ihren Freunden und Freundinnen macht sie großzügig Geschenke, auch aus dem Kleiderschrank des Vaters. Bei einem Kolloquium fällt der Blick des Professors zufällig auf die Füße eines Studenten und er muss verblüfft feststellen, dass die exquisiten Socken, die der Prüfling trägt, seine eigenen sind. Milena hat sie ihrem Freund Jiři Foustka einfach zum Geschenk gemacht. Sie plündert auch den Medikamentenschrank des Professors und probiert mit ihren Freundinnen Schlafmittel, Morphium und Kokain aus, was deren Väter alarmiert und Jan Jesenský in die höchst unangenehme Lage bringt, sich für die ungeratene Tochter rechtfertigen zu müssen.

Der Korso am Sonntag, wenn sich die feine Gesellschaft präsentiert, ist für die drei Mädchen die beste Gelegenheit, die Bürger zu provozieren. Man begrüßt sich, plaudert und diskutiert, die heranwachsenden Töchter wagen erste Flirtversuche, die jungen Herren werfen Blicke. Dabei ist es ungeschriebenes Gesetz, dass die Tschechen auf dem Wenzelsplatz und in der Ferdinandstraße promenieren und die Deutschen, zu denen man auch die dritte Bevölkerungsgruppe, die Juden, zählt, am Graben. Jeder Korso ist streng getrennt und bildet gleichsam ein Spiegelbild der Stadt Prag, die in eine tschechische und eine deutsche Welt zerfällt. Gegen diese Regel verstoßen Milena Jesenská und ihre exzentrischen Freundinnen ganz bewusst. Mit aufgelöstem Haar, in schleierartige Gewänder gehüllt und ohne Strümpfe – was als besonders anstößig empfunden wird – promenieren sie am Graben. Ihr Auftritt ist eine Sensation.

»Eben gehen zwei Mädchen ... vorbei. Beide sind geradezu sensationelle Erscheinungen! Es sind die ersten Prager Mädchen, die bewusst ephebisch, knabenhaft aufgemacht sind. Ihr Stil ist vollkommen. Sie tragen die Haare nach dem Vorbild der englischen Präraffaeliten, sie sind schlank wie Gerten, und ihre Gesichter und Gestalten haben überhaupt nichts Kleinbürgerliches an sich. Es sind vielleicht die ersten tschechischen Mädchen der Vorkriegsgeneration, die sozusagen ihre Welt von der tschechischen Promenade in der Ferdinandstraße bis auf den Korso am Graben verlängert und so den Verkehr mit der jungen Generation der deutschen Literaten angeknüpft haben. Beide sind wirkliche Europäerinnen! Sie sind ganz einfach eine Sensation ...«, erzählt ein Augenzeuge voll Bewunderung. »Dann erscheinen ... einige Literaten aus dem Kreis um Werfel und stellen uns die beiden Mädchen vor: ›Milena – Fräulein Staša!‹ Es ist kein Zweifel: Milena ist die Tonangebende der beiden.«

Das deutsch-jüdische Prag, das der Vater so sehr verabscheut, übt auf die rebellische Tochter eine besondere Anziehungskraft aus. Milena und ihre Freundinnen halten Einzug im Café »Arco«, wo sich die deutschsprachigen jüdischen Literaten versammeln. »Wie haben wir die Jungen vom Graben und aus dem Arco gehasst. Aus unseren Jagdgründen hatten sie uns die schönsten Mädchen herausgefischt. Ihre deutsch-jüdischen Mädchen waren dagegen langweilig und unansehnlich. Im Sommer in den Badeanstalten konnte man es gut beobachten und vergleichen«, empörte sich ein tschechischer Zeitgenosse noch in der Erinnerung.

Von Langeweile kann bei Milena wirklich nicht die Rede sein. Sie strotzt vor Einfällen und Eskapaden, die im Grunde eine einzige Rebellion gegen den Vater sind. Sie bewundert ihn zwar, seine Stellung in der Gesellschaft imponiert ihr und sie ist stolz auf seine wissenschaftliche Kompetenz – Jesenský hat eine Abteilung für Gesichtsverletzungen eingerichtet und maßgeblich zur Entwicklung des Faches Kieferchirurgie beigetragen –, gleichzeitig aber scheint sie ihn dafür bestrafen zu wollen, was er ihr und ihrer Mutter angetan hat. Mit ihrem Temperament und mit der vom Vater ererbten Vitalität stürzt sie sich in Abenteuer und Affären und bringt damit sich und natürlich auch den Professor ins Gerede. Einem Maler soll sie nackt Modell gestanden haben, munkelt man zum Entsetzen des Vaters in Prag. Auch soll sie einmal, um noch rechtzeitig zu einem Rendezvous zu kommen, in Kleidern über die Moldau geschwommen sein.

Eine Liaison mit einem Operettensänger endet in einer Enttäuschung, wie sie ihrer Lehrerin Honzáková anvertraut: »Es ist eine alltägliche Geschichte ... Ich hatte jemanden gerne, und als ich ganz glücklich war, bekam ich seine Heiratsanzeige. Es gab einige Tage und zwei Nächte, und sie waren schön – und meine – und doch sage ich mir jetzt, es hätten weniger sein sollen, weil die Leute es wissen. Über mein Märchen wird in Prag getratscht.« Und später, als der Erste Weltkrieg bereits im Gange ist, schreibt sie der geliebten Lehrerin: »Einen einzigen Menschen auf der Welt hatte ich und habe ich noch gerne. Meine Seele würde ich für ihn geben. – Schon einmal habe ich Ihnen darüber geschrieben ... und heute lese ich in der Zeitung, dass er zum Krüppel wird – beide Beine zertrümmert. Und ich lerne für morgen Geschichte – mein Gott – im Kopf höre ich nur das eine Wort: zertrümmert – zertrümmert – nein, es ist nicht schön, auf der Welt zu sein. Nein.«

1915 legt Milena Jesenská die Matura ab und beginnt auf Wunsch des Vaters, der die Familientradition gewahrt haben will, Medizin zu studieren. Doch die Arzttochter erträgt das Sezieren nicht, muss ständig gegen Ohnmachtsanfälle ankämpfen. Professor Jesenský, der als Kieferchirurg vor allem Soldaten mit Schussverletzungen operiert, verlangt, dass ihm Milena dabei assistiert. Als ein grauenhaft zugerichteter Frontsoldat, den der Professor zwar operiert hat, der aber trotzdem schwerst beeinträchtigt bleibt, die Schmerzen nicht mehr ertragen kann und sich erschießt, steht ihr Entschluss fest: Sie gibt das Medizinstudium auf und wendet sich der Musik und der Literatur zu. Doch es fehlt ihr an Ausdauer und Disziplin, um ein Studium ernsthaft zu betreiben. Viel lieber besucht sie mit ihren Freundinnen die Kaffeehäuser Prags, am häufigsten das »Arco«. Max Brod, Franz Werfel, Johannes Urzidil, Willy Haas, Egon Erwin Kisch sind Stammgäste. Franz Kafka kommt nur selten. Später wird er sich vage daran erinnern, Milena Jesenská einmal im »Arco« gesehen zu haben. In der Prager »Arconautenrunde« gibt man sich betont progressiv, hält Verbindung zum Kreis »Jung Wien« und versteht sich als Prager Antipode zur Wiener Szene. Karl Kraus, der Böhme aus Jičín, ätzt in Wien in der »Fackel«: »Es werfelt und brodet und kafkat und kischt ...«, was aber dem Selbstbewusstsein der Prager Literaten keinen Abbruch tut.

Milena macht in diesen Kreisen Furore. Sie »war sehr schön,

schlank, nicht delikat, sondern von knabenhafter Herbheit. Besonders bemerkenswert war ihr Gang, ganz ohne vulgäres Wiegen der Hüften. Man hatte den Eindruck, als koste sie der schöne Rhythmus des Ganges nicht die geringste Anstrengung, als sei er völlig unbeabsichtigt ... Ebenso viel sagend waren die Bewegungen ihrer Hände, ziemlich großer Hände, mit fast knochigen Fingern. Diese Hände spiegelten beinahe jeden ihrer Seelenzustände klarer noch wider als Worte«, erinnerte sich einer der Besucher. Sie ist gebildet und belesen und ihren Freunden gegenüber äußerst großzügig. Man schätzt ihren scharfen Intellekt, ihr Urteilsvermögen und spürt doch hinter aller Modernität Empfindsamkeit und Güte.

Einer, der täglich im Literatencafé »Arco« sitzt, ist Ernst Polak. Der Auslandskorrespondent einer Prager Bank ist eigentlich ein Intellektueller. Außerordentlich gebildet und vor allem in der englischen und der französischen Literatur bewandert, gilt er in Künstlerkreisen als Autorität. Mit kritisch-analytischem Scharfblick kommentiert er das literarische Schaffen seiner Freunde, zu denen in erster Linie Willy Haas und dessen Mitschüler Franz Werfel zählen. Polak selbst ist literarisch kaum produktiv, was ihm die Bezeichnung »Literat ohne Werk« eingetragen hat, aber er ist der Mentor vieler aufstrebender junger Dichter in Prag und später auch in Wien. Der äußerlich eher unscheinbare Mann ist stets elegant gekleidet und verfügt über einen Charme und eine Ausstrahlung, denen sich Milena Jesenská – und zu ihrem Leidwesen auch andere Frauen – nicht entziehen kann. »In seiner Haltung, besonders der des Kopfes, in seinen Bewegungen der kleinen, aber nervigen Hände war mitunter etwas charmant Irrsinniges ...«, beschreibt Heimito von Doderer im Roman »Die Strudlhofstiege« den »kleinen E. P.«. Doderer erwähnt Polaks »eigentümlich schmelzenden Ton, der zusammen mit dem feuchten Glanz der mandelförmigen Augen eine eindringliche Herzlichkeit aussprach, einen Andrang von Herzlichkeit, möchte man sagen, an deren Echtheit nicht zu zweifeln war«, und fügt hinzu: »Er war nicht ganz harmlos.«

Der »nicht ganz harmlose« Polak hat sich am Moldaukai eine Wohnung eingerichtet, wo ihn Milena oft besucht und großzügig beschenkt, zum Beispiel mit einer in Leder gebundenen Ausgabe der Werke Balzacs in sechzehn Bänden. Natürlich hat sie die Prachtausgabe mit dem Geld des Vaters gekauft. Mit dem um zehn Jahre älteren Ernst Polak kann sie über Musik und Literatur diskutieren. Er nimmt sie ernst und hört ihr zu, fügt sich auch ihren romantischen Anwandlungen und lässt sich mitschleppen, wenn sie nächtliche Spaziergänge auf Friedhöfen unternimmt oder den Sonnenaufgang erleben will, was dem notorischen Kaffeehaussitzer ein besonderes Opfer gewesen sein mag. Im Freundeskreis gelten er und die exzentrische Professorentochter als ein Paar.

Als Milena einmal Ferien im Böhmerwald macht und im Hotel untergebracht ist, quartiert sich Ernst Polak im Hotel daneben ein, wo ihn die Freundin jede Nacht besucht. Das bleibt natürlich nicht verborgen und es kommt zu einer scharfen Auseinandersetzung zwischen dem Vater und seiner eigenwilligen Tochter. Für den konservativen Tschechen Jesenský ist die Affäre Milenas mit einem Deutschen, noch dazu mit einem Juden, eine nationale Schande. Polak führt eine Aussprache herbei, die für ihn so beleidigend verläuft, dass er seine Beziehung zu Milena lösen will. An seinen Freund Willy Haas schreibt er im November 1916: »Ich war verletzt, öffentlich, nach offizieller Aussprache mit dem Vater – wir hatten sogar eine Wohnung aufgenommen – diese Verbindung habe ich gelöst – in durchaus ehrenhafter Weise – nach einer furchtbaren Krise ... M. leidet Unsagbares und mir geht's sehr schlecht. Was wird, weiß ich nicht, jetzt kann ich nicht heiraten. Fragen Sie bitte nicht, was geschehn ist.« Er habe die Geliebte dreimal vom Selbstmord zurückgerissen, schreibt Polak und deutet kryptisch »entsetzlichste Dinge« an, die geschehen sind.

Im Frühjahr 1917 wird Milena schwanger. In ihrer Verzweiflung versucht sie das Kind abzutreiben und verblutet fast dabei. Buchstäblich in letzter Minute kann Jesenský das Leben seiner Tochter retten. Von ihrem Geliebten aber will sie auch jetzt nicht lassen. Nun greift der Professor zu einer drakonischen Maßnahme: Er lässt Milena kurzerhand in die geschlossene Nervenheilanstalt Veleslavín einliefern – wegen »krankhaften Fehlens moralischer Begriffe und Gefühle«, wie die offizielle Begründung lautet. Der Stadtarzt Dr. Prochaska, der Vater von Milenas Freundin Staša, hat ihn dabei tatkräftig unterstützt. Er war heilfroh, seine Tochter dem unheilvollen Einfluss der Professorentochter entziehen zu können.

In einem Gespräch, das der deutsch-tschechische Schriftsteller Ota Filip 1983, also viele Jahre später, mit der Prager Journalistin Hana Šklíbová geführt hat, erfährt man allerdings einen anderen Beweggrund für die Einweisung. Šklíbová behauptet, Milena sei von ihrem Vater in die Anstalt gebracht worden, weil sie damals schon Morphinistin gewesen sei und man in Veleslavín Drogensüchtige behandelte.

Wie dem auch gewesen sein mag – Milenas Freunde und Freundinnen sind entsetzt. Ihre ehemaligen Mitschülerinnen, die »Minervistinnen«, besuchen sie, wann immer es möglich ist, bilden die Brücke zur Außenwelt und stellen auch den Kontakt zu Ernst Polak her. Milena kümmert sich indes um die oft von Freunden und Angehörigen verlassenen Insassen der Anstalt und bestärkt sie, wenn sie sich gegen Maßnahmen der Ärzte und des Pflegepersonals wehren. In einem Brief an den Schriftsteller Max Brod schreibt sie nach ihrer Entlassung: »Nur ist Psychiatrie eine entsetzliche Sache, wenn sie missbraucht ist, anormal kann alles sein und jedes Wort ist eine neue Waffe für die Quäler …«

Im März 1918 wird sie aus der Anstalt entlassen. Jetzt hält Ernst Polak offiziell bei Professor Jan Jesenský um Milenas Hand an. Dieser, von Vorwürfen und Anfragen seiner Bekannten und Verwandten bezüglich des Geisteszustands seiner Tochter zermürbt, gibt endlich seine Einwilligung – allerdings unter einer Bedingung: Milena und ihr Mann müssen sofort nach der Hochzeit Prag verlassen.

Im Frühsommer 1918 trifft das frisch vermählte Ehepaar am Wiener Franz-Josephs-Bahnhof ein. Die Ankunft in Wien versetzt der jungen Frau einen Schock. Polak lässt sie nämlich einfach stehen und begibt sich zu seiner Geliebten, die von Prag nach Wien gezogen ist. Von Anfang an will er seiner Gattin klar machen, was er unter einer modernen Ehe versteht und dass er nicht gewillt ist, sich für sie verantwortlich zu fühlen. Milena leidet entsetzlich, aber sie hat keine Wahl, als sich zu fügen. In den Kaffeehausrunden, zu denen der Ehemann sie mitnimmt, findet sie wenig Trost. Verständnis bringt ihr nur Gina Kaus entgegen.

Schließlich gelingt es ihr, sich beruflich zu etablieren. Sie gibt Tschechischunterricht, privat und an Handels- und Sprachschulen, arbeitet als Übersetzerin und schreibt regelmäßig Artikel, Reportagen und Feuilletons für Prager Zeitungen und Zeitschriften, u. a. für die liberale tschechische Tageszeitung »Tribuna« und die Zeitung »Národní listy«. Ihre Reportagen stoßen auf großes Interesse. Im Unterschied zu ihren Freunden bleibt Milena Jesenská nämlich nicht im Kaffeehaus sitzen und debattiert mit ihresgleichen, sondern geht auf die Straße, geht unter die Menschen und hört ihnen zu. Mit ihrem sozialen Mitgefühl, ihrem Gespür für die Not der Armen und Unterprivilegierten berichtet sie den tschechischen Lesern vom Elend der Nachkriegsjahre in Wien: »Es gibt kein Brennmaterial, keine Kohle, kein Holz, keinen Strom. Die Züge fahren im ganzen Land nicht, die Fabriken stehen jeden Augenblick still, die Geschäfte schließen um fünf Uhr, in den Restaurants und Kaffeehäusern brennt ab acht Uhr ein flackerndes Karbidlämpchen ...«

Sie schreibt über die Lebensmittelknappheit und die Preise, die auf dem Schwarzmarkt verlangt werden – »einen Laib übel riechendes, schimmliges Brot für 50 K.! Ein kg Mehl kostet 50 K., ein kg Reis 80 K. ... ein kg Butter 200 K., ein kg Fleisch 150–250 K., eine Gans 1000 K.!« Sie empört sich über die Vergnügungssucht der Reichen und der Kriegsgewinnler, die im krassen Widerspruch zur bitteren Armut der Bevölkerung steht: »Dann die vielen, die keine Arbeiter sind, die vielen Witwen, Krüppel, Straßenkehrer, Briefträger, kleinen Handwerker – diese Familien vegetieren wirklich in Favoriten und Ottakring in muffigen Zimmern mit Wäscheleinen voller Lumpen. Dort herrscht angstvolle nackte Not! Dabei spielen in Wien fünfzehn Theater, die trotz der enormen Preise täglich ausverkauft sind. ... Zwanzig Kabaretts, zwanzig Bars, viele Restaurants, in denen man nicht unter 200 K. zu Abend speisen kann, alles voll ... Wien prasst, Wien tanzt, Wien amüsiert sich, Wien singt und spielt Walzer und unsinnigere Operetten als je zuvor. Und dasselbe Wien siecht dahin ...«

Sie informiert ihre Leserinnen und Leser aber auch über Mode, über das neue Kulturphänomen Film, über Reklame und über die Wiener Institution Kaffeehaus. In ihrem Beitrag »Das Kaffeehaus« kritisiert sie unverblümt die Lebensweise jener Kreise, in denen ihr Mann Hof hält: »Ein schöpferischer Mensch ist allein. Ein unschöpferischer sucht Zerstreuung. Er sucht Unterhaltung, die seinem Niveau entspricht: Gespräche, Literatur, wenigstens den Beigeschmack des Schöpferischen. Und wie eine infektiöse Krankheit ist auch jede geistige Atmosphäre ansteckend. Wer einmal dem faulen, schleichenden Lebenstempo dieser Kaffeehäuser verfällt, dringt selten zur Spitze vor. Freilich, freilich, das ist nicht ganz so, denn wer im Stande ist, zur Spitze vorzudringen, verfällt dem Kaffeehaus nicht.«

Ernst Polak, der unschöpferisch dem Kaffeehaus verfallen ist, aber ein untrügliches Gespür für literarische Qualität hat, vermittelt seiner Frau die Bekanntschaft mit dem Werk des in Wien noch völlig unbekannten Dichters Franz Kafka. Damit löst er ungewollt den Beginn einer Beziehung aus, die künftig das Leben seiner Frau bestimmen wird. Denn die Hoffnungen, die Milena Jesenská als junge Frau in ihre Heirat mit Ernst Polak gesetzt hat, erfüllen sich nicht. Nach etwa zehn Monaten ist die eheliche Gemeinschaft in »Auflösung« begriffen. In der gemeinsamen Wohnung in der Lerchenfelder Straße im 8. Bezirk, in der »lärmenden, wilden, grauen, städtischen Lerchenfelder Straße«, wie Kafka schreibt, muss sie fallweise sogar Polaks Geliebte beherbergen. Der Dichter Kafka wird fortan zum Brennpunkt von Milenas Aufenthalt in Wien. Seine Briefe, in denen er ihr seine Liebe, seine Ängste und seine Verzweiflung gesteht, gehören zum Schönsten, was an Liebesbriefen je geschrieben wurde. Als »Briefe an Milena« werden sie Jahrzehnte später ihren Vornamen in alle Welt tragen.

Milena kann sich erinnern, Kafka einmal gesehen zu haben – vor Jahren im Café »Arco« in Prag. Er hat es manchmal in Gesellschaft seines Freundes, des Schriftstellers Max Brod, besucht, zählte aber nicht zu den Stammgästen. Jetzt, nachdem sie gelesen hat, was von ihm bereits erschienen ist, schreibt sie ihm einen Brief mit der Bitte, seine Erzählung »Der Heizer« ins Tschechische übersetzen zu dürfen, was er gerne annimmt. Von seinen Erzählungen und Romanen ist noch nichts auf Tschechisch publiziert. Auch Kafka kann sich, allerdings nur vage, an das junge Mädchen von damals im »Arco« erinnern: »Nur wie Sie dann zwischen den Kaffeehaustischen weggingen, Ihre Gestalt, Ihr Kleid, das sehe ich noch ...«

Im Frühling 1920 weilt Franz Kafka in Meran zur Kur. Der Doktor der Rechtswissenschaften und Versicherungsangestellte ist siebenunddreißig Jahre alt und bereits schwer krank. Seiner Übersetzerin, deren Arbeit er mit Anmerkungen auf Zetteln versehen hatte, schreibt er von der Befürchtung, »dass ich Sie in meinen Zetteln irgendwie verletzt habe (welche gegen allen meinen Willen grobe Hand hätte ich, wenn das gewesen sein sollte) oder, was freilich noch schlimmer wäre, dass der Augenblick ruhigen Ausatmens vorüber und wieder eine schlechte Zeit für Sie gekommen ist ...« Er schließt mit der knappen Aufforderung: »Ich erwarte also zweierlei. Entweder weiteres Stillschweigen, das bedeutet ›Keine Sorge, mir geht es recht gut.‹ Oder paar Zeilen.«

Kafka ist in jenem Frühling seelisch und körperlich erschöpft – die Verlobung mit der Berlinerin Felice Bauer hat er zum zweiten und zum endgültigen Mal gelöst und auf die Verlobung mit Julie Wohryzek, »ein im Herzen tapferes, ehrliches, selbstvergessendes Mädchen«, wird in Kürze die Entlobung folgen. Aber Milena Jesenská beeindruckt ihn, vom Beginn der Bekanntschaft an und – aus sicherer Entfernung. Er ist fasziniert von ihrer Vitalität, ihrer Spontaneität und ihrer Intelligenz. An seinen Freund Max Brod schreibt er: »Sie ist ein lebendiges Feuer, wie ich es noch nie gesehen habe, ein Feuer übrigens, das trotz allem nur für ihn [Ernst Polak] brennt. Dabei äußerst zart, mutig, klug und alles wirft sie in das Opfer hinein, oder hat es, wenn man will, durch das Opfer erworben. Was für ein Mann allerdings auch er, der das erregen konnte.«

Milena antwortet auf Kafkas Aufforderung, »paar Zeilen« zu schreiben, und bald entspinnt sich ein reger Briefwechsel zwischen Wien und Meran. Seine Briefe sind zärtlich, voll liebender Fürsorge und Rücksicht. Was sie in Wien und in ihrer Ehe so sehr vermisst, nämlich Wärme und Geborgenheit, das spürt sie in seinen Worten.

»Es ist ja wahrscheinlich ein Nichts, wenn man Sie ein wenig behütet. Dass man Sie aber ein wenig behüten muss, muss doch jeder einsehn, der Sie lieb hat, da muss doch alles andere schweigen«, schreibt Kafka im April 1920 in einem Brief, in dem er sich über Milenas angegriffene Lunge Sorgen macht und ihr auch von seiner Erkrankung berichtet. Im Juni schreibt er: »Man müsste Milena Ihr Gesicht zwischen beide Hände nehmen und Ihnen fest in die Augen sehn, damit Sie in den Augen des anderen sich selbst erkennen und von da an nicht mehr im Stande sind, Dinge, wie Sie sie dort geschrieben haben, auch nur zu denken.« Er interessiert sich für ihre

Gesundheit und ihr Wohlbefinden, für alles, was Milena bewegt und tut, auch für ihre journalistischen Arbeiten, die in Prager Zeitungen und Zeitschriften erscheinen. Max Brod erzählt, mit welchem Eifer Kafka jede Nummer der »Tribuna« durchblätterte, ob etwas von Milenas Feder darin enthalten sei. »Ich kenne ... im Tschechischen nur eine Sprachmusik, die der Božena Němcová[2], hier ist eine andere Musik, aber jener verwandt an Entschlossenheit, Leidenschaft, Lieblichkeit und vor allem einer hellsichtigen Klugheit«, schreibt der Dichter begeistert seiner Übersetzerin. Und Max Brod resümiert: »Kafkas literarische Hochschätzung war gewiss nicht bloß in seiner Liebe, sondern auch in einer objektiven Wertung der schriftstellerischen Qualitäten Milenas gegründet. Sein Urteil über Dinge der Literatur war immer höchst eigenartig, prägnant, nur selten irrte er.«

Milena Jesenská ist die erste Übersetzerin von Kafkas Werken ins Tschechische. Sie erkennt sein Genie, das Vollkommene seiner Prosa. Die Erzählung »Der Heizer«, die später zum Anfangskapitel des Romans »Amerika« wird, erscheint im April auf Tschechisch in »Kmen«, der Wochenzeitschrift für »Literatur, Leben und Kunst«. Im Juli wird »Unglücklichsein« in der Zeitschrift »Tribuna« in Jesenskás Übersetzung veröffentlicht, im September erscheinen sechs Stücke aus Kafkas »Betrachtung« in »Kmen« und ebenfalls im September erscheint in der »Tribuna« der »Bericht für eine Akademie«. Ende Dezember 1921 publiziert die Wochenzeitschrift »Cesta« die Erzählung »Das Urteil«.

Franz Kafka schreibt Milena mindestens einmal am Tag. Der Ton wird zusehends intimer und leidenschaftlicher. »Ich bin auf einem so gefährlichen Weg, Milena. Sie stehn fest bei einem Baum, jung, schön, Ihre Augen strahlen das Leid der Welt nieder. Man spielt škatule, škatule, hejbejte se[3], ich schleiche im Schatten von einem Baum zum andern, ich bin mitten auf dem Weg, Sie rufen mir zu, machen mich auf Gefahren aufmerksam, wollen mir Mut geben, entsetzen sich über meinen unsicheren Schritt, erinnern mich

[2] Tschechische Schriftstellerin (1820–1862), richtungsweisend für die realistische tschechische Prosa.

[3] Das Kinderspiel »Bäumchen, Bäumchen, wechsle dich«.

Franz Kafka

(mich!) an den Ernst des Spiels – ich kann nicht, ich falle um, ich liege schon. Ich kann nicht gleichzeitig hören auf die schrecklichen Stimmen des Innern und auch auf Sie, aber ich kann hören auf jene und es Ihnen vertrauen, Ihnen, wie niemandem sonst auf der Welt.«

Er vertraut der Freundin Schuldgefühle und Selbstanklagen an, sein schwieriges Verhältnis zum Vater, ja er schickt ihr sogar den »Brief an den Vater« und offenbart ihr seine Einstellung zum eigenem Judentum. Immer wieder schreibt er über das Gespenst der Angst, das ihn peinigt, Angst vor dem Leben, Angst vor den Frauen, Angst vor jeder Entscheidung.

Als sein Kuraufenthalt in Meran zu Ende geht, möchte seine Brieffreundin ihn endlich sehen. Er aber zögert, verlängert den Aufenthalt, schreckt vor der Begegnung zurück: »... ich wäre auch ohne das Telegramm nicht im Stande gewesen nach Wien zu fahren, im Gegenteil, das Telegramm wirkt eher als Argument für die Fahrt. Ich komme ganz bestimmt nicht, sollte ich aber doch – es wird nicht geschehen – zu meiner schrecklichen Überraschung in Wien sein, dann brauche ich ... eine Bahre, auf der ich mich ein Weilchen niederlegen kann«, teilt er am 31. Mai mit. Den Brief vom 2. Juni, in dem er von hundert »inneren Gründen, nicht zu kommen« spricht, schließt er mit den Worten: »Ja, das wollte ich noch sagen: Wenn Sie gegen Ende der 14 Tage noch so fest wollen, dass ich komme, dann komme ich.« Am 12. Juni aber heißt es: »Ob ich nach Wien komme, kann ich heute noch nicht sagen, ich glaube aber, ich komme nicht.« Es ginge über seine »geistige Kraft«, rechtfertigt er sich und gesteht im selben Brief: »Milena ... du bist für mich keine Frau, bist ein Mädchen, wie ich kein Mädchenhafteres gesehen habe, ich werde dir ja die Hand nicht zu reichen wagen, Mädchen, die schmutzige, zuckende, krallige, fahrige, unsichere heiß-kalte Hand.«

Schließlich aber kommt Kafka doch. Er quartiert sich in einem Hotel nahe dem Wiener Südbahnhof ein und zögert noch weitere drei Tage, ehe er die Begegnung wagt. Vorher hat er eine Karte abgeschickt: »Bitte Milena überrasche mich nicht durch Von-der-Seite- oder Von-rückwärts-Herankommen, ich will es auch nicht tun.« Doch dann folgen vier Tage so unbeschwerten Glücks, dass Kafka schreibt: »Und trotz allem glaube ich manchmal: wenn man durch Glück umkommen kann, dann muss es mir geschehn. Und kann ein zum Sterben Bestimmter durch Glück am Leben bleiben, dann werde ich am Leben bleiben.«

Vier Tage lang ist es Milena gelungen, Frank, wie sie Kafka nennt, von dem Gespenst der Angst zu befreien. »In den vier Tagen,

in denen Frank neben mir war, hat er sie verloren. Wir haben über sie gelacht ... Es war nicht die geringste Anstrengung nötig, alles war einfach und klar, ich habe ihn über die Hügel hinter Wien geschleppt, ich bin vorausgelaufen, da er langsam gegangen ist, er ist hinter mir hergestampft, und wenn ich die Augen schließe, sehe ich noch sein weißes Hemd und den abgebrannten Hals und wie er sich anstrengt. Er ist den ganzen Tag gelaufen, hinauf, hinunter, er hat schrecklich viel gegessen und wie ein Dudelsack geschlafen, er war einfach gesund, und seine Krankheit war uns in diesen Tagen etwas wie eine kleine Erkältung«, wird sie nach dem Ende der Beziehung in einem verzweifelten Brief Max Brod berichten.

Mit dem Scharfblick der Liebenden weiß Milena Jesenská um die Lebensschwäche des Dichters, um die Gefährdung, der er mit seiner Sensitivität und seinem ethischen Rigorismus ausgesetzt ist. In einem Brief an Brod stellt sie fest: »Gewiss ist die Sache so, dass wir alle dem Augenschein nach fähig sind zu leben, weil wir irgend einmal zur Lüge geflohen sind, zur Blindheit, zur Begeisterung, zum Optimismus, zu einer Überzeugung, zum Pessimismus oder zu sonst etwas. Aber er ist nie in ein schützendes Asyl geflohen, in keines. Er ist absolut unfähig zu lügen, so wie er unfähig ist, sich zu betrinken. Er ist ohne die geringste Zuflucht, ohne Obdach. Darum ist er allem ausgesetzt, wovor wir geschützt sind. Er ist wie ein Nackter unter Angekleideten ...«

Milena beeinflusst Kafka auch in seinem literarischen Schaffen. In dem Roman »Das Schloss«, den Brod gegen die Anweisung Kafkas, der gebeten hat, nach seinem Tod seinen Nachlass zu vernichten, veröffentlicht, sind in den literarischen Frauenfiguren Frieda und Amalia Wesenszüge Milena Jesenskás zu erkennen. So kann Frieda als Verkörperung der sinnlichen, triebhaften Seite in ihrem Charakter interpretiert werden, ihre humanistische Haltung hingegen, ihr soziales Mitfühlen und Mitleiden sowie ihr Stolz und ihre Würde haben die literarische Figur der Amalia beeinflusst.

Kafka kehrt nach dem Aufenthalt in Wien nach Prag zurück und jetzt, aus der Entfernung, bedrängt er Milena, sich von Ernst Polak zu trennen. Er will, dass sie zu ihm nach Prag kommt. Sie soll ganz ihm gehören. Gleichzeitig aber hat er Angst davor. Milena ist jedoch nicht bereit, ihren Mann zu verlassen. Sie liebt Kafka, aber sie liebt auch ihren Mann – immer noch und trotz allem.

Bei ihrer Entscheidung, in Wien zu bleiben, hat sicher auch Kafkas ablehnendes und angsterfülltes Verhältnis zur Sexualität eine Rolle gespielt. Milena Jesenská ist eine gesunde junge Frau, und wenn sie einen Mann liebt, so ist die körperliche Erfüllung für sie das Höchste in der Beziehung zwischen Mann und Frau. Für Kafka – wie für viele seiner Zeitgenossen – ist das Verhältnis zwischen den Geschlechtern zwiespältig, geteilt in die niedrige Sexualität und in die reine Liebe zur Frau. Eine Unterscheidung, die Milena in ihrer Vitalität und nach ihrer Auffassung von Liebe nicht verstehen und nicht akzeptieren kann.

Wieder gehen Briefe und Telegramme, jetzt zwischen Prag und Wien, hin und her. »Alles kann ich ertragen, dich im Herzen, und wenn ich einmal geschrieben habe, dass die Tage ohne deine Briefe entsetzlich waren, so ist das nicht richtig, sie waren nur entsetzlich schwer, das Boot war schwer, es hatte entsetzlichen Tiefgang, aber es schwamm doch auf deiner Flut. Nur eines, Milena, kann ich ohne deine ausdrückliche Hilfe nicht ertragen: die ›Angst‹, dafür bin ich viel zu schwach, ich kann ja diese Ungeheuere nicht einmal überblicken, es schwemmt mich fort«, schreibt er Mitte Juli aus Prag.

Pläne, einander in Wien oder Prag zu sehen, wechseln ab: »Aber von der Reise nach Wien solltest du nicht schreiben; ich werde nicht kommen, aber jede Erwähnung dessen ist ein Feuerchen, das du mir an die bloße Haut hältst, es ist schon ein kleiner Scheiterhaufen, und er brennt nicht nieder, sondern immer mit gleicher, ja mit steigender Kraft. Das kannst du doch nicht wollen«, schreibt Kafka Ende Juli und gesteht am 9. August: »Die schönsten Briefe unter den deinigen ... sind die, in denen du meiner ›Angst‹ Recht gibst und gleichzeitig zu erklären versuchst, dass ich sie nicht haben muss. Denn auch ich, mag ich auch manchmal aussehn wie ein bestochener Verteidiger meiner ›Angst‹, gebe ihr im tiefsten wahrscheinlich Recht, ja ich bestehe aus ihr und sie ist vielleicht mein Bestes. Und da sie mein Bestes ist, ist sie vielleicht auch das allein, was du liebst. Denn was wäre sonst Liebenswertes an mir zu finden. Dieses aber ist liebenswert.« Wie ein Leitmotiv bestimmt die Angst, die nur durch die Liebe besiegt werden könne, seinen Brief. »... Da ich dich liebe (und ich liebe dich also, du Begriffsstützige, so wie das Meer einen winzigen Kieselstein auf seinem Grunde lieb hat, genau so überschwemmt dich mein Liebhaben – und bei dir sei ich wieder der Kieselstein, wenn es die Himmel zulassen,) liebe ich die ganze Welt und dazu gehört auch deine linke Schulter, nein, es war zuerst die rechte und darum küsse ich sie, wenn es mir gefällt (und du so lieb bist, die Bluse dort wegzuziehen) und dein Gesicht über mir im Wald und dein Gesicht unter mir im Wald und das Ruhen an deiner fast entblößten Brust. Und darum hast du Recht, wenn du sagst, dass wir schon eins waren, und ich habe gar keine Angst davor, sondern es ist mein einziges Glück und mein einziger Stolz und ich schränke es gar nicht auf den Wald ein.«

Für Milena sind Kafkas Briefe – und seien sie auch noch so zärtlich und leidenschaftlich – aber nicht genug. Sie will ihn sehen, ihn spüren, mit ihm glücklich sein – wie jede liebende Frau. Auf ihr wiederholtes Drängen findet eine Begegnung im niederösterreichischen Gmünd, an der Grenze zwischen Österreich und der Tschechoslowakei, statt. Doch das Glück der Tage in Wien lässt sich nicht wiederholen. Sie sind einander fremd geworden, sitzen auf der Terrasse und hören einander höflich zu, »oft und lange, wie fremde Menschen«. Die Erfüllung ihrer Liebe bleibt versagt. Später, 1922, wird Kafka seinem Tagebuch anvertrauen: »Was hast du mit dem Geschenk des Geschlechts getan? Es ist misslungen, wird man schließlich sagen ... Aber es hätte leicht gelingen können ... Milena hat Recht: Die Furcht ist das Unglück.«

Enttäuscht und verstört kehrt Milena Jesenská nach Wien zurück. Der Briefwechsel zwischen ihr und Kafka geht aber weiter, verliert auch nicht an Intensität. Einerseits möchte er sie doch für sich gewinnen, andererseits schreckt er vor dem realen, dem gemeinsamen Leben zurück. »Sagen Sie nicht, dass zwei Stunden Leben ohne weiteres mehr sind als zwei Seiten Schrift«, hat er einmal am Beginn ihrer Beziehung geschrieben. Und jetzt, im November 1920 schreibt er: »Ich kann niemandem begreiflich machen, wie es in mir ist ... Aber das ist auch nicht die Hauptsache, die Hauptsache ist klar: im Umkreis um mich ist es unmöglich, menschlich zu leben; du siehst es, und willst es noch nicht glauben?«

Doch das Ende der Beziehung zeichnet sich langsam ab. Er weiß, dass ein Leben mit der Freundin ein Traum, eine Illusion bleiben muss. »Es gibt wenig Sicheres, aber das gehört dazu, dass wir niemals zusammenleben werden, in gemeinsamer Wohnung, Körper an Körper, bei gemeinsamem Tisch, niemals, nicht einmal in der gleichen Stadt«, schreibt er im Herbst. Zur Erholung hat er sich nach

Matliary in der Hohen Tatra zurückgezogen und von dort schickt er im Januar 1921 Milena einen Brief, der sie trifft wie ein Schock: »Nicht schreiben und verhindern, dass wir zusammenkommen, nur diese Bitte erfülle mir im Stillen, sie allein kann mir irgendein Weiterleben ermöglichen, alles andere zerstört weiter.«

Milena ist fassungslos, vor den Kopf gestoßen, diese Bitte begreift sie nicht. Ihr tägliches Leben war seit Kafkas erstem Brief von ihm bestimmt, von seinen Briefen und ihrem Weg zum Postamt. In ihrer Verzweiflung wendet sie sich an Max Brod, bezichtigt sich der Schuld am Scheitern der Beziehung, glaubt, für die Verschlechterung seines Gesundheitszustands verantwortlich zu sein. Sie ist so verstört, dass sie der deutschen Sprache nicht mehr mächtig ist. Nur in ihrer Muttersprache kann sie jetzt schreiben. » ... vielleicht können Sie so viel Tschechisch, dass Sie mich verstehen«, fleht sie Brod an. »...ich weiß nichts, ich fühle nichts, ich begreife nichts; es scheint mir, dass mir in diesen Monaten etwas ganz Entsetzliches zugestoßen ist ... ich halte nur Franks Brief aus der Tatra in der Hand, eine ganz tödliche Bitte und zugleich ein Befehl ... Nur eines sagen Sie mir, Sie sind mit ihm während der letzten Zeit beisammen gewesen, Sie wissen es: Bin ich schuldig oder bin ich nicht schuldig ... Ich will wissen, ob es mit mir so steht, dass auch unter mir Frank leidet und gelitten hat wie unter jeder andern Frau, so dass seine Krankheit ärger wurde, so dass auch er vor mir in seine Angst fliehen musste ... Ich bitte Sie, antworten Sie mir die völlig nackte, einfache, allenfalls brutale Wahrheit, nämlich das, was Sie wirklich denken ...«

Und in einem zweiten Brief an Max Brod erkennt sie klar, woran ihre Beziehung zu Kafka scheitern musste: »Was seine Angst ist, das weiß ich bis in den letzten Nerv. Sie existierte auch schon vor mir, solange er mich kannte. Ich habe seine Angst eher gekannt, als ich ihn gekannt habe. Ich habe mich gegen sie gepanzert, indem ich sie begriffen habe. In den vier Tagen, in denen Frank neben mir war, hat er sie verloren. Wir haben über sie gelacht. Ich weiß gewiss, dass es keinem Sanatorium gelingen wird, ihn zu heilen. Er wird nie gesund werden, solange er diese Angst haben wird ... Diese Angst bezieht sich nicht nur auf mich, sondern auf alles, was schamlos lebt, auch beispielsweise auf das Fleisch. Das Fleisch ist zu enthüllt, er erträgt nicht, es zu sehen. Das also habe ich damals zu beseitigen vermocht.« Sie erzählt Brod von den Spaziergängen »über die Hügel hinter Wien«, als Kafka »einfach gesund« war und seine Krankheit »wie eine kleine Erkältung ...« schien, und wird schließlich konkret. »Aber ich war mit beiden Füßen unendlich fest mit der Erde hier zusammengewachsen, ich war nicht imstande, meinen Mann zu verlassen, und vielleicht war ich zu sehr Weib, um die Kraft zu haben, mich diesem Leben zu unterwerfen, von dem ich wusste, dass es strengste Askese bedeuten würde auf Lebenszeit. In mir aber ist eine unbezwingbare Sehnsucht ... nach einem ganz anderen Leben ... nach einem Leben mit einem Kinde, nach einem Leben, das der Erde sehr nahe wäre. Und das alles hat wohl in mir über alles andere gesiegt, über die Liebe, über die Liebe zum Flug, über die Bewunderung und nochmals die Liebe ... Und dabei gibt es auf der ganzen Welt keinen zweiten Menschen, der seine ungeheure Kraft hätte: diese absolute unumstößliche Notwendigkeit zur Reinheit und zur Wahrheit. So ist es. Bis zum letzten Blutstropfen weiß ich, dass es so ist. ... das Herz hängt mir wie an einem Angelhaken, wissen Sie, an einem ganz dünnen Häkchen, und das reißt so, mit solch einem dünnen entsetzlichen Schmerz ... Ich werde Frank nicht schreiben, keine Zeile, und was weiterhin geschehen wird, weiß ich nicht.«

Milena schreibt aber doch – zwar nicht regelmäßig, sondern in großen Abständen. Die emotionale Bindung war zu tief, zu innig, als dass Milena sich seiner Bitte hätte fügen können. Vertrautheit und Vertrauen bleiben bestehen, trotz allem. Im Oktober 1921 übergibt Kafka ihr seine Manuskripte und Tagebücher mit der Bitte, sie nach seinem Tod Max Brod auszuhändigen. Er soll alle Manuskripte, Tagebücher, Briefe aus dem Nachlass restlos und ungelesen verbrennen. Ob Brod Milenas Ansinnen: »... sorgen Sie bitte dafür, dass meine Briefe, die Franz hatte, ins Feuer kommen, ich vertraue sie Ihnen ruhig an«, erfüllt hat oder ob diese auf andere Weise verschollen sind, ist nicht bekannt. Ihr Inhalt ist nur mehr aus Kafkas Antworten zu entschlüsseln. Ein letztes Mal sehen Franz Kafka und Milena Jesenská einander, als Kafka todkrank im Sanatorium Kierling bei Wien liegt. Er stirbt am 3. Juni 1924.

Wie sehr Milena Jesenská Franz Kafka geliebt hat und wie scharf sie seine Lebensproblematik erkannte, beweist der Nachruf, den sie für die Zeitung »Národní listy« geschrieben hat. Sie zitiert Kafka selbst, der einmal gesagt hat: »Wenn die Seele und das Herz die Bürde nicht mehr ertragen, dann nimmt die Lunge die Hälfte auf sich, damit die Last wenigstens einigermaßen verteilt sei«, und fährt dann fort: »... und so verhielt es sich auch mit seiner Krankheit. Sie verlieh ihm eine fast unglaubliche Zartheit und eine fast grausig kompromisslose Verfeinerung, aber der Mensch hatte seine ganze intellektuelle Lebensangst auf die Schultern seiner Krankheit geladen. Er war scheu, ängstlich, sanft und gut, doch die Bücher, die er schrieb, sind grausam und schmerzhaft ... Er kannte die Menschen, wie sie nur ein Mensch von großer nervöser Sensibilität kennen kann, einer der einsam ist und fast prophetisch den anderen an einem einzigen Aufblitzen der Augen erkennt. Er kannte die Welt auf ungewöhnliche und tiefe Art. Er selbst war eine ungewöhnliche und tiefe Welt. Er schrieb die bedeutendsten Bücher der jungen deutschen Literatur ... Er war ein Künstler und Mensch von derart feinfühligem Gewissen, dass er auch dort hinhörte, wo andere, taub, sich in Sicherheit wähnen.«

Wenige Wochen nach Kafkas Tod wird Milena Jesenskás Ehe mit Ernst Polak geschieden. Jetzt verlässt sie Wien und geht zurück in ihre Heimatstadt Prag, die sie auf Wunsch des Vaters unmittelbar nach ihrer Heirat hatte verlassen müssen. Milena kehrt aber nicht allein nach Prag zurück. Mit ihr verlässt auch Franz Xaver Graf Schaffgotsch Wien, ein österreichischer Adeliger und ehemaliger k. u. k. Offizier, der nach dem Krieg als überzeugter Kommunist aus Russland heimgekehrt war. Milena hat den »roten Grafen«, wie man ihn nennt, über die gemeinsame Freundin Gina Kaus kennen gelernt. Bevor sich das Paar aber endgültig in Prag niederlässt, nimmt es eine Einladung von Milenas Freundin Alice Gerstel an, die mit ihrem Mann Otto Rühle, einem Mitstreiter Karl Liebknechts, den Verlag »Am anderen Ufer« in Buchholz bei Dresden führt. Alice Gerstel, eine Schülerin des Wiener Individualpsychologen Alfred Adler, versucht die Ideen des Marxismus mit denen der Individualpsychologie zu verbinden und macht ihre Freundin mit den Ideen des Humanismus und des Marxismus vertraut. Milena erarbeitet sich nun auch die Theorie für das, was ihr gefühlsmäßig immer schon Auftrag und Anliegen war – Leidenden und Verfolgten zu helfen.

Nach etwa zehn Monaten ziehen Milena Jesenská und der »rote Graf« nach Prag, wo sie als Korrespondentin der wichtigsten Blätter bereits einen Namen hat. Die ehemalige Journalistin Hana Šklíbová erinnerte sich noch viele Jahre später an die Begegnung: »Ich muss sagen, dass sie auf mich einen überwältigenden Eindruck machte. Sie war elegant gekleidet, trug kurz geschnittenes Haar, war witzig, fröhlich. Mir kam es vor, als hätte sie diese sonderbare Art von Wiener Charme und dekadentem Leichtsinn mit nach Prag gebracht. Ich war auch kein Aschenputtel, aber Milena, das war die große Welt.«

Im Prag der Nachkriegszeit herrscht Lebensfreude, Optimismus und Aufbruchsstimmung. Im Gegensatz zum verarmten Wien, dem »Wasserkopf« des kleinen Österreich, an dessen Lebensfähigkeit niemand glaubt, glauben die Tschechen und Slowaken an ihre Tschechoslowakische Republik, blicken mit politischem und geistigem Selbstbewusstsein in die Zukunft. Prag erlebt eine kulturelle Blüte, wird zu einem Zentrum europäischer Moderne. Gina Kaus erzählt in ihren Lebenserinnerungen, mit welcher Genugtuung Milena 1918 die Tage des Zusammenbruchs der Donaumonarchie und die Entstehung der Nachfolgestaaten in Wien erlebt hat: »Ich begleitete Milena. Sie war in äußerst gehobener Stimmung, suchte es aber zu verbergen. Ich sagte: ›Tu dir keinen Zwang an. Sei nicht höflich. Ich habe gar kein Gefühl für Nationalität. Ich will in einem Staat leben, dessen Verfassung mir zusagt, aber es ist mir gleichgültig, ob er groß ist oder klein.‹ – ›Du warst nie unterdrückt‹, sagte sie.«

In Prag diskutiert die Avantgarde neue Formen des Zusammenlebens, einen neuen Lebensstil. Man versucht industrielle Zivilisation und Humanität miteinander zu verbinden, eine Einheit zwischen »Kunst und Lebenspraxis«, zwischen »Poetischem und Proletarischem« herzustellen. Vor allem die Architektur ist gefordert. Wortführer ist der Kunsttheoretiker und Kritiker Karel Teige, um den sich die Gruppe Devětsil schart, die mit neuen Formen des Wohnbaus dem Bedürfnis der Menschen nach Luft, Sonne und Bewegung Rechnung tragen soll. Ähnliche Ziele werden in Deutschland vom

Bauhaus verfolgt und in Frankreich von Le Corbusier. Prags Architekten, Dichter, Maler und Wissenschaftler treffen sich in den Kaffeehäusern, in den Bars und in den Wohnungen und diskutieren die Theorie des Sozialismus als Grundlage für eine neue Humanität. Die Journalistin Jesenská fühlt sich in diesem Kreis in ihrem Element – nicht so Graf Schaffgotsch, der ehemalige k. u. k. Offizier und Austro-Kommunist. Er kann sich in dem Milieu, in dem seine Gefährtin schwimmt wie ein Fisch im Wasser, nicht zurechtfinden und kehrt enttäuscht nach Wien zurück.

Jesesnká ist die verantwortliche Redakteurin der Frauenseite von »Národní listy«, für die sie schon in Wien geschrieben hat. Ihre Mitarbeiterinnen, meist ehemalige Minerva-Schülerinnen, sind gebildet und zählen zur Elite der jungen Frauen Prags. Wenn auch die Beiträge von Mode, Kindererziehung, Wohnungseinrichtung und gesunder Ernährung, also von so genannten Frauenthemen handeln, so steht dahinter immer das Bestreben, die Leserinnen mit den Herausforderungen der neuen Zeit vertraut zu machen, ihnen das Lebensgefühl einer emanzipierten Frau zu vermitteln. Als Idealbild schwebt den jungen Journalistinnen die moderne Frau vor, die sich von den Einschränkungen der Konvention befreit hat und als gleichwertige Partnerin des Mannes selbstbewusst und kompetent ihr Leben gestaltet.

1927 veröffentlicht Milena Jesenská eine Sammlung ihrer Beiträge unter dem Titel »Leute machen Kleider«, ein Jahr zuvor war ihre Feuilletonsammlung »Weg zur Einfachheit« erschienen, gewidmet ihrem »geliebten Vater«. Auch als Übersetzerin macht sie sich einen Namen. Jetzt ist der Professor stolz auf seine Tochter, ihre Übertragungen von Werken Heinrich Manns, Franz Werfels, Gustav Meyrinks, Maxim Gorkis, Jonathan Swifts und R. L. Stevenson ins Tschechische kann er in den Buchhandlungen finden. Milena ist prominent, in Prag bekannt und anerkannt als »die Jesenská«.

Der Sommer 1926 bringt ihrem Leben eine entscheidende Wende. Sie verliebt sich in den Architekten Jaromír Krejcar und heiratet ihn im darauf folgenden Jahr. Der Sohn eines Försters aus dem niederösterreichischen Hundsheim hat in Prag studiert und zählt zu den begabtesten Architekten der Avantgarde. Sein achtstöckiges Eisenbetongebäude »Olympic«, ein Büro-, Wohn- und Geschäftshaus, wird zum Prototyp der modernen tschechischen Architektur. Milena ist fasziniert von seiner Arbeit, mehr noch aber von seinem Charme. Mit ihm teilt sie sowohl die Freude an der Urbanität als auch seine Naturverbundenheit. »Wenn wir gemeinsam durch den Wald gingen, verwandelte sich Jaromír in ein neues Wesen ... Wir liefen querfeldein, ohne Weg und Steg, er vor mir her, und seine leichten schmiegsamen Bewegungen glichen denen eines schönen Tieres. Im Wald befand er sich in seinem ureigensten Element, entdeckte in ihm mir ganz unbekannte und immer neue Wunder ...« Die modern eingerichtete Wohnung des jungen Paares im Zentrum der Stadt wird zum Treffpunkt der tschechoslowakischen Intellektuellen. Milena arbeitet weiter bei »Národní listy« und ist gleichzeitig Herausgeberin der neuen anspruchsvollen Zeitschrift »Pestrý týden«. Anfang 1928 wird sie schwanger, ihr Glück scheint vollkommen. »Wenn ich daran zurückdenke, so ist mir, als hätte ich nur getanzt.«

Jana Černá, Milena Jesenskás Tochter, wird später berichten, ihre Mutter habe sich während der Schwangerschaft das Bein gebrochen und musste bis zum Geburtstermin einige Monate im Krankenhaus verbringen. Fest steht, dass die werdende Mutter, die mit ihrem Mann einen Urlaub im Böhmerwald verbrachte, im Juli plötzlich mit hohem Fieber, Schüttelfrost und Lähmungserscheinungen zusammengebrochen war. Die Diagnose im Prager Krankenhaus lautet auf Sepsis und schwere Gelenksentzündung, Mutter und Kind sind in höchster Lebensgefahr, Prof. Jesenský weilt Tag und Nacht am Krankenbett seiner Tochter. Am 14. August bringt sie ein gesundes Mädchen zur Welt. Die Geburt aber hätte der Mutter beinahe das Leben gekostet.

Noch Wochen nachher liegt Milena im Krankenhaus, wo man die Gelenksentzündung zu behandeln versucht, doch das rechte Knie ist steif, die Schmerzen werden unerträglich. Zur Linderung verabreicht man der Patientin Morphium – mit fatalen Folgen. An eine Freundin schreibt sie: »Ich kann doch nicht neben den zwei gesunden Menschen Honza [Kosename der Tochter Jana] und Jaromír ein Krüppel bleiben ... Und wird er mich weiter lieben, nachdem ich das hässliche, schwarze, geschwollene Bein, das schreckliche Bein, nicht verbergen konnte und nichts vom Elend des Kranken? ... Ich bin zum Tod traurig, ich bin wie ertrunken in schwarzem Wasser, ein Vierteljahr auf dem Rücken, ein Vierteljahr ohne Bewegung. Ich lebe nur von den Morphiumspritzen, wovon kaum jemand weiß und von deren Zahl niemand weiß ... Ich bin in einem ständigen Rausch, und wenn ich zu mir komme, empfinde ich nur Angst, Schmerz und wieder Angst ...« Und dann trifft sie ein Schock. Mit Entsetzen erfährt sie den Grund für ihre Erkrankung – die Gelenksentzündung ist die Folge einer Gonorrhö. Jaromír Krejcar, ihr Ehemann, hat sie infiziert.

Ein Kuraufenthalt in Piešťany in der Slowakei soll das steife Knie wieder beweglich machen. Dazu wird es gebogen, was erneut heftige Schmerzen bereitet und die Abhängigkeit von Morphium nur verstärkt. »Ich liege weiterhin im Bett, und das Bein tut immerfort weh. Die Besserung schleppt sich im Schneckentempo dahin, und meine ganze Geduld schöpfe ich aus den Morphiumphiolen ... Unglücklich ist nicht das richtige Wort, vernichtet komme ich mir vor und bin es auch ...«, schreibt sie aus Piešťany.

Im Herbst 1929 ist Milena Jesenská äußerlich verändert. Die jugendliche Schönheit ist dahin, ebenso ihr leichter, beschwingter Gang, den die Freunde so sehr bewunderten. Sie hinkt, die Gesichtszüge sind härter, strenger geworden. Auch die Beziehung zu Jaromír Krejcar hat sich verändert. Er, mit dem sie so glücklich war, dass ihr schien, als hätte sie zurzeit ihrer Liebe »nur getanzt«, hat sie zum Krüppel gemacht. In dieser Situation trifft sie der berufliche Rückschlag doppelt hart. Während ihrer Krankheit hat sich das Team ihrer Mitarbeiterinnen aufgelöst, der Vertrag mit »Národní listy« wird gekündigt, die Zeitschrift »Pestrý týden« war schon vorher eingestellt worden. Die Weltwirtschaftskrise hat auch die Tschechoslowakei nicht verschont.

Der Architekt Krejcar muss ebenfalls berufliche Rückschläge hinnehmen, die Aufträge werden spärlicher, Pläne und Entwürfe aus seiner Hand können nicht realisiert werden. Milenas Morphiumsucht belastet das Budget zusätzlich, Auseinandersetzungen und gegenseitige Schuldzuweisungen vergiften die Atmosphäre. Krejcar ist diesen Belastungen nicht gewachsen, immer öfter flüchtet er aus dem Haus, stürzt er sich in Affären und Liebschaften.

Politisch kommt es unter den fast durchwegs links orientierten

Intellektuellen Prags zu Spannungen. Nach dem Einschwenken der Kommunistischen Partei der Tschechoslowakei auf den Moskauer Kurs schließt sich ein Teil der Avantgarde der stalinistischen Linie an, während der andere Teil sich öffentlich davon distanziert. Milena Jesenská und Jaromír Krejcar befürworten den Moskauer Kurs. »Ich bin der KPTsch beigetreten, aus dem Gefühl, noch etwas Nützliches auf der Welt tun zu können«, schreibt Milena der Schauspielerin Olga Scheinpflugová, der späteren Frau des Schriftstellers Karel Čapek.

Auf Grund ihrer politischen Einstellung hat die Journalistin Schwierigkeiten, Arbeit zu finden, ausgenommen bei der miserabel zahlenden kommunistischen Presse. Doch als Idealistin engagiert sie sich für die Partei und organisiert noch zusätzlich konkrete Hilfsaktionen, so zum Beispiel einen Aufenthalt für Kinder streikender Arbeiter bei Prager Familien. Bei einer dieser Hilfsaktionen lernt sie den Journalisten und Funktionär der slowakischen kommunistischen Partei Evžen Klinger kennen. Klinger ist lungenkrank und wird von der Polizei gesucht. Die Genossin nimmt sich seiner an und pflegt ihn in ihrer Wohnung gesund. Der um zehn Jahre jüngere Mann ist vorerst nur dankbar, eine Bleibe gefunden zu haben, dann aber verliebt er sich in seine Wohltäterin. Bis zu seiner Flucht aus dem von den Deutschen besetzten Prag wird er Milena und ihrer kleinen Tochter unbeirrt und voll Verständnis zur Seite stehen. Jaromír Krejcar ist zu dieser Zeit nicht mehr in Prag. Er war der Einladung, gemeinsam mit anderen revolutionär gesinnten Architekten am Aufbau der Sowjetunion mitzuarbeiten, nur allzu gerne gefolgt und befindet sich im Land seiner Ideale. Als einzige Frau ist die österreichische Architektin Margarete Schütte-Lihotzky mit im Team.

Milena Jesenskás Engagement in der kommunistischen Partei hat zu einer neuerlichen Auseinandersetzung mit dem Vater geführt. Er war so stolz auf seine Tochter gewesen, die als erfolgreiche Journalistin und Übersetzerin auch seinem Namen Ehre gemacht hatte, aber jetzt, als eingeschriebene Kommunistin und – wiederum – mit einem Juden liiert, das ist für den national gesinnten bürgerlichen Professor zu viel. Er verbietet ihr kurzerhand das Haus, einzig seine Enkelin Jana darf ihn besuchen. Regelmäßig jeden Samstag – darauf legt die Mutter großen Wert – besucht die Kleine ihren Großvater und hält so die Verbindung aufrecht.

In diesen Jahren geht es Milena Jesenská schlecht. Die Parteizeitungen knausern mit ihren Honoraren und ihre Sucht, die sie mit einem als Hustenmittel im Handel befindlichen Morphiumderivat zu stillen sucht, kostet Geld. Verzweifelt läuft sie, oft mit gefälschten Rezepten, von Apotheke zu Apotheke, um sich die Droge zu besorgen, schickt auch die kleine Tochter los, die ihr das Mittel beschaffen muss. Die früher so elegante Frau legt auf ihre äußere Erscheinung keinen Wert mehr, die Sucht frisst sie auf. In der Partei findet sie keinen Halt, Zweifel an der ideologischen Ausrichtung quälen sie. Als man Klinger der trotzkistischen Abweichung beschuldigt und von ihr verlangt, sich deshalb von ihrem Lebensgefährten zu trennen, kommt es zum Eklat. Wutentbrannt gibt sie dem Sprecher des Ansinnens eine Ohrfeige. Damit ist der Bruch mit der Partei vollzogen. Bestärkt in ihrer Abkehr wurde sie auch durch Jaromír Krejcar, der 1936 enttäuscht und desillusioniert, aber mit neuer Lebensgefährtin aus der Sowjetunion nach Prag zurückgekommen war. Krejcars Berichte über den stalinistischen Terror, über Gehirnwäsche, willkürliche Verhaftungen und Hinrichtungen hatten ihren Glauben an die Partei bereits vor dem Skandal erschüttert. »Ich konnte nicht mehr, ich konnte es nicht mehr aushalten. An einem Tag war etwas weiß, am andern das Gleiche schwarz, und immer war richtig nur das, was die Partei gerade vertrat«, beschreibt sie ihre damalige Situation.

Mit der Abkehr von der Partei hat die Journalistin Milena Jesenská ihre Existenz aufs Spiel gesetzt – für die kommunistische Presse kann sie nicht mehr schreiben, bei den bürgerlichen Zeitungen hat sie keine Chance. Sie kann das Geld für die Miete nicht aufbringen, hat keinen elektrischen Strom, hat Angst, dass man ihr auch das Gas abdreht, und weiß nicht, wie sie den nächsten Tag bestreiten soll. Freunde springen ein und helfen, so gut sie können, doch es reicht kaum für das Nötigste, auch nicht mit dem wöchentlichen Scheck Professor Jesenskýs, den er seiner Enkelin mitgibt, wenn sie ihn besucht. In dieser Phase äußerster existenzieller Not, als sie buchstäblich nicht mehr weiß, wie es weitergehen soll, entschließt sie sich zu einer Gewaltkur: Sie muss von ihrer Sucht loskommen.

Jiří Foustka, der Freund aus alten Zeiten, dem sie einst die exquisiten Socken ihres Vaters verehrt hatte, ist Arzt geworden. An ihn wendet sich Milena nun, bittet ihn, sie in die psychiatrische Anstalt Prag-Bohnice zu bringen, wo sie sich unter Geisteskranken internieren lässt. Unter härtesten Bedingungen erträgt sie die Qual der Behandlungen, denen ihr vergifteter Körper ausgesetzt wird. Sie hält durch und schafft mit ungeheurer Willenskraft den Entzug. Nach zehn Tagen ist sie von der Sucht befreit und kann geheilt die Anstalt verlassen.

Der Chefredakteur der Wochenzeitschrift »Přítomnost«, Ferdinand Peroutka, ist ein überzeugter Demokrat und Humanist. Er kennt die journalistischen Qualitäten der Jesenská, bietet ihr eine Stellung an und gibt ihr damit die Chance, sich erneut zu profilieren. »Ferdinand Peroutka und die Přítomnost haben Milena verwandelt und aus ihr eine Persönlichkeit gemacht« – so Hana Šklíbová in ihrem Gespräch mit Ota Filip.

Prag ist seit Hitlers Machtübernahme in Deutschland zum Zentrum der deutschen antifaschistischen Emigration geworden. Eine der ersten Reportagen der Jesenská trägt den Titel »Gestrandete Menschen« und behandelt das Schicksal von Flüchtlingen. Für ihre Recherchen hat sie die Grenzregionen Böhmens bereist, wo Deutsche und Tschechen seit Jahrhunderten zusammenleben und wo nun die Politiker die Menschen gegeneinander hetzen. Sie berichtet von der aufgeheizten Stimmung, den sich verschärfenden Gegensätzen der beiden Völker und der drohenden Gefahr. Sie geißelt den Nationalismus auf beiden Seiten und propagiert die Idee eines friedlichen Mitteleuropas. Sie kämpft für ein Nebeneinander, Miteinander, manchmal auch Gegeneinander, aber für ein Zusammenleben von Deutschen, Slawen, Ungarn und Juden. Sie berichtet über die Verfolgung der Juden in Nazi-Deutschland, über den »Anschluss« Österreichs und übersetzt Artikel ihrer Freunde Willy Haas und Willi Schlamm ins Tschechische. Ihre Berichte zu den politischen Ereignissen sind von bestürzender Klarsicht und Einsicht. Wie früher die Leserinnen auf ihre Artikel in »Národní listy« gewartet haben, so warten jetzt Leserinnen und Leser auf ihre couragierten Beiträge in »Přítomnost«. Es gelingt ihr sogar, Kontakt mit dem Presseattaché der deutschen Botschaft in Prag aufzunehmen und ihm

Informationen zu entlocken, die sonst kein tschechischer Journalist erhält.

Am 29. September 1938 besiegelt das Münchner Abkommen das Schicksal der Tschechoslowakischen Republik. Hitler diktiert, dass die Tschechoslowakei die »deutsch besiedelten Gebiete Böhmen, Mähren und Schlesien räumen und an Deutschland abtreten müsse«, und am 1. Oktober beginnt der Exodus der antifaschistischen Deutschen, der Tschechen und der Juden aus den Sudetenländern. Nur ein halbes Jahr später, am 15. März 1939, konfrontiert der tschechische Rundfunk eine in ohnmächtiger Wut horchende Bevölkerung mit einer Meldung, die seit den frühen Morgenstunden stereotyp und in Intervallen stets wiederholt: »Achtung! Achtung! Die deutsche Armee rückt von der Grenze her auf Prag zu! Bewahren Sie Ruhe. Gehen Sie zur Arbeit. Schicken Sie Ihre Kinder zur Schule.« – Die Tschechoslowakei ist zum »Reichsprotektorat Böhmen und Mähren« geworden.

Beklemmend schildert die Journalistin die Stimmung jener Schicksalsnacht: »Als am Dienstagmorgen das Telefon läutete, Freunde und Bekannte anriefen ... sah die Stadt unter unseren Fenstern so aus wie in jeder anderen Nacht. Die Lichter zeigten dasselbe Muster, die Kreuzungen bildeten dasselbe Kreuz, Nur, dass schon ab drei Uhr nach und nach die Lichter ausgingen: bei den Nachbarn, gegenüber, unten, oben, schließlich die ganze Straße entlang. Wir standen am Fenster und sagten uns: auch sie wissen es schon. Wir weckten andere durchs Telefon: Wisst ihr schon? Ja, sie wussten. Fahle Dämmerung über den Dächern, hinter den Wolken ein blasser Mond, unausgeschlafene Gesichter, eine Tasse heißen Kaffees und regelmäßige Meldungen übers Radio. So kommen die großen Ereignisse zu uns: sachte und unerwartet ...«

Sofort nimmt Jesenská Kontakt zu Widerstandsgruppen auf, macht ihre Wohnung zum Unterschlupf für Verfolgte jeglicher Coleur. Deutsche und tschechische Systemgegner, Kommunisten und Juden finden hier ein Lager und ein Stück Brot, bevor sie auf Schleichwegen das Land verlassen. Sie arbeitet bis zur Erschöpfung, aber sie bewahrt Ruhe in der hektischen, nervenaufreibenden Szenerie, in der die von Angst gepeinigten Flüchtlinge auf Rettung hoffen. Joachim von Zedwitz, ein Adeliger aus Böhmen, agiert bei den waghalsigen Aktionen Milena Jesenskás als Flüchtlingshelfer. Der junge Mann, blond und blauäugig, ist vom Äußeren her der Prototyp eines »Ariers«. Mit seinem forschen Auftreten und dem Hakenkreuz-Abzeichen unter dem Kragen tarnt er sich. Er bringt die Flüchtlinge in seinem Auto an die polnische Grenze, von wo sie weitergeleitet werden. Auf diese Weise kann sich auch Milenas Lebensgefährte Evžen Klinger, der als Jude und Kommunist doppelt gefährdet ist, dem Zugriff der Gestapo entziehen. Bevor er Prag verlässt, wird er von Jan Jesenský zu einer Unterredung gebeten. Zu Klingers Verblüffung überreicht ihm der Professor seine goldene Uhr und Geld in englischen Pfund – für den Start in der Emigration. Jetzt, in dem Augenblick, da das Land in höchster Gefahr ist, hat auch der nationalistische Professor erkannt, dass rassistische Vorurteile obsolet sind, und bekundet seine Solidarität mit dem Flüchtling.

Von England aus wird Klinger alle Hebel in Bewegung setzen, um seine Lebensgefährtin zur Flucht zu bewegen, doch sie lehnt ab. Ihr Platz ist jetzt in Prag – bei den Verfolgten – und in der Redaktion von »Přítomnost«, der politisch bedeutendsten Publikation des Landes. Bekannte Autoren wie Jaromír Nečas, Josef Pekař, Arne Novák, Heinrich Mann, Karel und Josef Čapek schicken immer wieder Beiträge. Am mutigsten aber schreibt Milena Jesenská, die »spitzeste Feder«. Zwar muss sie sich wöchentlich vor der Zensur verantworten, noch aber kann man ihr keine »staatsfeindliche Tätigkeit« nachweisen.

Im Sommer 1939 wird Chefredakteur Peroutka verhaftet, im September die Zeitschrift »Přítomnost« verboten. Nun arbeitet sie im Untergrund, schreibt u. a. für die illegale Zeitung »Boj«. Es ist nur eine Frage der Zeit, bis man auch sie verhaften wird. Die Gestapo hat sie längst im Visier. Im November wird ihre Wohnung durchsucht und belastendes Material gefunden. Milena wird im Prager Pankrác-Gefängnis inhaftiert, fast täglich in das Petschek-Palais zum Verhör durch die Gestapo gebracht und schließlich in das Lager für »jüdisch Versippte« nach Benešov bei Prag verlegt. 1940 steht sie in Dresden vor Gericht, verteidigt sich selbst – und wird freigesprochen. Der Freispruch bedeutet aber nicht Freilassung, sondern ein »Schutzhaftschein« der Gestapo verfügt den

Transport in das Frauenkonzentrationslager Ravensbrück – zur »Umerziehung«. Ein letztes Mal ist es ihr gestattet, ihren Vater und die elfjährige Tochter zu sehen. Jana wird später davon berichten: »Ich sah Milena zum letzten Male bei dem Besuch, den man ihr vor dem Abtransport nach Ravensbrück gestattete. Mit Großvater wartete ich auf dem Flur des Petschek-Palais, der alte Herr schaute finster drein, und ich wagte nicht ihn anzusprechen. Wir blickten beide in eine Richtung – zu der Ecke des Flurs, woher Milena kommen sollte. Und als sie uns endlich in Begleitung eines Kommissars entgegenkam – erkannte ich sie nicht wieder …«

Das Frauenkonzentrationslager Ravensbrück am Rande der mecklenburgischen Seenplatte, achtzig Kilometer nördlich von Berlin, umfasst sechzehn Baracken, in denen etwa 5000 Frauen inhaftiert sind – politische Gegnerinnen, aus religiösen Gründen Verfolgte, Jüdinnen, Angehörige der Roma, Kriminelle und Asoziale. Im Laufe der Kriegsjahre wird die Zahl der Häftlinge auf etwa 25 000 ansteigen, was Seuchen, Ungeziefer, Schmutz – und vermehrte Denunziation zur Folge hat. Milena Jesenská kommt in den Block 1, der ausschließlich politischen Häftlingen vorbehalten ist und wo die österreichische Sozialdemokratin Rosa Jochmann, die als Blockälteste für Ordnung zu sorgen hat, ihre Stellung nützt, um wenigstens ein gewisses Klima an Solidarität und Mitmenschlichkeit zu schaffen. Die Häftlinge arbeiten in den Bekleidungswerkstätten der SS und in Rüstungsbetrieben, zweimal am Tag findet der stundenlange Zählappell statt. Jesenská wird zur Arbeit im Krankenrevier eingeteilt, wo sie die Kartei der Geschlechtskranken verwaltet und Medikamente verteilt. Dabei fälscht sie Laborergebnisse und kann auf diese Weise manche ihrer Leidensgefährtinnen vor den grausamen medizinischen Experimenten, die in Ravensbrück seit 1942 durchgeführt werden, bewahren, einige sogar vor dem »Liquidieren«, dem sicheren Tod.

Unter den Inhaftierten findet sie viele Bekannte – ehemalige Schülerinnen des humanistischen Gymnasiums Minerva, Leserinnen ihrer Beiträge in »Národní listy« und »Přítomnost« und Kommunistinnen. Letztere begegnen ihr mit Vorbehalt. Sie werfen ihr den Bruch mit der kommunistischen Partei und ihre kritische Haltung gegenüber der Sowjetunion vor, denn von einem Sieg der Roten Armee über Hitlerdeutschland erhoffen sie sich die Befreiung. »Wir konnten uns nicht erlauben, den Glauben an die UdSSR zu verlieren, sonst wären wir der Hoffnungslosigkeit verfallen und gestorben«, erinnerte sich eine Mitgefangene. »Bis heute bin ich überzeugt, dass gerade der Glaube an die Befreiung durch die Sowjetunion vielen Menschen im letzten Weltkrieg das Überleben ermöglichte. Diese politischen Unterschiede hatten allerdings keinen großen Einfluss auf unsere zwischenmenschlichen Beziehungen ... Ich gebe allerdings zu, dass einige hohe Funktionärinnen der KPTsch Milena das Leben schwer machten.« Eine tiefe Freundschaft verbindet Milena mit Margarete Buber-Neumann. Beide versuchen sich gegenseitig und den anderen zu helfen, soweit es in dieser Hölle möglich ist. Die ehemalige Kommunistin war mit dem deutschen Kommunisten Heinz Neumann verheiratet, der im Moskauer Exil verhaftet und erschossen wurde. Die Witwe wurde nach Jahren der Zwangsarbeit vom KGB an Nazi-Deutschland ausgeliefert, inhaftiert und nach Ravensbrück deportiert. Jahre später wird sie mit ihrem Buch »Kafkas Freundin Milena« ihrer Leidensgefährtin ein berührendes Denkmal setzen.

Joachim von Zedwitz, dem so viele Verfolgte die rettende Flucht verdanken, unternimmt einen verzweifelten Versuch, Milena aus Ravensbrück zu befreien. Er gibt an, dass sie unter einer Geisteskrankheit leide, und besorgt sich als Beweis ihre alte Krankengeschichte aus dem Jahr 1917 aus der psychiatrischen Anstalt Veleslavín. Sie liegt in einem Berliner Anwaltsbüro bereit, als ein Bombenangriff den Rechtsanwalt tötet und die Unterlagen vernichtet. Damit ist Milenas Schicksal besiegelt.

Im Herbst 1943 verschlechtert sich ihr Gesundheitszustand, im Frühjahr 1944 wird er kritisch. Hände und Füße sind stark geschwollen, die Nieren schmerzen. Ein Arzt, der in Prag studiert hat und Prof. Jesenský aus seiner Studienzeit kennt, kann zwar eine Niere operativ entfernen, doch auch die zweite Niere ist angegriffen. Zunächst scheint die Lebensgefahr abgewendet, doch dann wird der Zustand der Inhaftierten lebensbedrohlich. Milena Jesenská stirbt am 17. Mai 1944.

Als Jan Jesenský die Nachricht vom Tod seiner Tochter erfährt, bricht er zusammen. Er wird sie um drei Jahre überleben. Jana Černa, Milenas Tochter, ist fünfzehn Jahre alt, als sie die Mutter verliert. Sie kommt 1981 nach einem wechselvollen Schicksal bei einem Autounfall ums Leben. In ihrem Buch »Adresát Milena Jesenská« hat sie ein sehr persönliches und berührendes Porträt ihrer Mutter gezeichnet.

Zwölf Jahre nach Milena Jesenskás Tod publiziert Willy Haas, der Jugendfreund aus Prag, Franz Kafkas »Briefe an Milena«. Sie werden zum literarischen Ereignis des Jahres. Das erschütternde Zeugnis von Kafkas Leidenschaft für Milena Jesenská, die ihn zu den schönsten Briefen der deutschen Briefliteratur inspirierte und seine imaginierte Geliebte bleiben musste, weil er seine Liebe nicht zu leben wagte, bewegt die Menschen. Als »Kafkas Milena« wird sie der literarischen Welt zum Begriff.

Doch es gibt neben diesem Bild noch ein anderes – das der Jesenská, der eigenständigen Persönlichkeit.

»Durch Kafka ging Milena, ohne es zu wollen und es erfahren zu können, in die Weltliteratur ein«, sagte Ana Kvapilová, eine Mitgefangene aus Ravensbrück, durch ihre journalistische Arbeit aber »trat sie bewusst und selbstbewusst in die Geschichte der tschechischen Journalistik ein«.

Es ist an der Zeit, Milena Jesenská aus dem Schatten des Dichters heraus- und ins Licht treten zu lassen.

Literatur

Allgemein

Brix, Emil und Fischer, Lisa (Hg.), Die Frauen der Wiener Moderne, Wien, München 1997.
Zweig, Stefan, Die Welt von Gestern. Erinnerungen eines Europäers, Frankfurt am Main 19885.

Lina Loos

Csokor, Franz Theodor und Rüther, Leopoldine (Hg.), du silberne Dame du. Briefe von und an Lina Loos, Wien, Hamburg 1966.
Fischer, Lisa, Lina Loos oder wenn die Muse sich selbst küsst, Wien, Köln, Weimar 1994.
Haage, Peter, Der Partylöwe, der nur Bücher fraß. Egon Friedell und sein Werk, Hamburg, Düsseldorf 1971.
Kainz, Gertrud, Paradiesisch ist das Leben nicht. Lina Loos – Leben und Werk, Diss., Wien 1993.
Loos, Lina, Das Buch ohne Titel. Erinnerungen einer Wiener Schauspielerin, Wien 1947.
Loos, Lina, Wie man wird, was man ist, hrsg. von Adolf Opel, Wien 1994.
Malmberg Helga, Widerhall des Herzens, München 1961.
Tomaschek-Habrina, Lisa, Lina Loos, Liebe mit Pranken, Diss., Wien 2000.

Ea von Allesch

Broch, Hermann, Das Teesdorfer Tagebuch für Ea von Allesch, hrsg. von Paul Michael Lützeler, Frankfurt am Main 1995.
Broch, Hermann, Psychische Selbstbiografie, hrsg. von Paul Michael Lützeler, Frankfurt am Main 1999.
Malmberg, Helga, Widerhall des Herzens, München 1961.
Musil, Robert, Vinzenz und die Freundin bedeutender Männer, Posse, in: Musil, Robert, Gesammelte Werke, Prosa und Stücke, Reinbek bei Hamburg 1978.
Severit, Frauke, Das alles war ich – Künstlerinnen, Politikerinnen, Exzentrikerinnen, Wien, Köln, Weimar 1998.
Weinzierl, Ulrich, Alfred Polgar, eine Biografie, Wien, München 1985.

Bertha Eckstein-Diener, alias Sir Galahad

Běhalová, Vera, J., Adilf, Loos. Villa Karma. Diss., Wien 1974.
Duda, Sibylle und Pusch, Luise F., WahnsinnsFrauen, Bd. 2, Frankfurt am Main 1996.
Kraus, Karl, Die Fackel, Wien Nr. 187, 8. November 1905; Nr. 189, 30. November 1905; Nr. 200, 3. April 1906.
Mulot-Déri, Sibylle, Sir Galahad, Porträt einer Verschollenen, Frankfurt am Main 1987.
Schiferer, Beatrix, Vorbilder, Kreative Frauen in Wien 1750–1950, Wien 1994.
Severit, Frauke, Das alles war ich. Künstlerinnen, Politikerinnen, Exzentrikerinnen, Wien, Köln, Weimar 1998.
Zweig, Stefan, Die Welt von Gestern. Erinnerungen eines Europäers, Frankfurt am Main 1985. Zitate aus dem Werk Sir Galahads sowie aus den Erinnerungen Roger Dieners stammen aus dem Werk von Sibylle Mulot-Déri, Sir Galahad.

Frida Strindberg

Buchmayr, Friedrich, »Wenn *nein*, nein!« August Strindberg und Frida Uhl. Briefwechsel 1893–1902, Weitra 1993.
Gerstinger, Heinz, Holdes Märchen und böser Traum, August Strindbergs Ehe mit Frida Uhl, Wien 1987.
Strauss, Monica, Cruel Banquet, the Life and Loves of Frida Strindberg, New York, San Diego, London 2000.
Strindberg, August, Inferno – Legenden, München, Berlin 1917.
Strindberg, August, Kloster – Einsam, Zwei autobiografische Romane, Hamburg, Düsseldorf 1967.
Strindberg, Frida, Lieb, Leid und Zeit – Eine unvergessliche Ehe, Hamburg, Leipzig 1936.

Wanda von Sacher-Masoch

Bang, Karin, Venus im Pelz? Über Wanda von Sacher-Masochs Erinnerungen, in: Zeitschrift für Sexualforschung 10, Stuttgart 1997.
Dunajew, Wanda von, Der Roman einer tugendhaften Frau. Ein Gegenstück zur »geschiedenen« Frau von Sacher-Masoch, 1873.
Dunajew, Wanda von, Echter Hermelin. Geschichten aus der vornehmen Welt, Bern 1879.
Federmann, Reinhard, Sacher-Masoch oder die Selbstvernichtung, Graz und Wien 1961.
Koschorke, Albrecht, Leopold von Sacher-Masoch. Die Inszenierung einer Perversion, München, Zürich 1988.
Krafft-Ebing, Richard Freiherr von, Psychopathia sexualis, Stuttgart 1893.

Opel, Adolf, Wanda und Leopold von Sacher-Masoch. Szenen einer Ehe, Wien 1996.
Sacher-Masoch, Wanda von, Die Beichte der Dame im Pelz. Neuauflage von: Meine Lebensbeichte (1906), München 1986.
Sacher-Masoch, Wanda von, Masochismus und Masochisten. Nachtrag zur Lebensbeichte, Berlin 1908.
Sacher-Masoch, Wanda von, Die Damen im Pelz, Geschichten und Novellen, Berlin 1881.
Sacher-Masoch, Leopold von, Venus im Pelz. Dazu fünf weitere erotische Erzählungen, München 1968.
Schlichtegroll, Carl Felix von, Sacher-Masoch und der Masochismus, Dresden 1901.
Schlichtegroll Carl Felix von, Wanda ohne Maske und Pelz. Eine Antwort auf »Wanda« von Sacher-Masochs »Meine Lebensbeichte« nebst Veröffentlichungen aus Sacher-Masochs Tagebuch, Leipzig 1906.
Treut, Monika, Die grausame Frau. Zum Frauenbild bei de Sade und Sacher-Masoch, Basel, Frankfurt am Main 1984.

Milena Jesenská

Buber-Neumann, Margarete, Kafkas Freundin Milena, München 1961.
Černá, Jana, Milena Jesenská, Frankfurt am Main 1985.
Chiu, Charles, Frauen im Schatten, Wien 1994.
Doderer, Heimito von, Die Strudlhofstiege, München1951.
Filip, Ota, Wer war Milena, in: Die Zeit, 7. Januar 1983.
Kafka, Franz, Briefe an Milena, hrsg. und mit einem Nachwort versehen von Willy Haas, Frankfurt am Main 1966.
Kafka, Franz, Briefe an Milena, erweiterte und neu geordnete Ausgabe, hrsg. von Jürgen Born und Michael Müller, Frankfurt am Main 1983.
Kaus, Gina, Von Wien nach Hollywood, Frankfurt am Main 1990.
Wagnerová, Alena, Alle meine Artikel sind Liebesbriefe, Biografie, Mannheim 1994.
WahnsinnsFrauen, 2. Band, hrsg. von Sibylle Duda und Luise F. Pusch, Frankfurt am Main 1996.

Bildnachweis
AKG Berlin: 183
Bildarchiv ÖNB: 11, 22, 59, 73, 85, 153, 163, 201
Dokumentationsstelle für neuere österreichische Literatur, Literaturhaus Wien: 47
Museum in Saxen: 107, 119